晴空

晴空

穿越到
沒有女人的世界
金大／著
來自星星的妳
完
ONLY YOU

穿越到
沒有女人的世界

來自星星的妳

CONTENTS

目錄頁

【第一章】

我們要做爸爸媽媽了

菲爾特的族長忽然意有所指地問了她一句：「妳喜歡羌然嗎？我聽說妳曾經在議會宣布羌然是妳唯一的丈夫，那妳應該是很喜歡他吧？」

劉婭楠很快地回道：「喜歡。」

「可是妳想過嗎？當妳的再生人大量出現的時候，羌然還會選擇妳嗎？甚至羌然可以根據自己的喜好去培養……妳覺得那時候他還會把妳放在身邊嗎？而不是找一個更年輕的再生人來代替妳？」

看到忽然清醒的小田七，劉婭楠一下就驚住了，而且太囧了，她剛稀里糊塗地說了一堆關於清不清白的話，這不是在教壞小孩子嘛！

她盯著小田七，頓了一下，才問道：「田七……你醒了，感覺好點了嗎？」

不過小田七卻怪怪的，眼神更是冷冷的。

劉婭楠以為他被嚇壞了，不忍地趕緊伸出手，很自然地摸著他的胳膊，安撫地說：「田七，別怕，有姐姐在呢，姐姐會保護你，絕對不會再讓菲爾特的那些混蛋傷害你……」

只是不明白為什麼小田七聽到菲爾特三個字的時候，整個人都僵了一下。

劉婭楠不敢再說了，想著多半是菲爾特的混蛋太欺負小田七了。

不過小田七醒了總是好的，劉婭楠趕緊找繆臣過來幫小田七做檢查，自己則在旁小心翼翼地守著。

中間劉婭楠發覺小田七的表情很冷淡，看四周人的樣子也是審視謹慎的，而且在看她的時候，小田七的目光很複雜。

跟對其他人的冷漠態度相比，小田七對她的態度明顯要好一些，只是偶爾會看著她皺眉頭，像是在想什麼心事。

劉婭楠盡量溫言軟語地安撫他，告訴他積極治療的事，雖然繆臣說他傷得很重，不過也沒有說這個病是完全不能治的。羌家軍可是聚集了世上最頂級的醫療專家，簡直就是王牌中的王牌，小田七雖然病情複雜，可只要有充分的耐心跟毅力，也是有康復的可能。

「最主要是病人要有樂觀的心情。」繆臣查閱了很多資料後，對劉婭楠憂心忡忡地說：「我記得以前小田七很樂觀的，可現在他的情況很不好，對人也不友善，他這種病最怕這種情況了，不管用多麼好的治療手段，沒有積極的心，是不可能戰勝病魔的。」

劉婭楠挺擔心的，她也覺得很奇怪，一向開朗可愛的小田七怎麼忽然就這樣了，就算受了再大的刺激，可是都這麼多天了，也沒見他緩過來。

劉婭楠嘆了口氣，她現在只能發揮自己絮絮叨叨婆婆媽媽的哄人法，別的她也不會，不過若把小田七當孩子哄的話，她倒是知道該怎麼哄。從那之後，劉婭楠白天只要守在小田七身邊，就跟哄不聽話的孩子似地哄著他。

一直忙到很晚，等回到夏宮，劉婭楠打開電視看，現在她只能通過這些媒體來知道外界的情況。電視裡主持人正焦急地說：「這次羌然的反應太出人意料了，尤其在西聯邦要求談判的情況下，他還在不斷地部署著……」

專家更是點頭附和道：「現在羌家軍傾巢出動，就目前情況來看，這個局勢很不樂觀，而且就羌家軍內部流出的消息看，羌然本人曾放話要把西聯盟殺到耗子都不剩……雖然羌家軍一直沒明確表示過這些是謠言，不過就歷代羌然、還有之前琉璃海海盜那次，大家都很清楚羌然是多麼恐怖的一個人。可西聯盟也不會束手就擒的，不過很奇怪，此次西聯盟的回擊很不成氣候，現在大家唯一能做的，就是祈禱這個瘋子不要把戰火燒到東聯盟來……」

劉婭楠聽著傾巢出動這四個字，就明白主流媒體是多麼厭惡羌然了。現在主流媒體沒一個說羌然好話的，戰爭打到這個地步，其實應該要收手了。

劉婭楠心緒不寧地等著羌然，想著這次無論如何都要把誤會解釋清楚。只是她一直等到很晚，羌然都沒有回來。劉婭楠乾巴巴地等了一夜，第二天睏得眼睛都要睜不開了。

她沒有氣餒，第二天依舊一早就跑到小田七那裡。自從小田七甦醒，治療也逐漸上了軌道，只是小田七現在還不能吃飯，只能餵流食，而且大概是之前受了刺激，小田七很討厭人的碰觸。

上次就因為有人幫他扎針，他臉色立刻變得很差。不過劉婭楠試了試，發現小田七不討厭她的碰觸，所以一些可能會碰到他的事情，劉婭楠就都攬了過來。餵他吃東西的時候，她更是親力親為，不光是準備流質食物，她還小心翼翼地餵他。

等餵完了，劉婭楠知道他不方便，連起碼的清洗都做不到，她就找了毛巾跟水，要給小田七擦擦頭臉，做做清潔。只是不知道為什麼，以往跟孩子似的小田七，卻在她握著他的手擦拭的時候，臉忽然就紅了。

而且他還一直盯著她看，劉婭楠覺得奇怪，小田七可是打心眼裡當她是姐姐的，不然她也不會對田七全無防備。可現在小田七是怎麼了，這個眼神，她就算再喜歡小田七，也不敢昧著良心說這是弟弟對姐姐的眼神……

可也不是男人對女人的，倒像是獵人對獵物的那種。她疑惑地低下頭去，詢問道：「田七，你沒事吧？」

小田七也沒說什麼，只是淡淡地笑了下。這下劉婭楠更覺得不對勁起來，小田七絕對做不出這種笑來……

劉婭楠嘆了口氣。這孩子怎麼怪怪的，簡直就跟個陌生人似的。

她這邊疑惑地照顧著小田七，可羌然那她也沒有鬆懈，她不斷地試圖聯繫他。只是不管她是打電話還是找人捎話，最後總是都被打了回來。

劉婭楠漸漸明白了，這是羌然拚命在躲著她啊！她實在等不下去了，這都什麼玩意兒啊！她的心思已經夠彎彎繞繞了，要是羌然再不成熟點，兩人的日子簡直是沒法過了！而且就算她被強了，也犯不著躲著不見吧？

這麼一想，劉婭楠心裡急了，所以等對方再來確認電話的時候，劉婭楠就一把抓住那個通訊器，對著那頭的人喊道：「你告訴羌然那傢伙，如果他再不肯接我電話，我、我就……」

劉婭楠也不知道該怎麼威脅羌然，之前倒是有個西聯盟的人試圖威脅了下，那下場電視天天都在播著呢……

劉婭楠語塞地遲疑了下，最後還是硬說了一句：「我就再也不理他了！」

對方沉默了片刻，很快地劉婭楠就聽見一個黯啞的聲音，淡淡地說了一句：「我還有事情要處理。」

劉婭楠就愣住了，她一直以為每十五分鐘就要確認自己情況的應該是什麼工作人員，她沒料到原來這些日子以來，一直詢問著自己情況的會是羌然。

他一直都在關心她的情況，可是為什麼不肯接她的電話？

是因為她被「強姦」的事兒嗎？

瞬時那些不甘心、委屈、埋怨就都淡了，劉婭楠欸了一聲，可是她還是想把話說清楚，只是因為有楚靈他們在場，劉婭楠壓低聲音道：「然、然然……我想解釋一下，我是被帶去見菲爾特的族長……」

因為隔著電話，也不知道羌然那邊是什麼表情，可是在沒有任何雜音的通話中，劉婭楠唯一能感覺到的就是對方的緘默。

她努力地解釋：「不過我見到的只是一個螢幕，對方說的話也是合成音，至於那些很噁心的事兒，別說發生了，壓根就是不可能的，因為我連那人長什麼樣都沒見到，而且我很快就逃跑了，然後一直跟著小田七躲著……所以你別相信那些謠言……」

劉婭楠不知道羌然信了沒有。

在停頓了很長時間後，羌然終於出聲了，他的聲音聽上去有些疲憊，還有無奈，「我知道了，我還有很多事要處理，那現在我可以掛電話了嗎？」

這個反應太出乎劉婭楠的預料了，她以為羌然不是驚喜就是懷疑。

劉婭楠不死心地解釋著，她真的不明白，為什麼只要遇到羌然，不管是發生什麼事，她立刻就變成了弱勢的一方。

現在更是這樣，別說她沒被強，就算是被強了，也不能怪她吧？

本來就是中了對方的奸計，就算出了問題，她也是受害人好嗎？

羌然幹麼搞得好像她做錯事一樣地冷著她？

泥人還有三分火氣呢，更何況劉婭楠別的都忍了，可是羌然這個態度太讓人噁心了。

劉婭楠也沒再說別的，她快速掛斷了電話。也不再糾結那些了，現在後方還有許多事情是需要她做的。

雖然大家都沒說需要她做什麼，可是前方不斷有傷員運送過來，劉婭楠就算沒什麼醫療知識，可是能給大家鼓舞士氣，在醫療組手忙腳亂的時候，幫著看顧一些，提高大家的效率，她還是能做到的。

劉婭楠把那個不講道理的羌然甩到了腦後，一心一意地照顧起大後方。

不過沒幾天，劉婭楠休息時再看電視，就發現所有電視臺轉播的內容都變了。

之前還死氣沉沉一副世界大戰一觸即發的主持人跟專家，此時就跟打了雞血一樣，不斷地分析著羌家軍新發表的聲明。

「據可靠消息表示，羌家軍已停止攻擊，並提出同西聯盟代表談判……」

主持人分析了無數種可能，其中有謀略篇，有不少戰略分析家認為羌然這又是打算虛晃一招，準備又一波的恐怖襲擊。

可又有部分的人表示這是羌然戰線拉得太長，後繼無力……

不過不管怎麼分析，羌然這個世界第一的怪人瘋子稱號算是跑不了了。

劉婭楠也是懵懵懂懂的，她知道羌然喜歡吃什麼，有什麼小的生活習慣，可是對這些打仗的東西，她就一點都不懂了。

再說她也懶得懂，不過從那之後，羌然倒是沒斷了打電話確認她的安危，依舊是每隔十五分鐘就會打一通。

有時候劉婭楠特別想接過去說幾句，可一想到羌然的態度，她的心又冷了起來。

這個戰爭狂肯定把她當做了戰略部署的一部分，就跟需要確認火力夠不夠、基地安全不安全一樣，如果真在乎她這個人的話，幹麼不在電話裡跟她說幾句話，哪怕只是問問她還好嗎，也都成啊……

中間兩人一直各忙各的，劉婭楠也當沒羌然這個人。

倒是三天後一切都塵埃落定，羌然終於帶著觀止他們回來了。

而且大概是考慮到各家媒體還有聯邦政府的臉面與心情，羌然並沒有高調地返回基地，依舊跟之前那次一樣，深夜悄悄回來的。

劉婭楠事先也不知道消息，白天在醫療組累了一天，早早就睡下了，她現在忙得跟陀螺一樣，不是去看望那些傷患，就是去照顧小田七。

小田七的情況一直不怎麼好，不過在她的照看下，小田七倒是表情柔和了起來。

看她的時候，表情更是似笑非笑，劉婭楠總覺得小田七是不是有什麼事在瞞著她。

劉婭楠睡得迷迷糊糊的，腦子更都是想著最近發生的事，然後她就隱隱覺得門口那裡有很微弱的動靜。

她張開了眼睛，很快就看到門口站了個人。

不用說，羌然又趁黑回來了。而且這次羌然依舊是小心翼翼的，脫靴子的動作都跟慢鏡頭似的，姿勢看上去既古怪又滑稽。

可是劉婭楠卻一點都笑不出來，她很快從床上坐了起來，更快速地摸了下床頭的按鍵，把整個房間的燈都打開，瞬時房內恍如白晝一樣，她特意調成了太陽光，就是想好好看看羌然的表情！

在門口已經脫了一隻軍靴的羌然，顯然愣了一下，不過他也沒什麼太大的動作，依舊是按部就班地脫著軍靴，然後又把外套那些都脫了下來，找了家居服換上。動作不緊不慢的，但表情看上去非常疲倦。

劉婭楠雙手握成了拳頭，在他走近的時候，更是積攢了十分的力氣，想著要跟他好好理論，大吵一架。

結果她還沒開口，羌然整個人就跟暈過去似的，一下就趴到了床上，而且正好趴到了她的身邊，劉婭楠這下可被囧住了。

她懷疑羌然又要躲她，她推推羌然，可是推了兩下，別說羌然有反應了，她很快就聽見了鼾聲。

羌然平時睡覺可是無聲無息的，現在他居然都會打鼾了……

這是真被累慘了吧？

劉婭楠皺著眉頭琢磨著，要不要再使點手段把他折騰醒了，只是在她想那些辦法的時候，又看到了羌然的睡臉。

劉婭楠就知道自己不該去看他的臉，她總是毀在羌然的這張臉上，尤其是當他乖乖睡覺的時候……

那樣子已經不能單單用一個帥字來形容了，她也說不出那是什麼感覺，就是這麼好看英氣的一個男人，不管外界怎麼形容他、怕他，可在他睡著的時候，卻也跟大部分的男人一樣，睡得跟孩子似的……

劉婭楠無聲地看了一會兒，最終還是於心不忍地把被子扯過來，蓋在他的身上。

劉婭楠也跟著躺下，明明心裡還有氣呢，可在睡著後，還是不知不覺地抱住了身邊的這個人，沉睡中的羌然也跟條件反射一樣的，在她湊過去的時候，下意識地伸出胳膊把她環在懷裡。

在天矇矇亮的時候，劉婭楠就覺得有什麼在脫她的衣服。

她半睡半醒間張開了眼睛，然後就看到羌然正俯身親吻自己的胸部。

他的動作很輕，很多地方都跟輕啄一樣，只是親到她肚臍的時候，劉婭楠實在忍不住了，癢得她直往旁邊躲，羌然卻一把摟住她，很快地把她拽到了懷裡。

他捧著她的臉頰，他以前沒這麼親過她的，而且以前的親吻也不是這樣的。

他偶爾會親她的臉頰，也會偶爾親她的耳朵，可他更常親她的嘴唇，會吸吮她的嘴唇，可現在這種親吻太奇怪了……

他親得太激動也太密集了，而且不光是嘴唇，還有臉頰、耳朵，有些地方簡直就跟舔一樣，劉婭楠覺得很不舒服，感覺也很怪，因為羌然親得她臉上濕漉漉的。

他以前沒這麼迫不及待過……這樣急色的羌然，讓劉婭楠有點無所適從，可是她根本躲不開。

而且還有好多事要說呢，劉婭楠在意亂情迷間努力抗議：「然然，你別親我了，我有話要說……」

「不用說了。」羌然很快地打斷她的話。

他的手已經托起了她的臀部，她知道他下一步要做什麼。

他望進她的眼睛裡，一字一句地說：「我相信妳。」

劉婭楠也不知道羌然到底是真相信了還是假相信了，不過能在一起就好了！

劉婭楠快速地調整態度，比羌然更纏綿更用力地吻了回去，她不斷親吻著羌然的嘴唇。

只是這次的情事真的挺奇怪的，以前羌然不是這麼黏的。

劉婭楠也不知道自己怎麼就想到了黏這個字，而且明明羌然是個大個子，別說武力值那些，就單單在體格上就跟黏人兩個字差了十萬八千里，可她就是覺得他有些黏人了。

這真的是很奇怪的感覺，就好像那天早上她急急忙忙穿衣服準備去菲爾特出訪，他在床上拉扯著她的樣子……

忽然之間他們就變得黏黏糊糊了，而且這種黏黏糊糊不是因為性，也不是因為想要撒嬌，而是一種本能。

劉婭楠用臉摩擦著他新長出來的鬍碴，癢癢的又有點扎扎的，可是很好玩，比做愛都要讓她心動，她低下頭去親吻他，手指跟他的手指交纏著。

不過還是不能總膩在一起，兩人膩了一會兒，很快地羌然就從床上坐了起來，忙著穿衣服。然後一邊穿衣服一邊告訴她，他還有很多事需要處理，在說話的間歇，羌然還拍了拍她的屁股，催她也趕緊起來。

劉婭楠知道這位十足獨裁風範，什麼事兒都是親力親為沒一刻閒的，她什麼都不說地開始穿著衣服。

不管外界怎麼形容眼前這位墮落啊、頹廢啊，可是此人卻是貨真價實、童叟無欺、兢兢業業的獨裁者一枚。

不過大概是停戰，在吃飯的時候，劉婭楠就發現這次的早餐格外豐盛，之前還只是簡簡單單的清粥小菜，現在倒是滿滿擺了一桌子。

只是劉婭楠不知道為什麼，忽然就覺得沒胃口，按說她不應該沒胃口的，她跟羌然關係都這麼和諧了。小田七的情況也好轉，至少現在不用擔心他會死掉了。

可她就是覺得胃不舒服，尤其是看到那些油膩膩的東西，還沒吃她就先倒了胃口。

不過劉婭楠不想讓羌然擔心，她勉強吃了一些。羌然挺忙的，在吃飯的間歇他還通過觸摸牆在查找一些文件。

大概是看她還沒吃完，羌然沒有立即離開，而是繼續坐著陪她吃，劉婭楠不好耽誤他的時間，趕緊把白米粥喝了下去，其他早點還有水晶燒賣之類的，劉婭楠都沒怎麼動。

而且兩人之間怪怪的，像是沒什麼話可說的樣子。

羌然對她的態度更是小心翼翼，中間會為她挾菜，也會為她拿筷子，可是唯獨不問她在菲爾特發生的事。

此時劉婭楠大概是想打破尷尬的氣氛，等吃過飯後，她一邊穿著鞋子，一邊自言自語般地對羌然說：「不光是你要忙，其實我也有好多事兒要做，我還得去看看小田七呢……」

她知道羌然對她身邊的人都不大在意，可還是絮絮叨叨地說了起來：「你不知道那孩子多可憐，我是在實驗室裡找到他的，他渾身插滿了管子，而且現在還說不出話來了，唉，可憐死了，據說肌肉還萎縮了……」

已經穿好軍靴的羌然卻是動作一頓，很快地轉過身來看著她，問道：「妳是在什麼地方找到他的？」

劉婭楠也沒多想，一五一十地說：「就在一個實驗室似的地方，別提那個地方多恐怖了，到處都是玻璃器皿似的東西，裡面裝了很多肢體，我現在想起來還害怕呢。而且小田七手腕還被燙了個東西……對了，就是兩隻蛇交纏著，也不知道是誰設計的，那圖噁心死了，昨天我還特意問過繆臣，問他能不能去掉，不過繆臣說很難，那東西紋得很深……」

等她抬頭的時候，就見羌然皺起了眉頭，好像在想著什麼。

劉婭楠以為他急著要走，她一邊輸著密碼開門，一邊問：「你若急著出門的話，就別等我了，你知道我事很多，出門前要拿這個、拿那個的，還喜歡照照鏡子，真的，下次你沒必要一直等我……」

不過劉婭楠都出門了，卻發現羌然並沒有跟上來，她心裡納悶，忍不住問了一句：「欸，你怎麼了？」

羌然這才若有所思地瞟她一眼：「我在想為什麼西聯盟會迫不及待地要求和談……也許我應該去見見妳說的這個『小田七』。」

劉婭楠也正要去看小田七，不過羌然的樣子神神祕祕的，表情更是高深莫測，劉婭楠疑惑地看著他，羌然卻也不說什麼。

劉婭楠稀里糊塗地走了幾步，不過很快地覺得不對勁起來。

最近發生很多事情，她也是關心則亂了，一看到小田七就只想著怎麼幫他，可是……劉婭楠靜下心來，又把自己剛說的話重新過了一遍，忽然就發現有些不對勁。

其實她早就懷疑，覺得小田七好像變了個人似的。

先不說小田七怎麼在那麼短的時間被弄成那樣，可之後的檢查明顯有些病不是短時間造成的，還有小田七的表情也不對……

難道？

劉婭楠瞬時就被浮出來的念頭給嚇到了，難道她救回來的那個傢伙不是小田七？

劉婭楠連忙看了一眼身旁的羌然，羌然也跟想到了什麼似的，只是他沉穩多了，不會什麼事都露在臉上。

事關小田七，劉婭楠也不敢亂說，她一路沉默地跟在羌然身後，心裡七上八下的，不斷想著：不會吧？不會吧？

可是這個世界本來就是再生人的世界，小田七胳膊上的確有過一組數字，小田七也說那組數字代表曾經複製了一千六百多個同樣的人……

那麼偶爾遇到一個相似的也不是不可能。

一想到這個讓劉婭楠都不知道該說什麼好了，所以其實她的小田七還在菲爾特那裡嗎？

那她最近掏心掏肺照顧的那個人到底是圖什麼啊？那個被救的人幹麼不說出自己的身分？

到了小田七那兒時，羌然並沒有立刻進去，而是先找醫療組要了一些「小田七」的資料慢慢地看著。

劉婭楠實在憋不住了，湊了過去，焦急地問：「你在懷疑他的身分嗎？」

羌然沒有直接回答她，而是指著一組數據說：「基因可以是一樣的，可是身高、體重沒可能變化這麼大吧？」

劉婭楠不吭聲了，所以說她得有多呆，才會沒瞧出眼前的壓根不是小田七啊！

她心裡跟打鼓似的，手更是不自覺地摸索著手腕上的珠子，下意識就想到了野獸，如果有他在的話就好了，至少他肯定能一眼就瞧出不對來……

劉婭楠鬱悶死了，滿腦子都想著如果被她救回來的不是小田七，那真正的小田七在哪兒呢？

她一直跟在羌然的身邊，等他幫自己辨認小田七的情況。

等羌然找了幕僚過來時，她聽到了一些關於菲爾特家的分析，比如為什麼有處建在深山中的基地，比如小田七的白化病，菲爾特的族長也有同樣的病，以及菲爾特族長的深居簡出……

分析完後，就有一些醫療組組員跟羌家軍的人找了測謊儀過來。

這次的測謊儀可不是簡簡單單的一個盒子，那些儀器一看就很專業，劉婭楠看著那些儀器都覺得緊張。

看來羌然這是有一定的把握跟推測了。

可是這對她來說卻不是什麼好事，她惴惴不安地看著這一切，唯一想到的都是小田七在哪裡？誰能告訴她小田七在哪兒呢？

那些人終於進了隔離室，劉婭楠不敢跟進去看，她跟傻了一樣在外面等，透過窗戶，她看著那些人在給那個酷似小田七的人弄著測謊儀。

只是還沒弄好，裡面有一個組長似的人就出來了，表情特別嚴肅，簡直就是被驚到一樣。向羌然鄭重地行了一個軍禮，之後字句清晰地報告：「頭兒，他都說了，正如您推測的那樣，他就是那個人。」

這句話瞬時引起一片譁然，劉婭楠的胸口更是蹦了幾蹦！

她下意識就抬頭瞟了一眼羌然，他的表情倒是淡淡的，沒說什麼話，反倒扭頭看她一眼。

劉婭楠總覺得他的表情有點似笑非笑，只是羌然在屬下面前從來都是嚴肅的，所以他的笑意僅止於眼中。

「所以……」羌然像是調侃一樣，刻意地頓了一頓，說道：「想劫持妳的菲爾特族長，反倒被妳弄回來了。」

但是劉婭楠真的很想哭，壞蛋！誰想要菲爾特族長啊！她要小田七好嗎！

她哭喪著臉，可周圍的人顯然不那麼想。劉婭楠能感覺到，雖然大家沒有歡呼，可這個結果卻讓所有人都有一種出了口氣的感覺，簡直太找回場子了。

打仗是沒吃虧，可是戴綠帽子不可以有，之前菲爾特那邊還信誓旦旦地說族長已經那什麼了夫人，這簡直是對羌家軍的奇恥大辱。可現在那位就躺在眼前，看菲爾特家的人還有誰敢不要臉地說這位把夫人強暴了……

就他這模樣的，夫人強暴了他還差不多！

劉婭楠卻悶悶不樂，她不覺得這事有什麼好高興，也不知道後世會怎麼評價她，不過她強暴羌然，還綁架了菲爾特族長的事，估計是怎麼洗也洗不白了吧！

就她這樣小胳膊小細腿的，居然也有女悍匪的命啊？而且最主要的是，她能拿這個人換回自己的小田七不？

只是後面的事兒就跟她沒關係了，她很快被人請回了夏宮。

劉婭楠緊張地待在房間裡，左思右想都覺得跟做夢似的，所以自己一直摟摟抱抱弄回來的其實是菲爾特族長，所以當初那個假族長才說不能用身體接觸的方式生孩子……

因為正牌族長壓根就是心有餘而力不足啊！

可是說一千道一萬，她最關心的也只有小田七。

劉婭楠終於忍不住給羌然打了一通電話，急急地問：「既然你已經確認了他的身分，那小田七呢？你知道小田七的消息嗎？」

羌然那頭顯然很忙，他沒有回答她什麼，只是言簡意賅地回了一句「我努力查一下」，然後就掛斷了電話。

劉婭楠像呆子一樣坐在床上，人都傻了。

她的人生充滿各種不可預料的神展開，可是這種神展開她有點扛不住啊！

一個可愛的小田七賠進去，換了個變態回來！

更要命的是她還當寶貝似地照顧那傢伙好久，每天餵水餵飯的！

她真想扣著那人的喉嚨讓那傢伙都給她吐出來！

她自虐一樣地打開了電視，眼淚卻忍不住流了下來……

她的小田七啊！

簡直要氣死她了！

自從停戰協議簽署後，電視上又開始有別的節目了，娛樂、八卦、醫療，各種亂七八糟的節目。

劉婭楠木呆呆地聽著，只想房間裡多一些人氣，讓她的腦子不要亂哄哄的。

只是該她倒楣，剛打開電視，居然就聽到裡面的主持人用激動無比的聲音嚷嚷：「真的，真的，這是真的！你想在二十年後跟女人相遇嗎？你想擁有年齡優勢嗎？」

另一個聲音更誇張的主持人也跟著附和：「哎呀，這可怎麼辦，馬上就要有女人了，可是我已經三十歲了，在十六年後，我不就要五十了嗎？五十歲的男人啊！我還是處男呢，我該怎麼辦啊！性生活只能享受幾年了……我不要，我不要死在遇到女人的前夕，我不要只過區區幾年的性生活，而且五十歲的我還能生孩子嗎？某人二十多歲就不能生了，我若等到五十歲還有希望嗎？可是這漫長的等待太可怕了，簡直度日如年啊！天啊！我該怎麼辦呢？」

「不要怕！不用愁！太宇醫療有限公司的休眠工程為您解憂！這是一款最新型的休眠儀，使用這個儀器可以在不傷害身體的情況下進行休眠，一年只需要三十三萬，你就可以具有一年的優勢！您還在等待嗎？您還在期盼嗎？請來太宇醫療有限公司！我們為您保駕護航，讓您……」

劉婭楠一下就被震得清醒了，壞蛋！她發現這個世界永遠比她想的還神。

她深吸口氣，忙打起精神來，不管多麼擔心，可是該面對的還是要去面對，她現在唯有耐心等待羌然那兒的消息。

只是不知道是太激動還是太緊張，劉婭楠忽然很想吐，她到洗手間扒著洗手臺吐了一會兒，再抬頭的時候，眼圈都是紅紅的。

她忍著強烈的不適感，又在房間裡等待了一會兒，中間更忍不住打了一通電話詢問，只是依舊沒什麼結果。

劉婭楠覺得乾等也不是辦法，她會急壞的，便打開之前做的那些東西，努力讓自己靜下心來。她不大習慣用電腦處理事情，她反應慢，還是習慣用紙跟筆寫寫畫畫的。

她用筆打著草稿，主要是一些簡單的想法，具體還需要找專業的設計師、建築師，她不過是提出一個概念，把自己想要的都寫出來而已。

不過規劃更多的是養育院這種事，很像她當年玩的那個模擬城市，有一種不大真實的感覺，可是她知道只要她想，這些規劃都會實踐，還有其他她想做的社會福利，都可以影響很多人的人生。

還有，如果以後有她的再生人，她還得多做準備，現在這個世界連無良商人都搗鼓出什麼休眠儀，準備對著十六年後的女再生人們，她要再不行動，到時候真有女再生人了，還不知道會是什麼樣。

而且她這種大學畢業的，都被人當傻子似地糊弄，說不好聽點，她夠不靈光了，這個沒什麼閃光點的基因再不受點教育，那簡直就不能看了。

這麼一想，劉婭楠開始著手再生人的基礎教育規劃，具體的課程還有年級，她都可以仿照以前的世界來做，只是教育結構她不知道該怎麼弄，要再請教專家，更重要的是女孩子的結婚年齡也得有相關規定！

不能十六、七歲就被弄去結婚，怎樣也得歲數大一些才行，而且不能強迫，要自由戀愛，婚姻得是自主獨立的，這就需要建立一些保護法規。

只是她自己的婚姻都不是自由的，劉婭楠頓時覺得肩上的擔子可重了，她還有很多很多事情需要做……

她終於平靜了下來，盡量把小田七的事兒壓在腦子裡，努力克制自己的無力感。

這時劉婭楠難得地接到了一通電話，自從羌然跟西聯盟談判好之後，她就可以接到外界的電話了，只是這次要找她的不是別人，正是那個文藝青年繆彥波。

劉婭楠早把這個人忘了個乾淨，這個時候接到對方的電話，她還納悶了下，趕緊全副武裝起來。

打開視訊電話後，很快就看見跟五花大綁似的繆彥波，正一臉憂鬱地躺在病床上。看他被包紮得跟粽子似的，劉婭楠就猜想這人多半被傷得不輕。

出於人道，劉婭楠問了一句：「你傷得挺重的，還好嗎？」

「謝謝您的關心。」繆彥波居然還不好意思似地抿嘴笑了下。

劉婭楠莫名其妙，不過倒是想到一件事，她記得早前這個繆彥波掛羊頭賣狗肉地攢了個什麼女人保護法案，現在她倒真需要這麼一部法案了。

劉婭楠趁機說道：「對了，我想參照我那個世界的婦女兒童保護法，寫一些東西，有機會的話咱們好好討論討論吧，你是這方面的專家，我需要你的專業知識。另外，我覺得以後這個世界會有很多女人跟孩子，沒有一部完善的法律不行，所以這件事能不能盡快做……」

劉婭楠天生就是很溫和無害的人，所以說出來的話帶著很自然的暖意。

繆彥波也滿吃這套的，兩人倒是正經八百地討論了起來。

繆文青人倒是還算靠譜，劉婭楠起初還納悶這個文青是怎麼上到那個位置的，不過現在看來，此人就是青春期沒女人給憋的，做起事來其實很面面俱到，專業得很。

不過跟人精混久了，尤其是在羌然身邊待久了，劉婭楠已經有了自己的一套看人的方法，有些人在某些方面可以獨當一面，其實在另一方面沒準就是個白癡。

劉婭楠一旦開啟工作模式，就會變得很認真，兩人心無旁騖地研究起來，只是一等休息，她就又忍不住惦記起小田七。

而且就跟心裡有壓力似的，她的胃口越發不好，簡直就跟吃壞了肚子一樣，她後來又跑到洗手間乾嘔了幾次。

最近正是多事之秋，她也不想因為自己的關係去給別人添麻煩，她把胃清空了，又喝了一些水，覺得實在不成，又在床上躺了一會兒，才終於覺得好一點。

晚上時，羌然終於回來了。

劉婭楠正等得著急，一見羌然回來了就快步走過去，忍不住問道：「然然，事情處理得怎麼樣了？」因為白天提太多次了，晚上她沒敢再提小田七，可眼神早已經洩露了她的焦慮。

羌然沒有說什麼，只是低頭換著鞋子、衣服，等都換好了才抬頭看向她。

「還在談。」他並沒有詳細地解釋什麼。

劉娅楠知道他一直都是這樣，因為他做事從不需要向任何人解釋。

劉娅楠喔了一聲。

羌然不大會勸人，不過看到劉娅楠失望的樣子，倒是難得地主動抱了她一下。

劉娅楠心裡難過，她用力地回抱著羌然，想對他撒撒嬌，想請他幫她找小田七，可是她知道羌然這個人該做的事一件都沒少過，估計這次是真的不好辦……

劉娅楠沒再說什麼，只是情緒很低落，吃飯的時候都沒吃進去幾口。

羌然不擅長勸人，劉娅楠沉默，他跟著沉默。

甚至到了上床休息的時候，他沒有再同劉娅楠做床上運動，大概是體諒她的心情，知道她沒有情緒。

在劉娅楠躺到床上時，羌然就把她抱在了懷裡。

劉娅楠心裡難過，她枕著羌然的胳膊，心裡更後悔得要吐血了，她怎麼就那麼腦殘，硬是把小田七丟在那種地方……

而且很快她就知道這件事有多麻煩了，她一直都很擔心小田七，所以隔三差五就會向身邊的人打聽。

她漸漸瞭解了一些眉目，原來不管是羌家軍還是菲爾特，兩邊都打起了啞謎，而且菲爾特也不知道是出於什麼目的，非但不肯承認族長的情況，也沒有一點要換人的意思，甚至不肯透露小田七是死是活。

劉娅楠此刻大概猜著了一些，這種權力爭鬥從來都是瞬息萬變的。興許此時菲爾特早已經換了主事的人，自然是不願意舊族長回去，只是可憐她的小田七……

而且更要命的是，她誤打誤撞帶回來的那個菲爾特族長，自從被發現身分後，就開始鬧起了絕食。

劉婭楠一直無法得到小田七的消息，存著一肚子火呢，此時從楚靈口裡知道菲爾特那個病秧子族長居然鬧絕食，二話不說就挽起袖子準備找他算帳！

這次她也不管醫療組的人攔著她，直接就衝到那人的面前。只是一看到對方，劉婭楠的心情就變得複雜起來，這個人跟小田七太像了，簡直就是放大了一圈的小田七。

她糾結了一會兒，才對那人說道：「你這是要幹什麼？你這種身分，死在這裡不覺得太可笑了嗎？你難道不想辦法回去嗎？」

他要真給自己折騰死了，她拿誰去換回小田七啊？

沒想到她說完後，這個菲爾特族長反倒笑了，合成音箱很快地發出了金屬感十足的聲音：「妳覺得現在的我算是活著嗎？」

劉婭楠聽後沒有吭聲。說真的，這人的狀態其實跟死了沒什麼區別。

更主要的是此人也是人精中的人精，估計自從被帶到羌家軍來後，他就知道了自己的情況，而且也多半猜到菲爾特那邊會怎麼應對……

只是劉婭楠有點不明白，因為就算是敵軍首領被人帶走，也沒可能上上下下都當沒這回事吧？

她疑惑地問道：「這怎麼就不叫活著了？再說你肯定有關係不錯的屬下吧，你就不能聯繫他們，我有一個很重要的人在你們那裡，讓他幫忙找找人，如果能找到的話，我願意拿你去換。」

「妳可真蠢。」躺在床上的菲爾特族長臉色蒼白得沒有一絲血色，說話時更帶著冰涼的笑意，「我只是再生人，菲爾特有專門的基因庫，他們只需要重新再生一個首領就好了……」

看著劉婭楠皺眉不解的樣子，他淡淡地說道：「菲爾特家族是一部機器，所謂的族長也不過是中樞的一個零件，壞掉的時候就要找別的零件來替補，這是最簡單不過的道理。」

劉婭楠想的卻不是那樣，她蹲在他身邊，過了片刻，才感慨地說了一句：「所以說，你也只是個倒楣蛋，現在連家族都不要你了……」

這個菲爾特族長卻沒有絲毫難過的樣子，好像這很天經地義，而且他還很好心地告訴劉婭楠：「其實有個很簡單的辦法，可以讓妳找到小田七。」

劉婭楠一聽到這個，瞬時人都精神了，眼睛更是跟亮了起來似的，只是她卻聽到菲爾特族長講了這麼一通歪理。

「用我的身體做再生人，做很多很多個，選擇最像小田七的那個培養，然後給他取名叫小田七，不就好了嘛。」

劉婭楠聽得臉都綠了，這些人都什麼驢腦子啊，她氣憤地說道：「你以為那些是什麼？」

她急急地說：「那是人啊、是生命啊，還隨便弄，多弄幾個再從裡面選……又不是衣服、鞋子，那是人啊！活生生的人能當物件似地隨便選、隨便弄嗎？那剩下的呢，就是次級品？」

她想起小田七手腕上的數字，想起當年小田七對她說的那些話，還有小田七在養育院的生活，她無法認同地反駁：「人不是簡單的數字，也不是機率，沒有哪一個人是可以被替代的，就算是一樣的基因，可依舊是不同的個體。小田七只有一個，就算有一千、一萬個相同基因的人，可是沒有相同記憶的話、沒有那些一起經歷過的事的話……」

「記憶也是可以移植的。」菲爾特族長淡淡地告訴她：「當年侯爺找人做過試驗，據說還成功了，可以通過再生人不斷地移植自己的記憶，達到重生。不過大概是厭倦了那樣的生活，後來的侯爺把一切都重新啟動，將所有財產都捐了出去，更毀掉了當初的試驗基地……不過如果妳想的話，其實是可以做到的。」

劉婭楠覺得她跟這些人真是兩個世界的，簡直就無法溝通。她瞪著這個菲爾特族長，過了好一會兒才固執地說：「你什麼都不明白，人不是這樣的，從來都不是……」

這個菲爾特的族長倒是忽然意有所指地問了她一句：「妳喜歡羌然嗎？我聽說妳曾經在議會宣布羌然是妳唯一的丈夫，那妳應該是很喜歡他吧？」

劉婭楠不明白這個族長怎麼會問這個，不過她也沒有好隱瞞的，很快地回道：「喜歡。」羌然那麼優秀，她很難不喜歡他，再說他們同床共枕那麼久，做啊做的也總歸是做出些感情了，而且羌然也是目前所有男人裡最適合她的……

「可是妳想過嗎？當妳的再生人大量出現的時候，羌然還會選擇妳嗎？會有更年輕的再生人出現，跟妳一模一樣的女人，氣質更好，受到更多良好的教育，甚至羌然可以根據自己的喜好去培養……妳覺得那時候他還會把妳放在身邊嗎？而不是找一個更年輕的再生人來代替妳？」

劉婭楠覺得這個菲爾特族長嘴巴真是挺賤的，她瞪著對方。

菲爾特族長繼續說著：「妳說每個人都是不一樣的，也不是機率問題，可時間會告訴妳，其實都是一樣的。」

合成的聲音帶著冰涼的感覺，可他說的每一句都直指她最脆弱的地方。

劉婭楠沒有開腔說話，她不是沒想過那些可能……她沉默了起來，望著菲爾特族長的眼睛，他才跟她接觸沒多久，簡直就跟能看透人心似的，可以說出這麼一番話來。

就算他是個癱子，不過就這個腦子、心眼……那可真是名副其實長在茅坑裡的石頭，又臭又硬，還陰險噁心。

過了好久，她才淡淡地回道：「你說的話我明白，你不是第一個、也不會是最後一個說這些話的人，我也有自知之明……」

她頓了一頓：「雖然那些事很傷人，聽了也很難過，可是說句托大的話，其實我並不大在乎。喜歡一個人，或者不喜歡一個人，我會糾結也會鬱悶，可是卻不真的很在乎，如果在乎的話，我早就傷心得死掉了。雖然戀愛很重要，不過我想我的人生不應該只有那些東西，更何況我現在真的很忙，我什麼都不懂，偏偏我又想做很多事，所以我才要努力地去做、去學習，我也沒有太多精力去考慮那些男女情愛的事，只要順其自然就好。而且對現在的我來說，不管能不能做好，可既然有小孩子叫我媽媽，既然有人歡呼著叫我女王殿下，那麼我就要用心地去做一些力所能及的事，而且我不是適合談戀愛的人，我本身性格就有問題，所以就算最後像你說的那樣也沒有關係，在我以前的世界裡，不合適的男女分手離婚也是很常見的……」

更何況她在羌然身邊一直都覺得很有壓力，也許哪天羌然不要她後，她反倒能找到更適合自己的男人……

劉婭楠說完後，也不管這個菲爾特族長是什麼表情，就直接起身走人了。

不過為了避免這傢伙真的絕食死掉，耽誤了她換回小田七的事，劉婭楠特意找了醫療組的人，叮囑他們看好這個嘴賤的傢伙。

之後劉婭楠繼續弄著養育院的事，偶爾她也會考慮一下養老院的事，只是大概是受了病秧子菲爾特族長的啟發，劉婭楠發現用這個傢伙做模板，來研究養老院的話好像也不錯。

反正她最近正在考慮這個世界的養老問題，正愁著沒合適的試驗對象，現在剛好有這麼一位又癱又病的傢伙，就把他當成了試驗中的老年版再生人。

不知道是不是上次她說了那麼一通話，讓這個傢伙有了點觸動，劉婭楠再去見他的時候，他嘴巴倒是不那麼賤了。

只是在接觸的時候，劉娅楠發現這個傢伙真是怪可憐的，只能吃流質食物來維持生命，而且因為長時間沒吃固體食物，牙齒都退化了。

不過大概是她太聒噪了，總是問他關於養老設施的事，或是這個菲爾特族長只是說說而已，反正從那之後他倒是不絕食了，也知道積極地吃飯配合治療。

而且在初步的按摩治療下，菲爾特族長能活動手指了，甚至還可以按下那些操作鍵，比如想喝水時，都可以提示身邊的人。

劉娅楠雖然在別的地方又傻又笨，可是在照顧人上，卻是極有心得。最近研究養老問題時還可以跟菲爾特族長探討一二，而且中間粗神經的劉娅楠還被對方翻了白眼。

菲爾特族長本人倒是難得地有才，只要劉娅楠耐著性子請教問題，這個傢伙顯然有點成年版小田七的感覺。

她發現只要用對待小田七的態度去應付他，就能容易地掌握菲爾特族長的情緒，也能變著法子地讓他幫自己。

簡直就跟小田七在外面長了一圈後又回到她身邊一樣，有幾次劉娅楠甚至都有一種錯覺，像是遇到了青春期版的叛逆小田七……

劉娅楠發現環境真的可以把人塑造得完全不同。以前她覺得菲爾特族長應該很恐怖，可不知道是不是那張小田七臉的原因，真見到這個菲爾特族長，就覺得其實也不是那麼恐怖。

只是最近她的胃口越來越不好了，到後來簡直是早上、晚上都忍不住想吐。劉娅楠怕羌然發現她身體不舒服，會找醫療組的麻煩，私下找了楚靈，想讓他幫自己拿一些治嘔吐的藥。

但是只要是她，不管是小小的傷風感冒，或者只是手上劃個口子，那都是絕對最高等級的醫療問題，楚靈剛把她的情況說了下，很快就有幾個醫療組的骨幹過來了。

最近劉娅楠一直沒讓那些人檢查身體，現在那些人氣勢洶洶地過來，檢查項目也推不掉，乖乖讓那些人做了一番檢查。而且聽那些人的說法，如果真是吃壞了肚子，還要追究一系列的責任，從配菜師到主廚一個都不能放過。

劉娅楠趕緊為那些人說好話：「估計是廚師長他們前段時間太忙了，所以忙中有錯，而且鬧肚子而已嘛，又不是什麼大事，再說只有我自己不舒服，我看羌然一點事都沒有的，估計是我哪裡吃得不對了，要不就是受了風寒……」

只是劉娅楠一邊解釋，一邊卻發現那些人的臉色像是看到了什麼可怕的事情，整個都變了。

劉娅楠也跟著緊張起來，不明白自己到底是出了什麼問題，怎麼這些人這麼嚴肅。

因為很快就有更多的醫療組組員跑了過來，幾個工作人員檢查的時候手都是哆嗦的。其中一個人更哆嗦得沒握住儀器，直接把測試用的儀器掉在了地上。

劉娅楠被砰的一聲嚇了一跳，下意識就捂了下胸口，結果那個人就被其他的工作人員給架了出去，她還看見其他幾個看著很斯文的醫療組成員，還生氣似地踹了那人幾腳。

那個掉東西的傢伙更是一副追悔莫及、悔不當初的倒楣樣子，好像剛才那一下犯了多大的錯誤似的……

就因為嚇了她一跳嗎？

劉婭楠正在納悶，那些人卻離開了，只留下楚靈他們。

而且劉婭楠注意到，之前自己身邊只有兩個保安人員，現在她身邊卻圍上了七八個。而且那些保安人員個個都繃著面孔，一臉嚴肅。

劉婭楠嚇得夠嗆，趕緊問楚靈：「欸，他們怎麼走了，我的藥呢？我是吃壞肚子了嗎？到底是怎麼了？你告訴我好不好？」

楚靈神情複雜地看著她，最後實在被問的沒辦法了，才小心翼翼地說道：「殿下……您應該是懷孕了……」

劉婭楠當下就緊張得嚥了口口水！

她這個月的月經是有點延遲，到現在還沒來，她還以為是最近發生的事太多所致。

懷孕！她這麼簡單就要當媽媽了嗎？

不過這應該是好事吧，因為她懷孕了，那麼羌然不育的事就等於是不攻自破了嘛！

她就知道這個世界的檢查手段不準，在一個不知道自然生產為何物的地方檢查生育情況，那不是太扯了嗎？

而且這件事羌然應該很快就知道了吧，他會很開心吧？

劉婭楠心跳得特別快，簡直想立刻見到羌然。

結果她左等右等，都等了一個多小時也沒見著羌然，倒是這期間夏宮裡的設備又被檢查了一遍，包括椅子的承重力之類，地上更鋪上了軟軟的厚毯子。

一直沒見到羌然，劉婭楠就等不下去了。她原本想給羌然打電話，可是才剛按幾個按鍵她就停了下來，既然山不就她，她就去就山，再說隔著螢幕也不能直接地知道羌然的情緒。

劉婭楠這麼一想，就站了起來，只是她身體才剛動了下，就發現包括楚靈在內的那些保安人員都倒吸了口冷氣。

楚靈更是臉色蒼白地問她：「夫、夫人，不，殿下……您這是要去哪裡啊？」

「我去見羌然啊。」劉婭楠很自然地說著，她理解這些人的大驚小怪，畢竟她是幾個世紀以來唯一一個懷孕的女性，緊張是肯定的。

她安撫地對楚靈說道：「你放心吧，走路對孕婦挺好的，再說哪有那麼容易流產啊，沒必要太小心的……」

哪知道她隨口的一句流產，卻差點沒把楚靈嚇暈過去。楚靈更是激動地當下就呸了一口，在那裡狂說著什麼：「不靈不靈，好的靈、壞的不靈！」

劉婭楠也有點被驚到了，原來男人要小心起來也能成這樣啊！

在劉婭楠的堅持下，楚靈不敢攔著她。只是她從夏宮出去的時候，算是見識到什麼叫誇張了。

這些保安人員是前兩名、後兩名地保護她，而且還有一組專門開道的，路上哪怕有一顆小石頭，都會小心地為她剔除了，更別提遇到有階梯的地方，簡直就是恨不得抬著她過去。

她就算想自己走過去，那些人也是七手八腳地過來扶著她，好像她要做多麼危險的動作一樣。而且在她走階梯的時候，還有兩人躺在旁邊，隨時準備當肉盾呢！

劉婭楠也被弄得緊張兮兮的，而且讓她更意外的是，她剛到羌然的辦公區，就看見外面整齊地席地坐著好多人，場面簡直就跟電視裡演的一樣誇張。

她走近的時候特意看了一下，發現那些人居然都是醫療組的。這些人是怎麼了，被罰坐嗎？可是明顯羌家軍的人正苦口婆心地不斷勸著那些人。

劉婭楠走近後，從中找了熟悉的繆臣，好奇地問：「欸，繆臣，你怎麼在這裡呢？你們幹麼要坐在這裡啊？」

繆臣原本還是一副寧死不屈的表情，此時一見了她，就跟受到了多大的鼓舞一樣，瞬時整個人的情緒都膨脹了。

劉婭楠也注意到，那些坐著的醫療組成員看到她後簡直都跟魔障了一樣，個個都坐得筆直筆直的。那表情絕對是視死如歸、大義凜然得很，繆臣更是一字一句地說：「殿下，您放心吧，有我們醫療組的誓死保護您，任何人都不能傷害您和您腹中孩子的一根毫毛……」

劉婭楠這下更是摸不著頭腦了，誰要傷她跟孩子啊？就羌家軍這個保護得密不透風的勁頭，誰敢啊？

正在她疑惑不解的時候，倒是羌然身邊的觀止已經一瘸一拐地走了過來。觀止見她親自找來了，忙就恭敬地把她迎到羌然的辦公樓裡。

劉婭楠也是好久沒見過觀止，之前知道他沒事時還在電話裡聊了幾句，此時見他已經在工作了，她更是趕緊問道：「觀止，你現在身體怎麼樣了，腿還好嗎？」

「還好，估計一個禮拜後就可以徹底恢復了。」觀止一邊回答，一邊小心地把她往裡迎。

劉婭楠在要進羌然辦公室前，壓低了聲音問：「觀止……外面的人是怎麼回事，你方便告訴我嗎？」

觀止的視線一直都挺微妙，雖然跟以前一樣都一直低著頭，不過這次他的目光總是時不時地往劉婭楠的肚子瞟，好像那裡藏了什麼了不得的東西一樣。

觀止倒是沒隱瞞什麼，對他這種打過大陣仗的軍人來說，醫療組簡直是吃飽撐著沒事幹的典範，「殿下，不是什麼大事，醫療組的把您的情況報告給頭兒後，頭兒當時很開心，還說要去找您，可是醫療組那些人不知道發什麼瘋，要求頭兒一定要搬離夏宮，因為……」

說到這裡，觀止大概是不好意思再說下去，尷尬地用了別的詞替代：「因為怕頭兒……在有些時候會控制不住地傷到您和孩子……」

劉婭楠一下就明白了，是怕他們小夫妻同床，然後傷到孩子吧？

這個醫療組的人也太有超前意識了。

才剛知道她懷孕，就琢磨出這些事了，這是該誇他們專業細緻，還是該罵他們一句吃撐了閒的呢？

就在她不知道該說什麼好時，觀止已經推開了羌然辦公室的門，她進去時就看到正在低頭研究古籍的羌然。他正在翻一本老厚老厚的書，看他的樣子倒是滿認真的，而且他身邊更有一堆的書，看樣子是要準備研究出東西來跟外面那些學究派的傢伙們PK。

那些書一看就是年頭很長了，劉婭楠走近時看見書皮上都是些什麼孕婦的產前知識、還有什麼育兒百科、孕婦的飲食禁忌那些。

對一個女人懷孕都是傳說的世界，劉婭楠早已經對各種神展開習慣了。

羌然也察覺到有人進來，忙從書堆中抬起頭來。在看到劉婭楠的時候，他的表情瞬時就變了，那是一種很微妙的情緒，既是喜悅又帶著一些疲倦。

劉婭楠不知道他跟醫療組的人爭執成什麼樣，不過那些學究型的人現在還在外面坐著，她以後生孩子還要仰仗那些學究們，而且那些人也是真心實意地為她著想。

劉婭楠坐在他的面前，同樣露出個無奈的笑。

倒是羌然的動作很快，他下一刻就把書推到一邊，幾步走到她面前，一把就掀開了她的衣服，在劉婭楠還沒反應過來前，就已經直接把耳朵貼到她的肚子上。

劉婭楠嚇得就往後縮了下，羌然卻抱著她的腰，疑惑地問：「我怎麼感覺不到他？」

「什麼他？」劉婭楠問完才明白過來，趕緊解釋：「孩子還太小，要懷孕很久才能感覺到，你不是看了那些書嘛……」

「我看不懂。」羌然坦率地告訴她：「理論明白，可是太神奇了。」

他是俯著身體的，此時他稍微站直了些，視線卻沒有離開她的肚子，就跟看到新鮮事物的孩童一樣，充滿了好奇跟期待。

他終於受不了誘惑般地，伸出手小心翼翼撫著她的肚子。

「不用培養液就可以孕育生命嗎？不是在器皿裡，只通過這個肚子就可以有孩子？」他皺著眉頭，就跟陷入了巨大的謎團一樣，「妳我的基因會混在一起，變成一個全新的、這個世界從未有過的人……任何技術也無法破解的東西，妳這個肚子卻可以做到。」

劉婭楠倒沒那麼多想法，她對懷孕的理解還僅僅是「要有小寶寶了」的感覺上，不過羌然的目光太炙熱了，簡直都要把她的肚子燙出個窟窿來。

他又一次地俯下身來，這次他特別仔細地觀察了她的肚子，不過估計還是有些不明白，他又伸手摸了摸，就是摸的動作太輕柔了，簡直就跟搔癢一樣。

劉婭楠覺得癢癢的，連忙推開他的手問道：「羌然，別總說這些了，外面那些醫療組的人你想怎麼辦？」

羌然聽到這話，原本還很熱烈的表情瞬時就黯淡了下去，過了片刻他才回道：「我一會兒再跟他們談。」

劉婭楠還以為這個世界已經沒有人能威脅到羌然了呢，她剛才還擔心羌然會不會一氣之下把那些人解決掉，現在看來倒是自己想多了。

只是他的表情怎麼看都像是不情願，劉婭楠摸了摸他的頭，真奇怪，這個人居然是帶兵打過仗的……

劉婭楠有一種不真實的感覺，不過語氣卻已經很自然地軟了下去，安撫般地告訴他：「他們也是好心，就當為小寶寶了。」

本來她也是有點猶豫，在以前的世界也沒聽說過懷孕後小夫妻要分床睡的，不過一想起羌然的精力還有那什麼的情況，劉婭楠真心覺得自己肚子裡都有貨了，還是安全第一吧！

羌然倒是沒說什麼，他不是不明白其中的道理，估計有些不甘心，可等靜下來後，倒是很快地通情達理起來，而且也開始快速地處理起她懷孕所引起的一系列事情，比如對外公布消息，還有保安的問題。

羌然一旦工作起來，就會變了個人一樣，簡直就是一部運轉得特別精密的機器，效率高得出奇，卻也跟沒有感情一樣。

劉婭楠一見他正在忙，趕緊告辭走人了。

只是回去的時候，劉婭楠發現自己來時的那條很平坦的路已經被人鋪上了厚毯子，兩邊更是弄了些像是護欄的防護措施。

更有意思的是階梯，在回去的時候一個都沒了，她不知道那些工兵在這麼短的時間怎麼做到的，幾乎把她所有能走到的地方都弄成了舒舒服服的平地。

劉婭楠簡直都要佩服死羌家軍的小題大做，自己不過就是過來看一眼羌然，他們居然就能這麼快地弄出這麼個通道來……

而且更誇張的還不只這個，等劉婭楠回到夏宮後沒多久，羌家軍就把她懷孕的消息對外公布了。

且不說那些手忙腳亂爭著報導第一手消息的新聞節目，就連聯邦政府的那些人都親自打電話來祝賀她。

繆彥波更是在電話裡像是口不對心地說著：「您有孩子總是好的，我應該為您感到高興，只要您是快樂的，我的快樂與否又有什麼關係呢……」

劉婭楠被噁心得牙都酸了，而且等她再打開電視的時候，就看見像是在慶祝什麼了不得的大事一樣，不管是換上了漂亮彩色衣服的主持人，還是喜上眉梢的專家們，個個都在議論新生兒的到來。

而且所有人都篤定她一定會生女兒，而且很快就能生出個健康快樂的女兒來！

劉婭楠真想給這些專家們去個電話，提醒他們孩子怎樣也要在媽媽肚子裡待上十個月呢，他們以為這是母雞下蛋，立刻就能見著東西啊？

不過對這個純男世界來說，這些亂七八糟的事劉婭楠倒是早有預料。在她轉臺看著各地反應的時候，她忽然注意到了一個很特別的消息。

某地方臺正熱烈地播出未來公主殿下的預測節目，幾個號稱遺傳學專家的人正在用電腦合成著未來公主的外表。

那些倒也算了，可問題是父親的那一欄裡卻不只有羌然一個選項，還有一些劉婭楠認識或者不認識的人。

什麼觀止啊、楚靈啊都榜上有名，那些專家更用各種數據組合著，猜測那些人的後代該是什麼樣，比如楚靈的眉毛太濃，觀止的眼睛太冷峻、嘴唇太薄，什麼繆彥波的臉型不夠理想，還是何許家族的要好一些，只是個子會不會太矮了啊……而且貪財也是個弱項，要是被遺傳了，也很痛苦的……

於是最後挑來選去、選來挑去，那些專家們都得出一個讓人絕望的消息，還是羌然的基因最好，雖然是暴力了點！可是，顏值太高了有沒有啊！

擁有羌然基因的公主殿下畫面一出來，別說那些專家及主持人了，就連螢幕外的劉婭楠都看呆了！

那絕對是男女通吃，漂亮得讓人想去死一死的長相啊！

羌然的樣子原本就無敵了，現在再來個女版，不管是秀氣的線條，還是豐滿的身材，連身為女人的劉婭楠都要被迷住了。

不只是漂亮，關鍵在於那可是有羌然氣質的女人，那絕對是正統女王風範啊！劉婭楠都沒想過羌然要是有個女兒的話會長成這樣。

於是，不管羌然之前多麼惹人討厭、多麼沒有人性，可是在那個臺播出了這個節目後，那幅名不見經傳的公主合成圖瞬時就竄紅了。一開始還只是幾個娛樂臺在轉一轉，幾個專家看後紛紛捂著嘴說，如果自己未來的妻子是長成這樣的，他們會覺得自己在做夢。

可漸漸地，那個味道就變了，某娛樂臺有一個專家看到合成圖後，激動得手都哆嗦了，也不管是在錄節目，就不斷地搓著手，心猿意馬地說：「哎呀，我未來的老婆就是這個樣子的嗎？這可太好了……」

劉婭楠看得都想找人潑這流氓一臉狗屎！

等晚上羌然回到夏宮的時候，就看見了悶悶不樂的劉婭楠。

劉婭楠簡直都要煩惱死了，那幅合成圖不光是娛樂節目在說，就連很正經的主流媒體也都把那幅圖當做未來公主的標準長相在大肆宣揚著，結果各色男人不是流著口水就是臉紅害臊的，在節目上擺手搖頭地說哎呀這個……太漂亮了……當老婆的話……實在有點……哈哈哈……

劉婭楠原本就反胃，現在更是噁心得扛不住了，這孩子還沒出生呢，就已經給人意淫了啊！

要不要這麼過分啊！

在吃飯的時候，她一邊沒精打采地扒拉著飯，一邊指著電視裡的那些人，氣憤地嚷嚷：「這些人是什麼意思啊，我有說我會用自己的女兒當基因提供者了嗎？開什麼玩笑啊！還在我肚子裡呢，他們就打這種齷齪主意，真是氣死我了！」

羌然倒是情緒挺穩定的，不急不緩地為劉婭楠挾著菜，只有電視臺唸到人名的時候，他才會抬頭瞟上一眼，然後繼續看顧著劉婭楠，要她盡量多吃。

【第二章】沉睡

劉婭楠讓羌然摸著自己的肚子，向他解釋：「自然受孕的孩子跟再生人是不一樣的，甚至可能連你我都不像，這才是生命最奇特的地方。」也不知道他聽明白沒有，她開玩笑地安撫他：「而且很可能會生出長得像你的男孩子，但脾氣性格卻很像我，到時候肯定會有很多人跌破眼鏡吧？」

結果沒想到羌然的擔心就又轉了一個方向，兒子厲害些他頂多是煩惱，擔心世界和平、國家穩定，可若是像劉婭楠這種脾氣秉性的兒子……羌然一想都覺得自己後脊梁在冒冷汗……

湊合著吃過了飯，劉婭楠就想準備休息了。她最近瞌睡得厲害，簡直是沾床就睡，可她走到床前的時候，卻發現羌然並沒有跟過來。往常只要她有想休息的意思，他就會主動過來幫她整理枕頭、薄被那些。

因為她整理的羌然總不滿意，可此時羌然卻跟動作遲緩一樣，過了好一會兒才走過來。他先是把枕頭從放寢具的櫃子裡拿出來，然後放在固定的位置。

劉婭楠知道他這種人就是這樣，不管做什麼都有一定的規矩，就連鋪床都要參照這個程序，只是看他無精打采的樣子，劉婭楠忽然發現他這次只拿了一個枕頭。

就在她要問的時候，羌然已經跟生悶氣一樣地說道：「我晚上要睡在隔壁。」

「欸？」劉婭楠忙抬起頭來看著他。

羌然也不多做解釋，只說了一句：「醫療組的要求。」

劉婭楠這才明白，原來戰無不勝的羌然竟然跟醫療組談到敗下陣來。

她失落地喔了一聲，羌然也頗為不痛快地幫劉婭楠整理床鋪。

劉婭楠見他心情不好，就走過去幫他收拾，還低聲問：「那你怎麼睡啊？不會晚上就我一個人吧？」

萬一她有個不舒服的話怎麼辦？

「一會兒楚靈他們會送簡易床進來。」他淡淡地說著。

劉婭楠這才稍稍放心了一些。

等楚靈他們送簡易床來的空檔，劉婭楠坐在床邊跟羌然聊著白天的事，他們自從知道有孩子後，還沒有這麼心平氣和地待在一起呢。

劉婭楠趁機問道：「知道自己要當爸爸了是什麼感覺？」

她微微抬起頭來看著他，留意著他的表情。

羌然遲疑了下，很仔細地想了想，才如實回道：「不知道，感覺怪怪的，可是很開心。」

劉婭楠喔了一聲，其實她也是這種感覺，很開心，可是對於母愛、父愛那種，卻是沒什麼概念。

她估計羌然比她還要茫然呢。

她起碼還有參照物，他則是什麼參照物都沒有，壓根就不知道父親為何物。

她低著頭正在想著孩子的事兒，倒是羌然伸出手來握住了她的手。

他們離得很近，羌然就很自然地俯下身來親了親她的嘴唇，那是很神奇的一件事。

不是性，而是很溫情的感覺。

劉婭楠愣了一下，隨即就回親起這個男人。

她肚子裡有了他的骨肉，他跟她的骨血融合在一起會成為一個全新的寶寶，她覺得很奇妙，也很期待。

她把他的手放到自己的肚子上，笑著說：「我問過繆臣，既然再生人也有小孩子，為什麼不能用再生的小孩組成一個家庭，繆臣告訴我說，因為看著跟自己一模一樣的孩子，會覺得生命總在不斷地重複，自然孕育的孩子就不同了，他們有著太多的不確定性，可是也充滿了期待。你有那種感覺嗎？就是因為不知道自己面對的是什麼，反倒很期待……」

羌然點了點頭。

劉婭楠想起之前看的那個公主合成像，雖然她覺得那樣的女孩很完美，可是就理性來說，她未必一下就能生出那樣的女兒，先不說性別那些，萬一那個女孩長得像她，脾氣秉性卻像羌然呢？有太多的可能了……

她把自己的想法說了出來，孩子不是簡單的加減乘除，也不是簡單的組合，劉婭楠講了一些以前的事兒、親戚家的，還有自己身邊人的那些。

「而且很奇怪，我知道那對夫妻都很漂亮，結果孩子生出來卻那麼醜，而且很像那個雇來看孩子的保姆，簡直就像是保姆偷偷把孩子換了一樣。還有一些孩子特會長的，簡直取了夫妻雙方的優點，我就曾經在街上見過，夫妻兩個人都很普通，可孩子漂亮得跟小天使似的，大大的眼睛，可好看了，簡直都想抱回去自己養……」

羌然低頭看著她的臉，劉婭楠說話的時候表情特別豐富，肢體動作也很多。

劉婭楠總是這樣，不管遇到多少挫折，總能很快地又變得熱情起來。

他卻是個性陰沉，平時對外從來都是喜怒不形於色，所以這樣的劉婭楠起初讓他很不適應，最主要的是劉婭楠明明平時廢話那麼多，可偏偏又總喜歡把最該說的話都藏在心裡，讓他去猜。情緒更是莫名其妙得很，簡直都無法用邏輯去推理。

他專注地看著她的臉，看她不斷地說著話。

其實很多他都沒有聽進去，他只是看著她的嘴唇，想著要不要再去吻吻她，同時也在琢磨著，女人就是這樣的生物嗎？會說很多沒有意義的廢話來消磨人生？

而且到底是什麼生理結構，讓女人能說出這麼多廢話來的，她就不累嗎？

劉婭楠終於停下了，大概是察覺到了羌然的安靜，她重新又握了握他的手。

她知道羌然一直在看著自己，她低下頭去，心裡卻是甜蜜的。

兩個人安靜地坐著，只是難得的平靜很快就被打破了。

羌然接到了催促的電話，顯然是醫療組的不放心羌禽獸，很怕他會獸性大發，在夏宮裡做出什麼有害孕婦的事。

劉婭楠都聽見那頭的醫療組組長豁出去命地大吼，羌然掛了電話後，無奈地嘆了口氣。他眉頭都蹙在一起，忙又給楚靈他們打了電話，催著他們趕緊把簡易床搬過來。

等楚靈來的時候，劉婭楠才終於明白為什麼只是一個簡易床要等那麼久，本來應該是直棱直角的簡易床，此時四個邊都被磨成圓邊了，而且腿也很短，更主要的是這個簡易床也太簡易了，簡直長度都不夠似的，而且床搬來的時候不是放在房間的中間位置，而是靠在另一邊的牆，簡直就把羌然發配了邊疆似的。

劉婭楠看了都於心不忍起來。

不過就連楚靈在內的人，都覺得這樣挺好的，劉婭楠跟羌然商量要不要過來換個大點的床時，羌然更是回絕了她。

晚上劉婭楠就一個人躺在超大的床上，即便是大床，可早先時還是被改造了一下，四個邊都被弄出個坡度，一旦她不小心掉下床也不是直接落到地上，而是在這個床跟地面連接的坡上滾一下才會落地……

劉婭楠躺下後，覺得床實在太寬了，更主要的是平時會把自己摟在懷裡的人，此時正縮著腿腳，躺在塊木板上。

劉婭楠藉著夜燈往牆角的地方看了看，就看見讓很多人聞風喪膽的恐怖大魔王，真跟蝦子似地蜷曲著身體睡著。

不知道羌然睡著沒有，她輕聲地喚了一句：「羌然……」

很快地他整個人都從床上彈了起來，同時回問：「怎麼了，妳身體還好嗎？」

「沒、沒事的。」劉婭楠沒想到他這麼有警覺性，趕緊解釋：「我只是看你睡得很不舒服……」

「沒事。」羌然這才又躺了回去。

劉婭楠還是有點不忍心，從床上爬了起來。

反正地上有毯子，又那麼軟，要不讓羌然在地上睡吧，只要把被子找出來鋪在地上，這樣至少可以把腿腳伸直，不然就那麼縮著多難受啊，也無法好好休息。

這麼一想，劉婭楠就去找被子了。

羌然聽到動靜也跟著起來，劉婭楠也不管羌然是怎麼想的，反正她堅持在地上鋪了厚厚的被子，還把備用的枕頭拿了出來。

這下羌然才過來了，劉婭楠特意把被子鋪得離自己很近。

羌然有些擔心地說：「晚上會不會絆倒妳？」

「不會的。」劉婭楠笑著半蹲在地上幫他拍著枕頭，她記得他喜歡睡這種四平八穩的枕頭。

這下兩人算是離得近了，劉婭楠伸手的時候還能搆到他的胳膊。

兩個人就在半空中握了握彼此的手指，然後劉婭楠看著羌然睡覺的姿勢跟以前一樣，終於心滿意足地說了一句：「那現在睡吧，晚安……」

接下來的日子，羌然跟劉婭楠過起了這種床上床下的生活，雖然沒了床上運動，不過劉婭楠卻沒覺得兩個人距離遠了什麼，反倒還比以前更近了。

至少在醫療組的要求下，羌然變得很體貼人，在很多地方都做得特別好，會問她冷不冷、熱不熱。

劉婭楠也努力地吃著飯菜，就算再覺得想吐，也努力吃著，有時候剛剛吐完，她刷刷牙就又開始吃。

所以別看她胃口不好，可在最初的那段日子並沒有瘦下來。

只是她心情並不好，主要是一直沒有小田七的消息，而且劉婭楠也覺得挺有壓力的，明明她才剛懷孕一個月，可這個世界已經篤定她會生個女兒，可問題是還有一半的機率會是男孩啊。

不過現在倒真的是普天同慶，就算只是隔著電視，裡面不管是主持人還是專家們，甚至街頭隨拍的路人，都是喜氣洋洋的，簡直就像他們都會娶到漂亮媳婦一樣地興奮著。

據說一時之間就連禮花都缺貨了，各地都在放禮花慶祝，甚至合成的公主圖像都有人印在了T恤上。

而早些時候的聖母教、神女教之外，又迅速崛起了一個什麼超級美女教、公主教，據說短短幾天，公主教教眾就要超過聖母教教眾了。

劉婭楠聽到這則新聞的時候，真是哭笑不得，所以不管是什麼時代、什麼背景，男人也都是視覺性的動物啊。

更別提連羌家軍內都有把她當丈母娘看的了，楚靈那種光棍派的還能理解，問題是就連觀止都心動了，甚至在見到她的時候，還旁敲側擊地問她，如果歲數相差二十七歲的話，對公主殿下來說是不是太老了一些……

劉婭楠的表情都囧囧有神了，心說二十七歲都能當爹了，您老說年齡差距大不大啊！

而且不光是這些，各地奸商也都出動了。何許有錢還算是靦腆派的奸商，只是想索取未來公主殿下的出生照片而已，其他那些奸商可就厲害多了，什麼周邊都有，甚至就連成人用品都有新貨了！

甚至還有為公主爭風吃醋的，短短幾天時間，就發生了好幾起為公主殿下吃醋的案子，而且不光是這些囧事，很快就有更凶猛的人物出手了。

各地電視臺很快就傳來噩耗，先是之前合成公主圖像的那幾個專家，遭到了不明人士的襲擊，據說都是被罩上袋子打了悶棍，打得鼻青臉腫的，還被扒了個精光丟在路邊。其他那些做成人用品的就更倒楣了，不是庫房被人燒沒了，就是本人被扒光了吊在警察局門口。

刑事案件簡直就是層出不窮，只要在電視上腦補幻想過公主的男人，沒一個倖免的，從主持人到專家，甚至就連觀眾都慘遭毒手。

這下聯邦政府沒辦法了，繆彥波親自出馬，在電視臺上呼籲大家冷靜追星、文明追星，不要因為公主長得太過漂亮，就做出不文明的事，大家可以像他一樣，寫點歌頌公主美貌的詩篇什麼的，某人還是可以容忍的……

自從有了那些淨化媒體的黑拳行動後，劉婭楠再打開電視時，就發現媒體變得文明多了，提到公主的時候也知道用敬語了，而且個個都跟正人君子似的，再也不會嘴上掛著什麼老婆、媳婦的了。

劉婭楠又重新找回了看新聞的熱情。她現在每天無所事事，打開電視就能看到各種好玩的新聞，不管是哭笑不得的還是諷刺型、警世型的，反正她每天都會看幾個新聞節目作為調劑。

奈何沒幾天劉婭楠又看到了心煩的東西。

就跟平白要給她添點堵心的事兒似的，小田七沒消息就夠她煩的了，偏偏這個時候一直沉默的菲爾特家族忽然出來發表了個聲明。

本來這次她懷孕就懷得很蹊蹺，之前還說羌然不能生，怎麼她去了一趟西聯盟就能生了，對吧？

說是羌然的孩子，你信嗎？

羌家軍倒是信了。

可有不少人的反應都是：嘿嘿，孩子到底是誰的，我不說，我怕羌家軍的打我。

要不是因為羌然的顏值太給力了，劉婭楠猜想說不定連主流媒體都要說些什麼呢。

可現在菲爾特家族卻忽然跳了出來，那個西聯盟的發言人也很有意思，並不直接回答記者提出關於孩子的問題。

那人是這麼說的：「關於女王殿下懷孕，我們表示衷心祝福和期待，那不僅僅是女王殿下的孩子，也是這個世界的孩子，更重要的是，也是我們西聯盟一致擁戴的孩子，也是屬於西聯盟的孩子……」

那興高采烈的樣子哪裡像是仇人有了孩子，倒跟自己歡喜當爹一樣。

於是各種小道消息一時間都起來了，亂七八糟說什麼的都有。

甚至還有人用西聯盟某個長官的樣子也做了個公主合成像，奈何顏實在差太遠了，最後那副相貌平平的合成像很快就被民眾否決了，不用劉婭楠他們說什麼，大家就紛紛地說：醜成那樣也配做公主……

劉婭楠也不理那些滿嘴噴糞的了，他們愛說孩子是誰的就去說，反正只要羌然信她就好，她風風雨雨地鍛煉出來後，早已經寵辱不驚，過自己的日子，讓那些渣子們去說吧。

她只要美美地專心當孕婦就好。

時間一分一秒地過著，劉婭楠發現誇張的事兒每天都在發生著。

在各種心驚肉跳不可思議的情況下，就連飛行器都停止飛行了，據說是不知道哪來了個所謂的專家，聲稱那玩意兒有輻射，會對胎兒不好。

於是距離劉婭楠方圓百里、千里內，任何帶輻射的東西都不得出現，以防止公主殿下在她肚子裡不舒服。

劉婭楠都覺得那些人吃太多撐著了，哪有那麼嬌氣的孕婦啊！

不過在這樣萬眾矚目的情況下，等劉婭楠再去醫療組那裡做檢查的時候，卻發生了一件讓所有人都跌破眼鏡的事。

等她再去檢查身體的時候，因為月份大了，所以檢查的項目比以前多很多。

她躺在那個機器前，身邊的醫療組成員更是既興奮又緊張地等著知道公主的第一手資料，簡直就跟盼著多大的驚喜一樣。

不過那些人的表情很快都變了，劉婭楠首先注意到一直盯著螢幕看的工作人員，他忽然僵住了身體，然後旁邊的幾個人更是跟受到驚嚇一樣，呆若木雞。

最後還是醫療組副組長當機立斷又對她重新做了一次檢查，結果這下就連在前面指揮的正組長，那個都要四十多歲的中年男人都氣喘吁吁地跑過來，手更是哆嗦著看著那些數值。

劉婭楠的心都要跳到嗓子眼了，緊張得都覺得肚子疼了，這是怎麼了，難道是孩子有什麼問題嗎？可她最近一直都在好好吃飯啊，也很注意身體，睡覺都沒敢壓肚子。

羌然也很注意，對她的照顧更是細心體貼得不得了。

最後在焦急的等待中，劉婭楠看到幾個醫療組的人在偷偷地抹眼淚。

她的臉色也跟著白了。

在漫長的等待中，終於有醫療組成員過來告訴她噩耗。

而所謂的噩耗，就是她懷的並不是什麼公主，而是一個健康的男孩……

劉婭楠當下都想罵街啊！

差點沒嚇死她！

她簡直跟撿回半條命似的，她還以為孩子出什麼事兒了呢。

她鬆了口氣。

孩子安然無恙就好，女孩、男孩又有什麼關係啊，健康就好。

不過看這些跟丟了漂亮媳婦似的人，劉婭楠也真不知道該怎麼安慰他們，她這種母親心態也真理解不了這些男人丟媳婦的感覺。

不過顯然這件事對這個世界的人來說，真就是了不得的大事！

等劉婭楠回到夏宮再打開電視，就發現自從羌家軍把孩子的性別公布出去後，差不多跟變了天一樣。

之前每天都要換衣服穿的節目主持人，現在統一穿上跟喪服一樣的黑衣服，聲音更是跟死了爹似地：「據羌家軍剛剛對外公佈的消息，女王殿下……」

說到這裡時，主持人都忍不住哽咽了，就跟無法接受這個事實一樣，聲音都是顫抖的：「女王殿下懷的是男孩。」

與此同時，還有狡猾的菲爾特家族。

之前還語焉不詳的菲爾特假族長，此時就跟撇清關係一樣，義正詞嚴地說道：「對於女王殿下的孩子性別，我們深表遺憾，果然羌家軍內的水土不好，只能生出同樣具有破壞力的男孩，如果換作是溫和的菲爾特人的話，應該就能生出完美溫柔的公主了吧。」

說得好像她跟菲爾特人生孩子就會生女兒，跟羌然就只有生男孩的命。

劉婭楠簡直莫名其妙，這個世界還想重女輕男？

不管男孩、女孩，不都是自然孕育出來的唯一的孩子嗎？他們幹麼忽然就跟變了臉似的？

劉婭楠還沒反應過來，很快地又被這個世界翻臉跟翻書似的態度給嚇到了。

鋪天蓋地的負面言論都跳了出來，之前劉婭楠的肚子還在雲端徘徊，此時就像是跌到地獄裡。

哪裡是她在懷孕，簡直就是在製作大魔王二號啊！

壞蛋，一個羌然還不夠，他還要有個兒子！

這還給不給愛好和平的人活路啊？

這已經不是坑爹，這是坑世界！

管他是不是自然孕育出來的，此時還是絨毛狀態的小傢伙，就已經被人罵得一文不值了。

之前還充滿期待、各種嚮往的公主畫像，此時都紛紛下了架，在哭爹喊娘、各種毀天滅地的巨大哀哭中，公主的畫像就跟絕世美人遭了橫禍一樣……

此時不管是娛樂頻道還是主流媒體，統一都拿另一張合成圖來刺激大眾的視覺。

那是一張漂亮得跟天使似的小正太圖，只是該正太卻沒在做什麼好事，而是手握著按鍵似的東西，牙齒更是尖尖的，簡直就跟獸牙一樣，更有過激的人還在那幅畫旁邊加了一句：「愚蠢的人類，都去死吧！」

雖然在劉婭楠眼裡，電腦合成的男孩也是好看的不得了，是那種既可愛又萌的小正太。

可是自從那幅畫像出來後，各種歹毒的言語就沒消停過，什麼小暴君、什麼獨裁後備役、什麼羌然二代……

簡直都把劉婭楠罵傻了。

她就不明白了，這個世界是怎麼了，懷個男孩也跟犯了多大的錯一樣！

劉婭楠都要被這些人活活氣死了，有沒有這麼勢利的啊！

生個女孩就各種開心，懷個男孩就毀天滅地，好像她肚子裡不是出仙女就是出惡魔啊？

幸好她的性子早都磨出來了，要是在意這些人的話，她早不知道氣死多少回了。

劉婭楠按部就班地等著當媽媽。

跟劉婭楠的表現相比，羌然對孩子是男孩這件事上顯然觸動更大一些，他倒不是重女輕男，他實在是不知道怎麼教育跟自己個性相同的男孩，他雖從不覺得自己有什麼問題，可是仔細一想，會有一個跟自己脾氣性格相似的雄性出現，他一下就了悟當年的初代羌然為什麼規定再生人只能是一個了。

怎麼想都覺得兩個羌然相逢是世界大戰的苗子。

劉婭楠倒是每天都喜孜孜的，直到後來發現羌然在看育兒方面的書，她才明白了羌然的疑慮。

劉婭楠覺得特別奇怪，按說她算是小心眼的，可不知道為什麼，在懷孕這件事上卻什麼都不往心裡去，只一心想著孩子的健康平安。

倒是這個世界、甚至連眼前這個什麼都不放在眼裡的男人，都開始糾結了。

劉婭楠讓羌然摸著自己的肚子，跟他解釋：「自然受孕的孩子跟再生人是不一樣的，也不是他們說的那樣，不是像你、就是像我，甚至可能你我都不像，這才是生命最奇特的地方……」

見羌然疑惑的表情，劉婭楠努力地解釋：「就好像黑色毛的狗狗，跟白色毛的狗狗，對了，就好像小加加，跟小毛球一樣……」

當初養那兩隻狗的時候，她沒有在意很多事，養到一半狗狗變大、變壯，她也都挺欣慰的，只是唯獨忘記檢查一下兩隻狗狗的性別，結果某一天她才發現那兩隻狗居然是一公一母。而且明明品種不一樣，也不知道是不是日久生情，最後那兩隻狗居然還背著她這個主人談起戀愛，更神奇的是小毛球比她還早當媽媽。

只是現在她懷孕了，醫療組連隻蒼蠅都不放過，更別提讓她養狗了。最後劉婭楠沒辦法，只好把那兩隻狗給了楚靈，讓第二軍團去養。

劉婭楠現在拿兩隻狗狗打比方：「我聽楚靈說，小毛球一窩生了四隻，有一隻看著像小毛球，也有一隻看著像小加加，但另外兩隻就瞧不出來了，毛色也是混著的，而且小加加毛色很正的，結果生出來的狗狗沒一個像爸爸，性格也不一樣，都頑皮得很。這就是自然孕育的結果，即便是雙胞胎也是各不相同。」

劉婭楠也不知道他明白沒有，她開玩笑地安撫他：「而且很可能會出現一種情況，就是生出長得像你的男孩子，但脾氣性格卻很像我，我想到時候肯定會有很多人跌破眼鏡吧？」

結果沒想到這個話才剛說，羌然的擔心就又轉了一個方向，兒子厲害些他頂多是煩惱，擔心世界和平、國家穩定，可若是像劉婭楠這種脾氣秉性的兒子……羌然一想都覺得自己後脊梁在冒冷汗……

而且大概有人也跟著想通了，在一片嘈雜的反對聲浪中，劉婭楠居然聽到了某些不同的聲音，跟當初的公主教一樣，忽然又冒出個王子教來。

只是劉婭楠還沒來得及高興，就被真相又一次地刺激到。

那些沉寂很久的幸運者們，自從女性出現後，處境就一直挺微妙的，加上他們人數並不多，大概也是出於自保的目的，對劉婭楠的任何事他們都是諱莫如深的。

可此時劉婭楠一懷孕，尤其是魔王二世的照片一被弄出來，那些幸運者們忽然就轉變態度。當世的第一美男子羌大魔王，沒人敢腦補幻想，不過他兒子這麼可愛，再加上孩子他娘又是有名的聖母，怎麼想也應該是個有著傾國之貌、同時又兼顧著各種溫柔善意的王子吧？

想當年在羌然身上沒有達到的奢望，沒準就可以通過兒子達到吧？

於是王子教如星火撩原般地在幸運者區壯大了。

劉婭楠知道後非常囧，不明白自己前世到底是造了什麼孽，不管是生兒生女，都這麼糟心。不過跟之前那些腦補幻想公主的比，這次羌然算是被徹底激怒了。

劉婭楠也總算知道什麼叫美得禍國殃民……

果然羌然二話不說，直接就把第二軍團調過去，重型武器一字排開，就想直接把幸運者區轟平了。

最後還是繆彥波急匆匆地趕過去調停，劉婭楠也趕緊勸了勸，羌然才在炸了一些標誌性建築後勉強地收了兵。

雖然沒有發生任何傷亡，不過看著一片狼藉，幸運者的首領們也吸取了之前的教訓，立刻就在幸運者廣場上豎了個紀念碑，上面更直白地寫了這麼一句警言：色字頭上一把刀，防火防盜防羌然。

在一片喧囂中，劉婭楠跟羌然的小日子倒是照舊過著。

只是劉婭楠挺奇怪的，以前的世界裡經常有因為老婆懷孕就以生理需求為理由出軌的男人，雖然羌然沒這個出軌的條件，可是他怎麼能一直這麼忍著？

她偷偷地觀察過，發現羌然別說憋不住那種事，他簡直就跟沒了那種想法一樣……

她很奇怪，哪有這樣的男人？

明明懷孕前性慾很強，折騰得她都沒法休息，可現在一懷孕了，對方馬上就消停了，別說言語曖昧、動作親密，除了平日好好地照顧她外，羌然現在簡直就跟沒有了性別一樣，對她摟摟抱抱都是溫情而不色情了。

這也太自律了吧？

還是懷孕後她肚子變黑，所以沒有魅力了？

可是再沒魅力，他也沒得選吧？

劉婭楠小心地觀察起羌然來，可是不管怎麼看，夏宮裡的羌然都是好好的，脾氣性格、舉止行為也沒有任何不妥的地方，小說電視裡常演、常說的那種慾求不滿，壓根就顯現不出來。

這可就太讓人意外了，劉婭楠有一天終於憋不住，臉紅紅地問他：「羌、羌然……你最近都沒想過那、那什麼嗎？」

被問話的羌然此時正在打地鋪，他倒是不緊不慢地回道：「我盡量不想。」

「盡量？」這事也有盡量的？

劉婭楠就是一愣，她的肚子已經鼓起來了，所以身材有些臃腫，她挪了挪位置，一邊看著羌然的表情一邊小心地問：「你是……自己偷偷解決了嗎？」

「我在學長號、薩克斯風、鋼琴、鼓。」

「啊？」劉婭楠有點反應不過來。

羌然用手比劃了一下，「最初是長跑、拳擊、射擊，可是耗費時間太長，還不能達到消耗體能的目的，醫療組就建議，我可以學學我最厭惡的東西來消磨我的意志，我就選了樂器。」

這個也可以啊？

劉娅楠覺得自己被開闢了新境界，原來男人可以靠學音樂消磨那方面的想法啊……

劉娅楠愣了幾秒，繼續問他：「那結果呢？」

「還好，一開始很想打人，現在已經可以演奏一些複雜的曲子了，教我樂器的教授說我進步很快，下一步我想試試古箏或者三弦琴。」

劉娅楠喔了一聲，點了點頭，所以有時候羌然看上去很疲倦，不是因為累的，而是學樂器被噁心的。

在羌然鋪好床鋪後，她低頭看著這個安靜躺在地上守護著自己的男人。

內心瀰漫著陌生的情緒，很溫情、很好玩，有點類似於心悸，可是卻並不強烈。

她坐在床上，知道羌然也沒睡著，小聲地問：「你現在還討厭那些樂器嗎？」

「還好。」羌然的聲音沒什麼起伏。

劉娅楠卻被他勾起了好奇心，忍不住扒著床邊看著他，問道：「那下次你上課的時候，我能過去聽聽嗎？」

她真的特想知道羌然彈奏樂器時是什麼樣的，羌然倒是痛快地答應了下來。

劉娅楠第二天晚上就被帶去聽了，地點很簡陋，只是一間很普通的房間，看得出羌然真的只是想消磨精力而已，裡面除了椅子，什麼都沒有。

跟劉娅楠想像的一點都不一樣，羌然的演奏很是震了她一把。

她還以為此人在這麼短的時間，又不是誠心想學的，必定是亂七八糟，結果聽後卻發現是非常流暢、非常標準的演奏。

不過沒什麼情緒在裡面就是。

大概看到劉婭楠進去，那個樂器老師被楚靈他們叫了出去。

劉婭楠坐在椅子上聽了兩首。

羌然演奏得很認真，只是曲子她沒怎麼聽過，她也說不出哪裡好、哪裡不好，只知道很流暢，聽著很精確。

她安靜地在旁邊歪著脖子聽，雖然音樂沒有情緒，可是她卻跟受到感動般，一眨不眨地盯著羌然看。

漸漸地，一直彈奏得很穩定的音符有了錯音，一直順得好像流水的曲子，忽然有了不一樣的節奏。

劉婭楠還以為他彈到了不熟悉的地方，她用手拄著臉，微笑地看著他。

羌然雖然低著頭，不過他肯定能感覺到她的視線。

她跟著那些節奏打著拍子，遇到喜歡的地方就會應和般地輕輕哼著。

只是曲子越來越磕磕絆絆起來，不再那麼流暢。

到了最後，簡直就跟無法演奏下去一樣，羌然忽然停了下來。

劉婭楠正跟著哼呢，她不明所以地欸了一聲，然後就看到羌然走到她面前，深吸口氣，就跟無法忍受一樣地，雙手捧著她的頭就要吻她。

劉婭楠被這個吻驚到了，可很快她就更用力地回吻過去。

等兩人回到夏宮時，就睡在了一張床上。

劉婭楠覺得既緊張又興奮，可又很擔心，她一直擔心肚子裡的孩子，羌然也很小心。

他們只是親吻著對方，大部分時候都是羌然在親吻她，他會細細地親吻她的肚子。

劉婭楠不敢動得太快，她仰著脖子，手指跟羌然的手指交握著。

一整個晚上兩人都沒有睡著，不知道這是折磨還是歡愉，不斷地在克制跟瘋狂中轉換。

第二天出門的時候，簡直就跟做錯事兒的孩子一樣，尤其在面對醫療組的那些學究們，劉婭楠生怕會被那些人發現，幸好孩子什麼事都沒有。

不過下一次劉婭楠可是不敢了，為了克制那些該死的慾望，劉婭楠挺著肚子，跟羌然一起學起了鋼琴。

這下劉婭楠算知道羌然的意志力有多厲害，這麼一個武力值爆表的男人，要坐下來彈奏他最討厭的磨磨嘰嘰的音樂，還要彈奏得纏綿悱惻，簡直就是靈與肉的折磨啊！

別說羌然了，她學了幾天，都覺得煩了。

幸好羌然比她有毅力多了，劉婭楠把控制慾望這事交給羌然去處理。

她則每天舒舒服服地當孕婦。

不過在面對鋪天蓋地的負面言論下，劉婭楠倒是難得接到了一份恭喜她懷孕的禮物，禮物經過層層審批，在檢查無誤後才送到她手裡。

劉婭楠挺意外的，也不知道是誰給她的寶寶送禮物，早先猜測她懷的是女孩的時候，她倒是收到了一些漂亮的裙子、首飾之類的禮物。可等她懷的是男孩的消息一公布出來，那些送禮物的人就絕跡了。

此時她看到禮品盒上的名字後，眼睛就是一亮，野獸！

居然是野獸送她的！

她趕緊打開來，看到一個漂亮的海螺，那海螺倒不是很大，可顏色很豔麗，像是被人塗了顏色一樣。

而且整個下方都是紅色的，在海螺的左下方，更是有一個印記似的東西。

劉婭楠仔細辨認了下，發現是一個「野」字。

她笑了笑，心裡甜甜的，就跟收到家人送的禮物一樣。

在她身邊做保安工作的楚靈，一眼就認出了這海螺的來歷，在那大驚小怪地說：「這種海螺很稀有，只有在琉璃海很深的地方才找得到，而且自從侯爺把他的祕密武器藏在琉璃海後，有些深海區就成了無人能靠近的禁區，這種海螺就更為稀有珍貴了。」

劉婭楠喔了一聲，感到有些意外。

這麼貴重的東西野獸到底是怎麼得到的？估計花了不少錢吧？

那麼野獸現在肯定混得挺不錯的吧，只是這個傢伙既然能送禮物給她，怎麼就不知道給她打通電話？

她嘆了口氣地想，如果野獸打電話給她，至少能排解她找不到小田七的鬱悶。

雖說最近外事部跟菲爾特再聯繫的時候，那頭終於鬆口說沒有見到小田七的屍體。

她知道後多少放心了一些，可是要是有野獸在就好了，她很多時候都不知道該把自己的心事說給誰聽。

劉婭楠一邊想著野獸的事，一邊把那個海螺小心翼翼地收了起來。

其他時間雖然被保安人員還有那些醫療組的把她當國寶似地看著，不過劉婭楠還是趁休閒時間處理了一些事，她也不會做別的，趁著懷孕反應還不大的時候，把之前賣頭髮的錢拿去花。

她用那筆錢建了更多的養育院，也因為有了做母親的自覺，她難得地對現行法律產生了興趣，跟繆彥波探討了一些關於暴力型犯人的事。

這個世界都是以窮、富來區分再生人，即使是一個罪大惡極的人犯了錯，可只要那個人是個富人，就依舊可以通過生物工程，把自己的基因再生。

劉娅楠覺得這個政策很不好。

雖然後世很多人都稱呼她為聖母女王，不過劉娅楠在跟繆彥波商議過後，還是修改了這一項法律，支持對罪大惡極者實行基因摧毀的措施。

大概是被她女性的外表迷惑住了，在漫長的歲月裡，劉娅楠當日所做的這一切都被時光所掩埋，包括她曾經致力於摧毀一萬六千名反社會人格基因的文件，也都被封存了起來。

後世對劉娅楠的論斷，始終都是善良溫柔、沒有個性的聖母女王，連她在整合議會程序上，對那些權臣要員所做的一切也都被淡化了。

因為跟那些相比，一個孕育著生命的女人、可以提供女性基因的女人，她本身就是一個奇跡，誰還會在乎她做過什麼。

劉娅楠本人也不在意別人會怎麼評論她。

她的想法很簡單，目標也很明確，因為知道自己不聰明、不優秀，所以即使是在懷孕期間，她還是盡可能去做這一切，在嘔吐的空檔，在那些繁瑣檢查的空檔，在醫療組跟保安人員容忍的範圍內，她坐在鋪滿各式文件的桌子前，一點一點地處理著……

這個世界是一棵大樹，她是一個小得不能再小的小螞蟻，她知道自己爬不到樹頂，她只是盡自己所能地攀爬著……

懷孕後她有了更多的感悟。

以前她做這些事，僅僅是覺得自己應該做點什麼來幫助別人，可現在的她有了更明確的目的。

她不是開創盛世的偉人，她只是一個準母親，她所能做的，也僅僅是一個母親能為孩子做的那些事……

劉婭楠加快腳步地做事，不過月份大了，肚子也跟著大，不知道是不是吃太好了，她的肚子看起來圓滾滾的。

大概是怕檢查結果出現錯誤，後來醫療組又做了一次性別測試，結果徹底打消了那些人的期盼，劉婭楠懷的絕對是貨真價實的男孩。

不過那次檢查時的一個附加項目，卻很快地引起了一個小檢查員的注意，因為先前的阻斷者二號，劉婭楠一直不能被複製。

可是現在不知道是懷孕還是什麼原因，病毒的檢查出現了很大的不同。

不過早已經吸取教訓的醫療組成員並沒有立即報告上去，而是秉持著嚴謹的態度，又做了一次檢查。

這次結果很快地證實了他們的猜想，劉婭楠懷孕後身體出現了變化，體內的阻斷者二號居然在不斷地減弱，這就意味著原本需要三年才能完全消失的阻斷者二號，很可能在孩子出生後沒多久就會消失。

那麼……

所有的醫療組成員都被這個消息震驚得忘記了呼吸，他們定定地站在那兒，瞬時就熱淚盈眶了。

劉婭楠還在等檢查結果，然後就看見這麼一群大老爺們，忽然臉衝著太陽升起的地方，個個眼中都泛著淚光。

她很納悶，不過那些人壓抑著興奮喜悅告訴她這個消息後，劉婭楠卻沒有高興的感覺。

她太震驚了！

自從開始接觸政治後，劉婭楠的思維已經不像以前那麼單純，在知道這個消息的瞬間，她忽然就覺得時間緊迫，她還有好多事沒有做，這個時間比她預想的要提早一年。

她簡直太被動了！

而且鑑於羌家軍跟聯邦政府的協議，再來醫療組內還有聯邦政府的人員在，繆臣他們也絕對不會隱瞞這麼大的消息。

所以很快地，這個消息就通過羌家軍的新聞發言人傳播出去。

於是原本還因為羌然二世的打擊而沉寂的世界，瞬時又被激活了。

那已經不僅僅是禮花缺貨的問題了，據說一天內就有許多的鍋、臉盆被敲爛了。

人們紛紛湧上街頭，或嚎啕大哭、或扯著衣服大喊。

早已經見慣風雨的劉婭楠卻二話不說，趕緊找聯邦政府開始商議女性再生人的撫養問題，還有關於結婚的法定年齡，自由婚戀那些更是重中之重。

有句話說得好，男人在沒追到女人的時候，是要什麼給什麼，等真追到手了，就只能是給什麼要什麼了！

所以醜話說在前頭，趁男人還有這個熱火勁，她非得把那些優待女性的條款談出來。

在所有人都震驚的那一刻，劉婭楠則在玩命地做著未來女性的守護者。

就跟菜市場的大媽一樣，磨破了嘴皮子，不斷地為未來的女性要著各種條件，從十四歲結婚，談到十六歲，又連喊帶嚷地爭取到十七歲，最後終於敲桌子敲到保安人員臉都綠了的時候，談到了十八歲。

還有教育問題也是，而且更主要的是，不能讓這些男人來撫養女性再生人，那樣肯定會催生一批性騷擾案。

就這些憋了十幾代的老處男們，她得防賊似地防著這些人。

劉婭楠不得不費盡心思地想著，晚上就連做夢都能夢到。

跟這些比，大著肚子會產生的腰部不適都是小意思了，她都懶得理會自己身體出現的那些變化，什麼手腫、腳腫那些，換個大點的鞋子不就得了！

最後倒是她之前招來的那些宮廷變性人提醒了她，於是她緊急徵調了不少變性人，又找了一些心理學專家做心理健康測試，還有種種的應聘需求，一一都順了下來，準備為日後女性再生人找到合格的撫養人。

可是人員還是不夠，最後劉婭楠不得不想到了那些幸運者們。

她所做的這些，大家顯然關注不到，所有人不是關注她的肚子，就是關注她的阻斷者何時會消失。

在這種手忙腳亂的準備下，倒也有好事發生，那天劉婭楠終於得到了小田七的消息。

一直諱莫如深的菲爾特家族大概是局勢穩住了，劉婭楠也終於知道為什麼對方一直隱瞞小田七的消息。

尤其是當有著菲爾特族長身分的小田七出現在螢幕上的時候，劉婭楠驚訝得張了張嘴巴，半天都說不出話來。

小田七倒還是以前的樣子，隔著螢幕，帶著很溫和的笑，他一向很懂事，即便是身分有了巨大的變化，他也是很和氣地喚了她一聲姐姐。

劉婭楠真有點哭笑不得的感覺。

這是什麼跟什麼啊？所以她把族長弄過來，又給對方送去個族長，小田七因為是同一個基因的，就被對方架起來當了新族長？

不過小田七平安無事就好。

只是她還是挺擔心的，她很清楚那種感覺，殺機四伏，眾敵環伺，她都為小田七捏了一把冷汗。

「小田七……」她不知道有多少人聽他們的對話，她也不敢說得太明白了，只擔憂地看著小田七。

小田七卻明白她的擔憂，安慰地說：「沒關係，我是擁有菲爾特基因的人，而且跟以前的那位比，我身體要健康很多。姐姐，其實這都要謝謝妳，如果沒有妳，我活不到現在的……」

他停頓了下，大概是有什麼想要對她說，只是一時間又不知道該如何啟齒。

劉婭楠卻是機敏了一把，她跟小田七很熟悉，立刻就明白小田七的心情了，「沒關係。」

她很快地說：「我知道那個感覺，在那個位置上就要努力地做好，所以沒關係……」

因為羌然跟菲爾特開戰了，她跟小田七就好像分邊站了。

雖然不見得會有什麼直接的分歧，可是私交再好，遇到大是大非也是沒得談的，她都明白。

小田七倒是沒再談那個話題，他只點了點頭，帶著歉意。

她很快就笑道：「小田七，因為你是好人，所以你也會是個好族長，我想以後咱們兩邊肯定會很好的，大家一起發展壯大。」

小田七卻沒再對這個話題說什麼，反而話鋒一轉，忽然問道：「對了，恭喜妳有孩子，是個男孩嗎？」

劉婭楠點頭。

小田七卻很快地皺了下眉頭，他一向想得很長遠，這次更是主動提醒：「那以後孩子長大的話，如果跟妳的再生人結合，血緣會不會太近了？也不知道倫理委員會是否會答應。」

劉婭楠知道小田七在為她著想，不管他是不是站在菲爾特家族那邊，他始終都是那個溫柔的小田七。

劉婭楠其實也想過這個問題，在全世界都要解決光棍問題的時候，她家的寶貝卻要打光棍了，因為不是自己親媽，就是自己親妹妹……

怎麼想都起雞皮疙瘩。

可是孩子有都有了，又不能一直塞在肚子裡不讓他出來。

劉婭楠嘆了口氣，摸了摸肚子。

小田七倒是很誠懇地提議：「姐姐，我知道最近很多人都在考慮休眠計劃，我聽說您已經制定了相關規則，就是再生女性要年滿十八歲方可結婚，十八歲之前出現的任何事件都將視為犯罪，大概也是受這條法規的影響，我不知道你們東聯盟怎麼樣，但我們西聯盟已經有百分之十三的人在考慮、甚至實行了休眠計劃。」

劉婭楠認真地聽著。

小田七繼續說道：「姐姐，不知道您考慮過血緣關係沒有？即便有了第一代自然生育的人，若都是同一個基因的母親的話，其實下一代的血緣關係還是會太近，這個對遺傳還有倫理都會是很大的挑戰。我想，如果把現有的男人休眠一部分，這樣到時候有適齡的女人出現的話，其實是可以降低血緣太近的可能性，只要在自然生育的時候，有條件地選擇性別。所以您可以考慮一下休眠計劃，包括您肚子裡的孩子……在孩子到適婚年齡後就休眠，等有血緣關係已經很遠的女性出現後再甦醒。」

劉婭楠明白小田七的意思，之前看電視廣告的時候，她還覺得誇張。但最近別說西聯盟了，就連羌家軍都有想休眠的人，連觀止那種人都怕十八年後太老，不好追小姑娘了。

只是她最近一直都在努力制定著各種法規，現在有了小田七的提醒，她也有點如夢方醒的感覺。

她難得地又跟小田七探討了一些問題。

以前她沒想過自己的，血緣那些問題也是最近才注意到，現在她想到了自己的處境，跟那些相比，還有肚子裡的孩子……

她體內的病毒已經在減弱了，很多事情她都得提前做好準備，多做打算。

而且跟這些相比，還有一件事跟刺一樣地扎在她的心上。

她當初在菲爾特族長面前嘴硬地說過，不管羌然態度如何，她都要活出自己來。可其實她心裡卻明白，再生人的出現就意味她將會被打回原形，所有的金手指都會被切去。

而那些吹捧過她的什麼聖母教、神女教，都會化為烏有，大家很快就會發現，其實她就是一個普通得不能再普通的女人。

最近從她懷孕的事上就能瞧出來，民意是多麼地不可捉摸，一會兒風一會兒雨的。

所謂的女王，說到底也不過就是個稱呼罷了。

在某次的飯後散步時間裡，劉婭楠沉默地走在軟軟的墊子上。

羌然一直跟在她的身邊，他現在會配合她的腳步放慢步伐，亦步亦趨地跟在她的身邊。

海風吹著她的頭髮，劉婭楠難得地惆悵了一把。

在那麼多金手指中，她沒找個十個、八個男人搞NP就算了，明明知道就這幾年好日子，她還過成了這樣，既不知道張開腿享受，也不知道多幹點指點江山的事。

哪怕弄個傾城一笑美人絕世也成啊，結果最後別說被男人愛得死去活來，就連唯一的這個，自己都懷了對方的孩子了，她還搞不清楚對方對她是什麼感情呢……

哪有她這樣把金手指做成手指餅乾的！

而且作為孕婦的嬌氣還有備受呵護，她也沒有太多的感觸，她總覺得有一塊巨大的石頭在壓著自己，她就跟被追趕著一樣，不斷悶頭做事，她甚至不知道自己做的這些各項未雨綢繆的法案會得到什麼結果。

羌然一直陪著她，看她跟被壓垮肩膀似地走著。

可是不管她現在是什麼頹廢的樣子，羌然卻知道，只要這傢伙一回到夏宮裡，就跟滿血復活般的，又開始折騰起那些事來。

時間過得很快，臨盆的日子終於要到了。

劉婭楠不喜歡把自己的命運交給別人，她看著柔柔弱弱，個子也不高，可是早在生孩子前，就做好了各種準備。

把自己跟孩子的命交給那些看《育兒大全》的專家們？她才不會那麼傻呢，她早早就開始準備順產的事了。

不管是體重還是各項檢查，包括為了順產做的運動，她一個都沒落下。

她知道自然分娩會很疼，可是在這樣的情況下，她反倒更願意相信自己。

既然連全是男人的世界她都適應了，那麼作為女人順產生個孩子又算什麼呢？

只是起初陣痛來的時候，差點沒把她給疼暈過去，不過她很快就挺下來。

那疼是一陣一陣的，她一開始會喊會叫，可她怕體力透支，慢慢就忍住了哭喊的念頭，只用力地握著羌然的手。

孩子終於生了出來，那過程慘烈無比，比想像中的還要糟糕，劉婭楠都不知道來了幾波醫療組成員，不過基本是過來一個就滅一個。

她估計這些沒見過女人的大小光棍們，都會對女人有了心理陰影。

不過幸好孩子很健康，甚至體重比想像的還要重一些，其間羌然一直都守護在她身邊。

她不知道羌然有沒有被嚇到，不過羌然的表情倒是沒太大的變化，而且看上去一直都很鎮定，在那些醫療組的手忙腳亂的時候，他總能很快地穩定住局勢。

估計羌然見慣了血腥的場面，早都習慣了。

只是小嬰兒的樣子並沒有合成圖好看，反倒是皺巴巴的一團，而且手也太小了，劉婭楠擔心地挨個數了數，倒是一個都不少。

而且很神奇的是，小小的手指上還都長著指甲，她忍不住伸出自己的手指跟小嬰兒的手比了比，她的手瞬時就顯得粗大無比了。

她簡直一根手指就能拎起小嬰兒的小手，怎麼會有這麼小的小東西呢。

她的心都軟成了一團，明明體力已經嚴重透支了，可是還是一眨不眨地盯著小嬰兒看。

小傢伙一開始哭了一聲，後面就一直在睡覺。

動他的話，他就會很不高興地打個呵欠，那麼小的嘴，張開的時候，劉婭楠都能聞到一股奶香味，一點都不臭，明明只餵了他一點點奶，竟然可以渾身都散發這種奶香，簡直太不可思議了。

只是劉婭楠不大敢抱小娃娃，可在這個世界也實在找不到合適的保姆，劉婭楠小心翼翼地抱了下，她發現小孩子太軟了，軟得好像沒有骨頭一樣。

肉肉的，簡直就是一團小肉球。

雖然孩子還小，不過他的睫毛很長，很有點小號羌然的感覺，只是不知道眼睛是什麼樣的，是羌然那種亮亮的眼睛，還是她這種溫柔愛笑的眼睛。

她一直低頭逗弄著孩子，羌然只在旁邊看著，劉婭楠讓他抱抱孩子，他也不抱。

劉婭楠知道羌然還沒適應，她也沒有勉強他。

他們都是初為父母，都需要慢慢來。

小孩子的到來，讓劉婭楠跟羌然都手忙腳亂的。

劉婭楠不肯把小孩子直接交給醫療組的那些學究們，她小心翼翼地照顧小孩子。

幸好孩子有羌然的基因，身體非常健康，而且很乖。

那種乖是一眼就能看出來的，而且非常討喜，在大人伸出手指的時候，他會咯咯笑著抓住對方的手指。

那麼小小的、軟軟的小東西，躺在特製的嬰兒床上，露出讓人心都要軟成一灘水的笑，簡直就是個會呼吸的小萌物。

劉婭楠的身體徹底痊癒了。

她生產後沒多久再次做例行的健康檢查身，經醫療組的人反覆確認後，終於確認她的體內再也沒有阻斷者病毒了。

此時整個世界都在翹首以待。

劉婭楠能感覺到這些人的熱烈目光，可是在這種目光下還有更多的問題需要解決，人口的變化、再生人是否應該取締，還有倫理血緣那些。

先是小田七所在的西聯盟很鄭重地提出了休眠者計劃，緊接著第一奸商何許家族，也在謀劃著非常有商業前景的休眠儀器。

在那樣的背景下，劉婭楠也跟著心動起來，甚至羌家軍內部都有人向羌然正式提出了申請。

劉婭楠一邊照顧著小孩子，一邊關注著外界的消息，在這個壓根不懂坐月子為何物的地方，劉婭楠早早就為自己收拾出一個坐月子的地方。

她躺在床上，一邊搖晃著搖籃裡的小寶貝，一邊看著電視。

羌然的工作也繁忙起來，除了休眠者那些事外，現在女性再生人也在緊鑼密鼓地做著準備，作為所有計劃的重頭戲，羌然本人在這個計劃中的分量不可謂不重。

唯一的例外大概就是羌家軍內的那個菲爾特前族長，大概有人天生就是嘴賤，只要有機會就總在劉婭楠身邊說些有的沒的，不過那些話她聽了卻不會往心裡去。

不過讓她意外的是，沒想到連奸商何許有錢都想要休眠。而且何許有錢還親自給她打了個電話，笑著跟她說：「我會跟您一起甦醒的。」

劉婭楠心裡納悶，不知道這個傢伙在搞什麼，她說道：「你怎麼知道我就一定會休眠？而且就算我會休眠，多半也是因為我生了男孩，想要為孩子找血緣關係遠的妻子，如此一來我肯定要休眠很久才會甦醒，那可是很漫長很漫長的時光……可女人只要二十年後就有了，你確定要等那麼多年？」

「滿街一樣的女人嗎？」何許有錢顯然是個機靈鬼，而且跟羌然這種只關注軍事的人來說，何許有錢家族能做得這麼好，估計背後擁有著龐大的分析師們。

他胸有成竹地說道：「最好的黃金時代並不是二十年後，也不是四十年後，而是一百多年後，殿下，雖然您是很優秀的女性，不過……」

何許有錢說著就跟紳士一樣地微微鞠躬道：「按常理一百年後的世界，女人將像這個世界的男人一樣，充滿著整個世界，一想到這個，我就覺得渾身都充滿了期待啊！那麼殿下，咱們百年後再見……」

所以說改朝換代總有一些人精能存活壯大起來，劉婭楠真是佩服何許有錢這個腦子。

而且他也猜對了，她是挺想休眠的。

一方面是因為自己生的男孩，而且她也無法面對滿街都是跟自己相似的合成人。

這麼一想，還是兩眼一閉，等過個百來年再醒來的好，就是不知道羌然會怎麼想。

在晚上羌然回來的時候，她一邊哄著孩子，一邊同羌然說起了這件事。現在小傢伙已經可以伸出胳膊亂抓東西了，每次總會抓到她的頭髮。

最近羌家軍提議休眠的人越來越多，所有的人都在考慮跟再生女性的歲數差。

畢竟那是這些男人所不能理解的物種，盡量讓自己獲得更多的優勢才是關鍵。

即便羌家軍在選取配合上完全不受她那些規則的制約。

羌然的表情平平的，他心思很深，而且很少表露。

劉婭楠舉起小嬰兒的小手，對著羌然戳了兩下，逗著他：「爸爸、爸爸，我是羌然二世喔，我好可憐，我沒有老婆可以娶怎麼辦，爸爸、爸爸……」

羌然終於被逗得笑了下。

劉婭楠沒非要他怎麼樣，羌然這個人還真不是撒嬌折騰就會言聽計從。

劉婭楠跟閒聊似地說些休眠後的生活，而且現在休眠已經是潮流了，還有比他們更著急的，有些四十多歲的男人，簡直恨不得把自己回爐重造，重得青春。

何許家族更抓到了這個商機，賣可以去除皺紋的修顏面霜，據說都賣斷貨了，劉婭楠真是打心眼裡佩服何許有錢的經商頭腦。

她每天都在家裡坐月子，照顧著自己的身體，按時做著檢查。

終於在出滿月的時候，劉婭楠從羌然那得到了肯定的答覆，在經過一系列的分析準備後，羌家軍的這些人，包括羌然，都將進入集體休眠狀態。

劉婭楠在瞬間，心口都怦怦直跳。雖然早有想法，可是在得知這個計劃要實現後，她還是下意識地想到那些專家說的話。

前女王時代跟後女王時代，雖然那些人都言之鑿鑿地說依舊是她的天下，可她怎麼想也知道，到時候自己早不知道是什麼地位了。

就跟大熊貓一樣，如果大熊貓跟耗子似地滿街都有，那跟狗還有什麼區別啊？家家戶戶都有，國寶也成寵物了。

只是不管怎麼樣，也是箭在弦上了，而且更主要的是，為了懷裡的小寶寶，劉婭楠也要做這個！

在消息公布出去後，劉婭楠很快就接到了一批人的電話。

繆彥波自然是少不了唧唧哎哎，作詩吟對地抒發感情，直對她說她是多麼地重要、多麼地與眾不同。劉婭楠實在是被他煩得夠嗆。

她喔了一聲淡淡地回道：「既然我那麼重要，那你要不要在心裡永遠懷念我啊？」

「懷念？」繆彥波不大明白似的。

劉婭楠一邊逗著小娃娃，一邊笑咪咪地對著螢幕中的繆彥波說：「就是為我終生不娶，既然我是你的太陽，失去我你就會失去永遠的幸福，那你乾脆表明心跡，為我終生不娶，永遠懷念我，不然你乾脆跟我一起休眠算了。」

這下好了，繆彥波很快說了些事業啊、人民啊等身不由己的理由。

劉婭楠聽得直想笑，掛了繆彥波的電話後，她又接到小田七的電話。

小田七在電話裡很直接地告訴她，他想跟她一起休眠，陪伴她。

只是劉婭楠很快就打斷了小田七的話，她告訴他說：「你不要跟來了，田七，你的世界來臨了，你不知道嗎？」

跟那些四十多、三十多的男人比，小田七具有天生的歲數優勢，更主要的是在羌然、何許有錢這些人休眠的時代，還有比這個時代更適合小田七的嗎？

他會更成熟、更出色，更主要的是沒有人比小田七更熟悉她的想法和政策。

劉婭楠在螢幕裡看著他的面孔，這個從少年轉變成青年的孩子，這是她一直帶在身邊的小田七。

她努力地控制住分別的傷感說：「在我休眠的時候，麻煩你幫我照顧那些孩子好嗎？之前養育院的事還有很多沒有做完……」

小田七沒有立即答應，在過了許久之後，他才鄭重地點了點頭。

不過因為跟小田七講了電話，劉婭楠倒是想起羌家軍裡還躺著一位前族長。她去看了那個菲爾特的族長，這個世界已經沒人理會他了。

「喂。」她覺得自己真是倒楣，把這麼個癩皮膏藥弄到了身邊，更主要的是因為小田七已經取代他的位置，她還不能把他送回去。

「我要休眠了，你有什麼要求嗎？趁著我還能做，我盡量滿足你。」她也沒有瞞著他，雖然這個傢伙沒小田七可愛，嘴巴又很壞，不過總歸是自己的責任，就當是日行一善了。

「要求？」菲爾特族長不大像傳聞中的陰險傢伙，到了這時，他只是望著她的臉，出聲刺激她：「世界唯一的女人，真的要休眠到到處都是女人的世界嗎？」

劉婭楠沒理他的挑唆，直接提議：「百年後，肯定醫療就更發達了，羌家軍大部分都會選擇休眠，你要沒異議的話，就跟我們一起休眠吧？到時候也許有辦法能治好你。」

「知道嗎？」那人嘆了口氣地回道：「妳可真婆婆媽媽。」

劉婭楠不以為杵，只笑著回了一句：「沒辦法……發現沒，婆婆媽媽四個字都帶著女字邊呢，我一直覺得這些字很歧視，好像男人就不會婆婆媽媽似的，可我看見你們這些人，我才明白，其實真得有個婆婆媽媽的女人看著你們……」

說著說著，劉婭楠就想趕緊回去看孩子，只是還沒走出去，身後的菲爾特族長又開口了，這次不知真假地同她說了一句：「喂，傻瓜，妳就沒想過再感染一次阻斷者嗎？這樣妳依舊是這個世界唯一的女人。」

劉婭楠倒是無所謂，金手指那些是很好，美男江山、還有各種爽得不得了的事兒，真是要風得風、要雨得雨。

可是沒有的話，她也不覺得怎麼樣。

她本來就胸無大志，放在什麼位置，她都能好好地活著。反倒因為在這個位置，她還倍覺壓力，簡直一刻都不敢放鬆，每天都要提起精神來。

她笑著，發自內心地告訴這個傢伙：「很多女人都想，可她們都不是劉婭楠。」

所有的事情都在按部就班地進行著，為了休眠的安全性，世界第一號好戰分子們做著積極的準備，除了在羌家軍基地做著周密的部署，關於劉婭楠跟羌然的休眠地更是費盡了心思。

那是值得所有人銘記的一天，雖然大部分人都不知道那一天具體是哪一天，可是女性基因提供者在將兩個月大的孩子放入休眠艙後，就進入了一艘特製的潛水船內，跟傳說中的恐怖大王一起駛入了茫茫大海。

為了預防有人在休眠期找到他們，休眠的地點是隨機的，羌然駕駛著潛艇似的東西，劉婭楠透過透窗戶，看到了好大的魚從旁邊游過，還有很多奇形怪狀的海洋生物。

她沒心思欣賞，心裡忍不住擔心著，不知道小寶寶怎麼樣了，這兩個月來她寸步不離地守在孩子身邊，還沒多會兒就已經在想念孩子了，那麼小的手，還有奶香的味道……而且她的胸口也在漲奶。

她想起醫療組的人曾一度想要取她的奶去做檢驗，幸好羌然考慮到孩子的吃飯問題，沒有答應。

劉婭楠不無擔憂地想著，萬一要是休眠期後，自己沒奶了怎麼辦啊，不過那時候肯定有能替代母乳的東西了吧？

其實等孩子哺乳期過了再休眠就好了，這樣是有些倉促……

可是不管等多久，她都是要跟小傢伙分開的。

小寶貝是她親自放到了休眠艙內，看著小傢伙沉睡過去，她的心都縮成了一團。

在沒有孩子前，根本想像不出這樣激烈的感覺，那是她身體的一部分，那是比她心都重要的存在，那是她最最寶貝的小傢伙。

她默默地想著，等到了那個到處都是女人的世界，她就會重新找回她的寶貝。

就好像把那個世界封存起來了一樣，羌家軍的成員們一起休眠了，等他們甦醒的時候，羌然會帶她一起找回曾經的一切。

只是劉婭楠不是很有把握，因為那個世界不再只有她一個女人。

那將會是一個全新的世界。

不過，無所謂。

她正這麼想的時候，羌然走到她身邊，從後面圈住了她，他們一起看著外面，有很大的魚游過，還有漂亮的不得了的珊瑚。

劉婭楠不知道他們到了什麼海域。

她已經看不到海面透過來的光了，只有微弱的燈光照著他們的附近。

其他的地方都是一片漆黑，就好像未知的未來。

劉婭楠摸著手鏈，有些遺憾地想著，她都跟那麼多人告別了，為什麼卻唯獨沒有見到野獸的蹤影。

她真的很想對那個一直默默陪伴著自己、安慰自己的男人道一聲再見。

大概此生都不會再見到了吧？她的心微微刺痛起來……

沉默了好久後，劉婭楠終於開口對身後的羌然說道：「我去睡覺了。」

她轉過身，望著這個男人，她比任何時候都要明白一個道理，她壓根就配不上他。

羌然陪著她走到休眠艙旁，她躺了進去，金屬罩攏住了她的全身，她在一片漆黑中，微微合起眼眸。

在關閉艙門的時候，羌然忽然想到了什麼……

那是很久很久之前的一天，那個時候他並不知道這個世界會有女人。

他至今都記得那一天，他跟那個總愛出狀況的傢伙坐在座位上，他忽然興起了一個不可思議的念頭，他在想，如果未來註定是無趣的，那麼他可以為自己找一點樂趣，比如把眼前的這個矮個子傢伙通過變性手術改造成異性，這樣在漫長無趣的人生中，他總歸是有了一個伴侶……

只是羌然不知道的是，當時光流逝，當環境改變……愛情斯德哥爾摩症候群終是會被治癒的……

【第三章】

甦醒

羌家軍集體百年休眠，當劉婭楠甦醒後，羌然還在沉睡著。

劉婭楠自從從休眠狀態甦醒後，就覺得自己變得很木訥，什麼都是機械化按部就班地做，面對羌然時也是一副木然的態度。

但以前不是這樣，她會努力討好羌然，覺得羌然是她最重要的人。

可自從知道羌然反而躺在那裡需要她的幫助後，劉婭楠就覺得有什麼從她心裡一點點地流淌開了。

世紀大片《我與女人的十個約定》最近剛剛上映，幾個穿著時髦的女孩子，大概是剛看了這部大片，此時一邊在小甜品店休息，一邊聊著片裡的內容。

這家甜品店雖然開在最不起眼的地方，可是不管是內部裝飾還是甜點的味道，都是很不錯的，所以早早就坐滿了人。

而店主人劉婭楠正低頭打理著手邊的東西，臨近她的那些客人們，大部分都在討論最近這部火得不能再火的片子。

根據第一當事人繆彥波的回憶錄改編拍攝，讓所有人都跟著流淚的纏綿悱惻的曠世愛情電影，不光有傳說中的俊男美女傾城一笑，更主要的是還是超級的大製作……

戰爭英雄美女愛情悲劇，簡直集所有狗血於一身。

而且最近不是一直有傳聞說，恐怖大王羌然就要甦醒了嗎？羌然這種亦正亦邪的人物，也是吸引大批女性觀眾的超級看點。

電影本身更是製作精良，女演員是當世的第一美女，不管是氣質還是臉蛋都是拔尖的，男演員也絕對是要臉有臉、要演技有演技的實力派大帥哥，而且故事煽情到了極致。

尤其是扮演繆彥波的演員眼含著熱淚目送心愛的女人沉入海底的那個鏡頭，美得簡直讓人窒息。

而羌然除了冷酷邪惡，又意外地深情，也瞬間俘虜了不少女性的芳心。

「所以繆彥波在以後的歲月裡才會不斷地尋找劉婭楠的影子，只是不管遇到什麼女人，他都無法深愛，因為心裡始終忘不了那個人，所以才會結了十六次婚，每次都無疾而終啊，這樣的男人為什麼我就遇不到呢？」受到片中感情渲染的女孩紛紛感慨著。

「是啊，好淒美喔……沒辦法，不過我也好喜歡羌然怎麼辦，那麼厲害的男人，可以跟整個世界對抗，為了得到心愛女人的傾城一笑，即便女主角不喜歡他，也要傾盡所有地得到她……最後甚至不惜把自己葬入深海。」

「唉……」

不過也有持不同意見的女性觀眾：「我倒更喜歡片裡的劉婭楠，那種絕世風華，氣質那麼好，人又長得那麼漂亮，據說歷史上的劉婭楠比這個肖菲菲還要漂亮好幾倍呢！那得有多漂亮啊！怪不得男人會為她癡迷呢，尤其是她的舞姿多美啊，在沒有女人的世界裡，她簡直就是照亮黑暗的燈塔！所以男人才會為她如此著迷……」

「哎呀太感人了……」

「這種假惺惺的愛情片，有什麼看頭啊，就我看啊，劉婭楠簡直就是個笨蛋！」也有獨樹一幟的觀眾在那裡批評著，「她哪裡是什麼女王，簡直就是個被男權社會洗腦的白癡，在那種情況下，找幾個丈夫互相制衡一下嘛！全世界就她一個女人啊，她具有多少優勢啊！隨便把衣服拉低點，那些男人就都撲過來了，像是那個楚靈啊、觀止啊、小田七，都會拜倒在她的石榴裙下的，隨便使點手段，就可以統治這個世界了，哪有她那麼白癡的女人啊，就只會哭哭啼啼，最後還被羌然帶到海裡去了……女人的優勢她一點都不會善用！那麼多優質男人在身邊，完全可以組成男人後宮啊！」

「可是羌然好厲害，那麼喜歡她，壓根不可能的吧？」

「是啊，羌然那麼喜歡她，為了討好她，讓她當女王，為了保護她，琉璃海還有西聯盟，都毫不在乎地摧毀了，還為了她選擇深海休眠。如果她跟別的男人在一起，羌然一定會毀滅這個世界的……」

劉婭楠有一搭沒一搭地聽著，簡直就跟在聽別人的故事一樣。

等忙完了手裡的活，趁著休息的空檔，她就翻了翻手邊以繆彥波的《我與女人的十個約定》作為範本所寫的一系列《羌然與劉婭楠》、《唯一的女人》、《強者永生》……等傳記類書籍。

各種獵奇的故事都有，各種狗血、各種愛恨情仇，比如書中的「羌然」捂著胸口對「劉婭楠」哀傷地喊：「我的愛，你怎麼可以不愛我……」

書中的「劉婭楠」更是捂著嘴悲戚地回道：「因為我愛繆彥波啊！我的心已經給了他，怎麼還有另一顆心給你……」

劉婭楠面無表情地把書合上，如果繆彥波地下有知的話，她真想踹他一腳。

來到這個世界已經有兩個多月了，自從甦醒後，她就一直被這個世界雷得死去活來。

劉婭楠怎樣都無法想明白，怎麼百年後，世界會變成這樣了，自己當初死活瞧不上的文青繆彥波，居然過了一百年，還能留下這些東西來繼續給她添堵。

而且這個世界已經完全超出她的想像，剛甦醒的時候，簡直要嚇壞了，本來應該跟她一起甦醒的羌然，不知道為什麼居然沒有醒。

雖然休眠倉已經停止運轉，可是不管劉婭楠怎麼推、怎麼掐羌然的人中，羌然都是一副沉睡的樣子。

之後劉婭楠緊張兮兮地等了很久，才敢從水下船出來。

她還以為自己一出現就會被人發現認出來，剛上岸的時候都是小心翼翼，頭更是低低的，還戴著帽子。結果別說被人發現了，就連被人留意到都沒有。

這個世界別說會明目張膽地搶女人了，就她這模樣的，走在路上都沒人會多看一眼。

那真是滿大街的女人啊。

而且讓劉婭楠覺得奇怪的是，她的長相並沒有引起那些人的注意。

她起初還以為是她這樣長相的再生人太多了，可隱姓埋名地在這個世界生活了一段時間後，她才明白，此時整個世界早已經物是人非，跟她所知的那個世界完全不一樣了。

不管她曾經被多少人歡呼喜歡著，可當這個世界並不缺少女人的時候，她的影子還是被抹了去，此時此刻就連頭像都不是她原裝的了，因為後世的人覺得能跟那些風華絕代的男人在一起的女人，就算不是傾城的美貌，也該是豔麗得讓人不敢逼視的吧。

跟鄰家小妹似的女人？

開什麼玩笑！

大概是出於這種心理，起初只是一些裝飾畫公司偷偷地做些微調，比如眼睛可以更大一些，比如鼻子可以更挺拔一些，這樣可以增加銷量。

可慢慢地等世上女人越來越多的時候，大家就發現，原來劉婭楠真算不上什麼優秀的女人嘛，尤其是在化妝整容技術突飛猛進的那幾年，以前把劉婭楠當做女神崇拜的男人們，都紛紛發現了這個情況。

這種女人有什麼好崇拜的啊，就一個滿大街都有的女人！

就算胸大點，可是臉太普通了有沒有啊！

動作也不夠性感啊，氣質也不夠出眾啊！

更主要的是以前不覺得，可現在再看，就會覺得羌然那樣風姿卓絕的男人身邊待著這麼一位連背景都不配當的女人……簡直是怎麼看怎麼彆扭。

原本還成雙成對出現的畫像，在女人日益增多的時期內，大概是考慮銷量的問題，漸漸就變成了只有羌然一人的畫像。

後來大概是有些機構覺得實在不妥當了，終於有人用電腦合成了一個劉婭楠「應該」有的樣子，取代了那個鄰家小妹般的女人。

於是大家看到的畫像就漸漸地成了那一位，連劉婭楠本人都不認識的大眼睛美女。

劉婭楠有些失落，雖然沒想被人一直記著，但是臉都變了這種事兒，就算她心胸再寬大也是備受打擊，她怎樣也算是清秀佳人吧，可偏偏跟羌然一起比就好像不是人似的。

其實在知道這個世界的情況後，劉婭楠一度想過要不要曝光自己的身分。

不過不管是最近電影裡宣揚的那些，還是繆彥波在書裡對羌然的那些描述，這個世界的人對羌然真是各種又愛又恨。

愛是因為羌然不管在小說傳紀裡，還是真實的歷史中，都是一位備受爭議的人物，優秀是肯定的，世間少有的美男子也是真的。

恨則是因為他無休無止地殺戮，不管是窮凶極惡的惡徒，還是對手無寸鐵的平民，他都是恐怖大王般的存在，更主要的是他的回歸意味著塵封百年的羌家軍將會被喚醒，即使過了一百年，但當時羌然召集的那批武器專家所設計製造的殺傷性武器，就算是放在當世，仍絕對是讓人膽戰心驚的存在……

因此，每過兩年就有議員提議用摧毀性武器鏟平羌家軍的基地，只是礙於當年羌然對基地的部署，也懾於羌然的手段，每次提議都被駁了回去。

在聽到這個消息後，劉婭楠二話不說，就把自己跟羌然的身分隱瞞了起來。

幸好當初休眠的時候，她留有後手，特意找了一些值錢的首飾放在身邊，這個時候她拿出來多少兌了些錢，找了個不起眼的地方，先安頓下來。

等把客人都送走後，劉婭楠就把店門關上了。

上岸的那段日子手忙腳亂的，以前都是羌然保護她，這次則換她要保護羌然的安危，她做什麼都是小心翼翼，為了不被人發現羌然的行蹤，她特意給羌然戴了個不透明的呼吸罩，這樣就算有人看到她房間內躺著個人，一時間也不會瞧出端倪來。

只是羌然總這麼躺著，也不是個辦法。

劉婭楠每過兩個小時，就會幫他翻一次身，為他擦擦身體。

她自從休眠狀態甦醒後，就覺得自己變得很木訥，什麼都是機械化按部就班地做，面對羌然時也是一副木然的態度。

但以前不是這樣，她會努力討好羌然，會覺得羌然是她最重要的人。

可自從知道羌然不會保護她、反而躺在那裡需要她的幫助後，劉婭楠就覺得有什麼從她心裡一點點地流淌開了。

只是習慣還是一時間改不了，她幫羌然擦洗著身體，就跟解悶一樣地說：「我又找了一些書看，不過有水準的歷史書太少了，大部分都是胡編亂造，對了，有一本書不知道是真的還是假的，說我沉睡後沒多久，曾經出現一個人到處尋找我，甚至還做了一個逆天工程叫什麼填海，據說現在的迪斯特島就是當初填海填出來的。結果不知道為什麼，十年後那個工程被叫停了，估計是那時候已經有很多再生人了吧……」

她最近都是這樣，有事沒事就會跟羌然說說話。倒不是為了想喚醒羌然，主要是她太想說些什麼了，很多曾經很熟悉的人，都成了歷史中的一個詞。

她有段時間總泡在各種書籍中，在知道那些人的生平後，她的心情更是久久無法平靜。

「還有小田七，他真的好厲害……他果然就像答應我的那樣，做了好多厲害的事，女性基礎教育計劃推廣，還有生女孩給的各種福利措施，他都做得那麼好。只是小田七肯定沒想到，他當初那麼大力推行的培養女性計劃，會有這樣的後遺症……」

起初是政策性地引導，想要有更多女性出生，跟甦醒後的男人結合，來豐富基因庫。

可因為福利跟各種措施的實行，跟大部分家庭對女性的偏愛，於是女孩的出生率漸漸多過男孩，這個世界的性別比有了小小的偏差，可是才度過沒有女性的漫長寒冬後，這種數據差異並沒有引起相關專家們的注意。

而且因為女性增多，反倒社會治安相對穩定了很多，最後這種情況被放任下去……

直到現在男女比例已經高達一百比一百二了，其後果就是大批的適齡女性無法找到合適的男性配偶，只是跟男多女少的境況相比，女性增多反倒使社會犯罪率大幅度下降，社會相對穩定。

除了催生了各種婚姻介紹所、精子銀行，跟各種女性魅力補習班外，似乎這個世界還是相安無事的。

劉婭楠默默地說著那些稀奇古怪的事，比如有豪爽派的女客人，曾經在店裡嘻笑著說什麼「真想組團去搶男人，拉過來就扒褲子，比去精子銀行省事省錢，還能破處」……

劉婭楠說著說著，忽然就覺得寂寞起來，她輕輕地抱了抱羌然，在說到繆彥波的時候，明明那個人很討厭的，可是說起名字的時候，竟然也覺得親切了起來。

「那個傢伙就喜歡胡編亂造，還說我喜歡他，對了他的小說改編的電影都上映了，我看到演你的演員了，連你十分之一都比不上，不對，不是十分之一，是萬分之一都比不上，臉雖然也一樣好看，不過還是不對，他不知道你生氣的時候壓根不用吼的……」

雖然那人的戲演得很棒，長得也非常帥氣，可是劉婭楠很清楚羌然跟那些帥哥演員的最大區別是什麼。

她低頭瞧了瞧羌然的面孔。

真的是太帥了！

她忽然動了心思，所謂飽暖思淫慾，之前忙著隱藏羌然，為生活奔波，為了怕被認出身分，她手邊那些絕世珍品的首飾，都不敢亂賣。

現在倒是安安穩穩的了。說真的，如果不是有這麼一顆定時炸彈在身邊，她覺得這樣的生活就是自己想要的了。

有自己的小店，每天能夠安安靜靜地生活著。

只是很想小寶寶，也不知道羌然什麼時候會甦醒。當初做休眠的時候，就人提過這個問題，說這是休眠慣性，只是身體已經適應了休眠狀態，大概會有一段時間的休眠調整期。

可是都兩個月了，調整期是不是太久了？

她鬱悶地摸了摸羌然的臉蛋，嘀咕道：「欸，你快點醒吧，我想小寶貝了，你醒了，我就可以抱孩子了……」

她的手順著臉頰又摸索到了羌然漂亮的鎖骨處，她一邊摸一邊點評：「都說女人露鎖骨顯得性感，其實你的鎖骨也很好看，尤其是你穿軍服的時候，稍微露出一點點來……可你總把扣子扣得好好的……」

她說著說著又摸到了胸口，羌然是典型地脫衣有肉、穿衣顯瘦，光手感都好得不得了，怪不得那些幸運者們總妄想他。

只是他身上的傷疤多了一些，看著有些猙獰嚇人……

不知道是她的動作引起的，還是男人的身體都會有這樣的自然反應，反正劉婭楠很快地注意到羌然的生理變化。

她的臉當下就紅了，趕緊別開了頭，不過很快又想到她尷尬什麼啊，現在又沒有別人，就連羌然都是昏迷不醒的，她有什麼好緊張的。

而且連孩子都生了，她還矜持個什麼啊！

劉婭楠遲疑了下，忍不住想，不知道羌然這種情況還能不能做？

她也是閒著無聊，反正這個姿勢也正好，她跟開玩笑似地爬到羌然的身上，一邊笑著摸羌然的胸口，一邊想到當初羌然跟她做女上位的事。

那時候她總是不適應，做起來也是不情不願的。

她正回憶著，然後就對上了羌然茫然的眼神……

過了幾秒後，大概是終於反應了過來，她看到甦醒後的羌然微瞇了下眼睛，問道：「妳這是在強姦我？」

劉婭楠嚇得就從羌然的身上掉了下去。

叮裡哐啷一片狼藉之中，羌然倒是動作緩慢地從床上坐了起來，他一邊活動著手腕胳膊，一邊說道：「把鞋子拿給我。」

劉婭楠手忙腳亂的，臉更是紅紅的，趕緊彎腰尋找羌然的鞋子，結果找到一半，才想起來他昏迷不醒，別說鞋子了，襪子她都忘了給他拿。

幸好她把水下船的東西挪了一些到店裡，她趕緊跑到儲物間裡翻箱倒櫃地找了一通，終於翻出一雙休閒鞋來，趕緊遞到羌然面前。

羌然示意她把鞋子放到地上，他已經開始活動腳踝了，過了五六分鐘後，才終於從床上起來，穿上鞋子。

他並沒有急著做什麼，而是按照休眠前那些醫療組成員教的健身動作，做了幾組，才終於把身體活動開。

劉婭楠也曾經經歷過一樣的休眠恢復期，渾身都沒有力氣，不過她那時候早就不記得那些休眠鍛煉操怎麼做了，看來羌然的記憶力是真強大。

不過在等羌然恢復身體的工夫，劉婭楠也沒閒著，她想起什麼來，急忙跑到前面去給羌然倒了熱水，又拿了一些好消化的小蛋糕進來。

剛經歷過休眠的人，身體還在恢復中，吃東西都要小口小口地吃，她在遞給羌然的時候提醒了幾句。

羌然沉默著拿了過去，他皮膚白皙，相貌更是好看到爆。

劉婭楠最近一段日子見多了長相平凡的人，自從這個世界有了女人後，那長相類型就多了起來，什麼基因優化壓根是想都別想，統一都是自然選擇。

所以劉婭楠發現這個世界的男人，反倒沒有當年好看了。

倒是女孩子個個都漂亮得很，據說是因為近年整容業很發達，外帶著男少女多，所以女性為了增加競爭力，都普遍想提高容貌分數。

羌然休息了半個小時，身體才算是緩了過來，喝了水、吃了小蛋糕，又去洗漱一番。

等再出來的時候，這位讓世界為之震驚恐懼、同時又有著第一美男子威名的男人，算是徹底地復活了。

只是再相見的兩人，並沒有那種橫斷時空、恍如隔世的感覺，至少劉婭楠從羌然的眼神裡看不到喜悅，也看不到激動。

他的表情眼神都是淡淡的，簡直就像早已經甦醒了似的，而此時不過是普通的一天。

而且在她還沒理清思路的時候，羌然已經像一臺恢復運轉的機器一樣，很快地問了她一句：

「水下船妳藏在哪裡了？一會兒帶我去。」

「喔，好……」劉婭楠知道他需要用水下船去基地，不過他怎麼一點都不好奇這個世界變成什麼樣了啊？

她剛到這個世界時簡直好奇死了，羌然都不問問的嗎？

劉婭楠小心地抬起頭來，偷偷地看著他。

羌然的目光很快地落在她身上，他的嘴角到現在才終於微微翹起來一些，「我肚子餓了，給我弄點吃的吧。」

劉婭楠有點反應不過來，因為這種重逢有點脫離她的認知。

就在劉婭楠去準備吃的時候，羌然打量了下房間的布置。

其實早在水下船休眠儀器停止運轉的那刻起，他就甦醒了，只是不知道為什麼，身體一直動不了，就連眼皮都抬不起來。

其間他感覺到劉婭楠在動自己的身體，在推他、挪動他，他還聽到很多種聲音，劉婭楠在跟人商議房租，盤下店面，然後沒過幾天空氣中瀰漫著甜膩膩的味道，還有劉婭楠靠近時特有的那種甜香氣味。

以前他就知道劉婭楠愛說話、愛嘮叨，不過等他躺在床上不能動的時候，卻希望劉婭楠能更愛說話一些。

起初的聲調還是小心翼翼的，可漸漸就不一樣了，那是跟從籠子裡偷跑出來的兔子一樣。

雖然房間裡時不時會發生一些狀況，可是劉婭楠的聲音總是快樂開心的。

她的話也不再是翻來覆去的，也沒有了那些沉甸甸的壓力，她會開心地同他說店鋪和她新設計的蛋糕多麼受歡迎……

羌然在打量過這個房子後，就坐在電腦桌前，隨手點開了桌面上的一個操作鍵，操作了起來，除了劉婭楠在他耳邊絮絮叨叨說的那些信息外，他還想更深入地瞭解這個世界。

只是在鋪天蓋地的消息中，他很快被電腦桌面上的一個影片檔吸引住了目光。文件標題是非常醒目的「羌然與劉婭楠的一夜」，他點了下瀏覽記錄，然後就發現上面還有劉婭楠的瀏覽記錄，他隨手就點開了。

很快地那影片就被播放了出來，一個長得跟黑熊似的男人正壓著一個白花花的屁股，在狂做著兒童不宜的事兒。

那個赤裸的女人更是哎哎呀呀地叫著什麼：「羌然，不，不要，欸，你太厲害了……啊，你好XXX……」

黑熊般的男人也跟著回道：「劉婭楠，妳好熱，妳好緊……」

等劉婭楠端著熱菜熱飯進來的時候，就看見羌然正在用跟全軍開會的嚴肅表情，盯著電腦的畫面出神呢。

劉婭楠感到好奇，不知道他看什麼看得那麼認真。

她掃了一眼，瞬時差點沒把手裡的盤子扔出去，只見電腦螢幕上一個黑熊一樣的男人簡直就跟人肉打樁機一樣地正在XXOO著一個女人。

而且就跟怕人不夠煩惱似的，這部成人作品大概快到結尾，還有一個旁白插播了這麼一段昇華主題的話，一個嗲裡嗲氣的女生哀淒地說：「在沒有女人的世界裡，我就這樣被這個叫做羌然的男人夜夜蹂躪著，他用強壯的男人體魄不斷征服摧毀著我的毅力，我在肉慾中不斷沉淪，成為了他性的奴隸……」

劉婭楠迅雷不及掩耳地衝了過去，二話不說就拔掉電腦的電源。

這可太毀人了，她臉都紅透了！

她絕對不是那種會專門下載與自己跟羌然同名的小黃片來看的變態啊！

她真的真的只是看到了，很好奇啊！

然後看了兩眼，發現裡面的男的太醜、女的胸部太癟，就沒再看了啊！

劉婭楠都不知道該拿什麼臉去看羌然了，她還能更倒楣一點嗎？

不過在她又囧又羞的時候，羌然倒是平靜地瞟了她一眼，什麼都沒說就接過她手裡的飯菜，慢條斯理地吃了起來，大概是害怕會傷胃，他吃得並不多，而且咀嚼得也很仔細。

劉婭楠簡直眼鏡都要跌破了，就算不在意，但是……一個休眠了百年的男人，在看了這麼一部熱血沸騰、肉慾橫飛的片子後，怎麼還能這麼無所謂地吃菜吃飯啊？

就算是她，剛剛只瞥了一眼，都覺得面紅耳赤、口乾舌燥啊！

等劉婭楠在吃飯的時候，她就偷眼打量了一下羌然。

結果羌然表情一直都是淡淡的。

他也沒說什麼，也不敢吃太多，只吃了一小部分就停了下來，不過他還是跟以前一樣，吃完後並不立刻離開，而是安靜地等著她吃完飯。

劉婭楠吃了幾口飯，覺得自己實在是應該要解釋一下，不然自己這個女流氓的帽子就算戴實了。

她嚥了一口口水，吞吞吐吐地解釋道：「羌、羌然……那片子我是偶然才下載的……我只看了開頭……」

「我知道了。」羌然輕描淡寫地回道，一邊等她吃完，一邊活動著自己的手腕。

天啊！

劉婭楠真不知道說什麼好了！

她吃完飯後就默默地收拾了碗筷，不過這個時間點倒是真好，羌然現在很著急找回水下船的事，當初劉婭楠為了安全起見，把船藏在附近的海域裡。

這個時候趁著夜色，倒是可以神不知鬼不覺地找回來。

劉婭楠收拾了幾樣東西，又找了帽子跟墨鏡給羌然戴上，兩人才從店裡出去。

外面街上已經沒什麼人了，不過近些年社會治安好得不得了，一旦女性比男性多後，社會文明程度反倒高出很多。

劉婭楠再也不用擔心被人搶來搶去了，而且就她這模樣的，想找個性騷擾的都不容易。現在滿大街都是後天美女，她這樣純天然、沒特色的，已經不多見了。

只是他們所在的地方離那片海域還有段距離，劉婭楠招了一輛計程車。

羌然戴著墨鏡，不過那個上歲數的男司機還是一眼就注意到他的鼻子，說道：「欸，先生你的鼻子長得很不錯啊，這個是天生的還是整出來的？很像早幾年流行的那個羌然鼻呢，聽說最貴的時候想整一個羌然式的鼻子要花好幾萬呢，稍微上檔次的美容醫院甚至都要十幾萬，我看你這個就很像啊！」

劉婭楠以為憑羌然那種陰沉的性格，必然是不會跟對方搭話的，結果羌然居然淡淡地回了一句：「我花了四萬。」

「喔，我就說呢，不過這四萬花得很值啊，你這個效果是我見過最好的……」

劉婭楠嘴巴都要合不攏了，她看向羌然。

羌然表情倒是還跟以前一樣，可是他這麼和氣地跟人聊天，實在太出乎她的意料了。

因為她很少見到這樣的羌然，尤其是這樣很自然地跟人聊天。

而且羌然是怎麼知道這些事兒？很多話說起來還頭頭是道，劉婭楠簡直都傻了，他才剛剛醒過來吧？

難道是在她做飯的時候通過電腦查到的？可這個速度也太誇張了，她熟悉這個世界可是足足用了兩個月啊！

就算羌然再天才，也不能只用十幾分鐘就都掌握了吧？

不過讓劉婭楠奇怪的是，羌然跟司機聊的那些都不怎麼重要，至少在她聽來都是些很普通的事情，比如這個世界的夫妻關係啊，比如有了孩子後如何撫養啊。反而像是現在誰當政，具體的政策那些羌然連提都沒提。

不過羌然的話題顯然勾起了這個司機的話匣子，那人也跟著搖頭晃腦地抱怨了起來，先是從自家老婆太囉嗦了、婆婆媽媽的，什麼錢都要抓緊了，他想買包菸都不行……到最後孩子不懂事啊，年記老大不小的也不著急找對象啊，現在男女比例這麼恐怖了，他女兒都大學了還不知道著急！

羌然大部分時間都是傾聽的，他不打斷司機的話。

劉婭楠本來以為羌然聽著聽著，就會覺得沒意思了，可就她的觀察來看，羌然顯然聽得還挺帶勁的。

不過隨著車子的行駛，過了半個多小時，計程車終於停下。因為靠近海邊的地方有相關的政策，再往裡只能是環保車才行。

劉婭楠他們下了車，往裡面走過去。

離大海還有段距離，不過已經能聞到海的味道，還有陣陣海浪的聲音，只是這個地方實在太空曠，就算有一些照明用的路燈，還是覺得黑漆漆的。

劉婭楠一步步地往裡走著，想起剛甦醒時的無助跟寂寞，尤其是羌然一動不動還需要她照顧的時候，她簡直覺得自己要被壓垮了。

不過她很快就鎮定了下來，很多事都是這樣的，往回看的時候，才會驚覺自己這一路走得忒不容易，可在走的時候，卻只會想著，再加一把勁就可以了。

就跟現在一樣，看著離海邊很遠，可是真走的話，十幾分鐘就到了。

羌然也不怎麼說話，其間他一直在活動自己的手腕。

其實他恢復得算快的了，當初她可是身體發麻了一整天，最後又跳又蹦的，折騰了一個禮拜才算是徹底緩過來。

現在見羌然在捏手腕，她想起自己當初的難受勁，也是身有所感，再來羌然就在她身邊，她很自然地伸過手去，把羌然的手腕拽了過來，其實光揉是沒用的，有幾個穴位需要用力地刺激幾下，才會更有效果。

她當初可是試驗了好多次才得出的結論，她找到了那幾個關鍵的點用力地按著，左手按著，右手更掐著不斷幫羌然放鬆手腕。還有肩膀，她也跟著捏了幾下，只是羌然身材太高了，她捏的時候就需要他低下頭來。

他的身上是淡淡的沐浴乳味道，她上周才從打折的超市買的。

他的目光是平靜的，可劉婭楠在對上他視線的時候，還是感覺到了不同，他的表情給她的感覺，還有他眼睛裡蘊藏的那些情緒……她以為他下一刻就要吻上她了，可是羌然卻始終沒有吻她，也沒有抱她。

他很冷靜地直起身體，把自己的手腕從她的手裡抽出去。

此時兩人已經走到海邊，對著一望無垠的大海，劉婭楠趕緊尋找著水下船的具體位置，她當時有做記號的。

就在她低頭找著當初的記號，忽然聽到了機械般的滴滴聲，再抬起頭來的時候，她就看見羌然拿著軍徽似的東西做著什麼。

她當初挪動昏迷的羌然時，還以為那只是個裝飾品，現在她才知道，羌然身上壓根就沒有單純的裝飾品。

水下船很快就恢復了運轉，劉婭楠進去的時候很老實，乖乖地坐在副駕駛的位子，看著羌然操作著那些按鍵。

他們面前的螢幕不斷變換著數字，羌然的操作非常熟練。

劉婭楠安靜地等著他們駛入基地的那一刻。

她的情緒也跟著澎湃起來，她的小寶貝正在等著她。

她心裡最柔軟的一塊復活了。

水下船終於駛入基地，整個基地都被黑暗所籠罩著。

這是百年來這個地方第一次被人進入。

等劉婭楠跟著羌然從船艙內出去時，被眼前的一幕驚呆了，經過百年的侵蝕，整個基地變了個樣，之前整潔漂亮的圍欄，此時都是鏽跡斑斑。

懸掛著羌家軍軍旗的旗杆上也是空空蕩蕩，從不曾熄滅的指示燈此時也是灰暗無光。

除了潮汐的聲音，什麼都沒有，這個地方安靜得好像墳墓。

羌然找到了應急燈，只是不知道是不是年代太久了，應急燈的光線很不穩定，總是時斷時續的。

這個世界有一種陰森森的感覺。

就連天上的月亮都被遮蓋在烏雲下，海風本來就有些涼，劉婭楠下意識地抱住了自己，倒是羌然很快脫下上衣披在她的身上。

羌然的衣服帶著他的體溫，很快地溫暖了她，劉婭楠快步靠過去，跟尋求慰藉一樣地緊緊挨在羌然的身邊。

他們不斷走著，曾經熟悉的地方此時沒有一絲光線，只能在黑暗中猜測那些裝潢的輪廓曾經是哪些地方……

劉婭楠以前不覺得基地有多大，以前不管去哪裡，她身邊都會跟著一群保安人員，而且這個基地總有無數的人，每一個部門都有專門的人在負責，就算是路邊的照明設備都是時時檢修的，可此時連排的照明燈孤零零地待在哪裡，鏽跡斑斑……

休眠區域分了好多地方，醫療組跟第一軍團、第二軍團，包括她的小寶寶，都在不同的地方。當初大概是考慮到安全問題，可這個時候劉婭楠所有的心思都跑到她的小寶貝那裡，她簡直恨不得下一刻就能抱到小寶貝。

只是羌然並沒有立刻帶她到小寶寶的休眠地，而是先帶她去了醫療組的休眠區。

劉婭楠明白羌然的用意，不管是要讓誰甦醒，只有醫療組的人安然無恙，才能應對各種醫療問題。

劉婭楠沒說什麼，只安靜地跟在羌然身後，看著他為醫療組的那些休眠者們操作著複雜的儀器。

羌然做事非常沉穩，就像運轉精確的機械，動作步驟都是有條有理。

而且他才剛剛從休眠中醒來，精神卻比她好。

都這個時候了，別說顯出倦意來，就連一絲懈怠都沒有。

劉婭楠卻只待了一會兒，就忍不住打了個呵欠。

原本忙碌中的羌然很快就停下手中的動作，轉過頭來看向她。

劉婭楠不好意思地縮了下脖子，道歉：「我有點睏……」

羌然這次乾脆離開了操作臺，走到劉婭楠面前，說道：「我帶妳去夏宮休息。」

說完他就重新找回應急燈，一邊打開燈，一邊伸手握住劉婭楠的手。

說真的，也幸虧有羌然陪著，要讓她自己走到夏宮去，她可能會被嚇成神經病。

不過等走到夏宮後，劉婭楠還是被嚇到了，以前那麼漂亮的夏宮，此時簡直就跟大型博物館一樣，裡面黑漆漆的不說，還有一股黴味。

而且年代太過久遠了，夏宮的照明設備也壞了不少，羌然沒時間一一檢查，只打開了所有的照明設備，幸好枕頭被子那些寢具都有真空的儲物櫃，羌然打開儲物櫃找出新的寢具，簡單布置了下，跟劉婭楠說了聲，就又匆匆地去幹活了。

劉婭楠知道自己什麼都幫不了，估計在那裡等著只會給羌然添麻煩，於是她抱著被子耐心地在夏宮等著。

不過實在是太睏了，她堅持到半夜的時候，終於連衣服都沒脫就睡了過去。

其實這次的事真的讓她頗意外，因為太平靜了，不管是羌然回到基地的表現，還是他對自己的態度，都是那麼冷靜淡然。

可她的情緒卻是起起伏伏地來回繞了無數的彎，雖然明白羌然的安排，也理解他的想法，可是剛剛在路上的時候，她還是忍不住想跑去小寶貝的休眠室看看……

她抱著被子，實在是太想念了，即便是在睡夢中，她還是夢到了小傢伙。

半夜迷迷糊糊間，劉婭楠覺得胸前一軟，一個小小的、軟軟的小傢伙被放到她懷裡。

劉婭楠一下就驚醒了，她還以為是在做夢，整個人都傻了一樣，被放在她懷裡的小傢伙好像很不開心，就像睡得好好的卻被人吵醒了似的，在哇哇地哭著。

劉婭楠趕緊抱住孩子，把小嬰兒的頭放到自己的胸口。

據說在媽媽肚子裡待過的小孩子，只要聽到媽媽的心跳，就會變得安靜起來。

果然很快小傢伙就不哭鬧了，劉婭楠不知道他肚子餓不餓，她興奮地抬起頭來，原本睏得睜不開的眼睛，這個時候簡直都可以當照明燈了。

她用唇語問著羌然：「他肚子餓嗎？有奶粉嗎？」

羌然很快拿出一些東西來，他這種人拿著奶瓶的樣子真的太奇怪了，像是最不和諧的畫面一樣。

尤其是剛剛見過他那麼沉穩地操作那些機械，現在再看他動作標準地沖著奶粉，劉婭楠的眼角都帶上了笑意。

很快地牛奶就弄好了，只是劉婭楠有些不放心，小聲地問著他：「這個安全嗎？」

「真空儲物箱裡的。」羌然說完就躺了下去，像是累到極點似的，在劉婭楠餵孩子喝奶的時候，他就睡熟了。

等劉婭楠哄著小傢伙睡下後，再轉過身時，她才注意到，羌然剛剛在入睡的時候是扯著她的衣襬的。

劉婭楠低頭看著床上一大一小的兩個傢伙，不知怎麼的，忽然就覺得這兩個傢伙根本是放大跟縮小版的羌然。

就連睡覺的樣子都那麼相似，不管是羌然還是自己懷裡的小寶貝，都是那麼地乖。

劉婭楠小心翼翼地把自己的衣襬從羌然的手中抽走，怕自己睡熟了會壓到小傢伙，她把小嬰兒放到床邊的嬰兒床上。

把小傢伙放好後，她怎樣也睡不著了，簡直就跟打了興奮劑似的。

都不知道看了多久，最後劉婭楠的睏意上來，她才終於打著呵欠躺在羌然的身邊。

這一覺一直睡到天亮，劉婭楠才醒，醒來的時候，第一件事就是起身去看嬰兒床上的孩子。

結果這一看，劉婭楠差點沒被嚇死，小傢伙早不知道到哪裡去了。

她嚇得從床上跳下來，光著腳正要跑出去的時候，倒是在浴室檢查設施的羌然聽見聲音，忽然出聲阻止了她，「孩子在醫療組那裡做檢查。」

「啊？」劉婭楠趕緊走到浴室。

就見羌然把袖子高高地捲起，正在測試水溫，把手伸到超大的浴缸內，一邊檢查著這些百年沒用的設備有沒有出問題，一邊找著毛巾、沐浴乳那些盥洗用品。

劉婭楠不放心，著急地問著他：「小寶貝怎麼了，為什麼在醫療組？」

「昨晚已經做過檢查。」羌然的回答很簡潔：「不過當時醫療組的人剛甦醒，精神都不大好，為了保險起見，我讓他們再做一次。」

一直背對著她的羌然說到這裡，忽然回過身來對她擺了擺手說：「妳過來一下。」

劉婭楠還以為他遇到了什麼需要幫忙的地方，她一邊往裡走一邊捲著袖子問：「需要我做什麼嗎？」

結果她剛走過去，就覺得身體一輕，整個人都被羌然抱了起來，在她還沒反應過來前，羌然就把她連人帶衣服地放到了浴缸內。

這個超大的浴缸此時早已經被注滿了溫度適宜的水，劉婭楠下意識就掙扎起來，嘴裡更是大叫：「羌然，你要幹麼……」

她還想去醫療組看孩子呢！

現在衣服都濕了，很快地羌然也跟著進來。

而且她都不知道羌然是什麼時候脫掉的衣服，這速度也太快了吧。

她的視線看過去，忽然就不好意思地紅了臉，她扒著浴缸的邊緣，熱氣熏得她心跳直在加快。

羌然的手撫摸在她的身上，她的身體被水徹底浸濕了，雖然是隔著衣服的，可是她卻很快地戰慄起來。

很奇怪的感覺，就好像有預感一樣，身體就像是在慢慢甦醒，在這個地方，在這個浴缸裡，他們曾經無數次地親密過，用男人與女人的方式，用比那些亂七八糟的成人片更激烈的方式。

劉婭楠不知道是不是自己腦抽了，她忽然就想起那個黑熊跟乾扁女的片尾了，那個假模假式的女人故作聲音地說著什麼身體的沉迷、肉慾的沉淪……

她忽然就口乾舌燥起來，羌然的手鑽到了她的衣服內，他的手就跟摸索一樣地在找尋著她的敏感點。他們太熟悉彼此了，任何的細微變化都能很快知道。

他貼近著她，體溫、呼吸還有肌膚，都跟記憶中的一樣，他們並不是分離百年的戀人……他們是空虛了好久的男女，現在迫切地需要發洩……

羌然已經解開了她的衣服，親吻著她的後背。

他吻得很細緻、很纏綿，可是又跟等不及似的，他的身體在不斷摩擦著她。

她在水中轉過身體，他們面對著面，劉婭楠沒有掩飾自己的需求，她深呼吸了下，很快地迎上了羌然的親吻。

她同樣熱情地回吻著他。

再沒有這些纏綿的前戲，羌然很直接地進入了她的身體，劉婭楠被迫地往後仰，她的身體不斷被羌然帶動著……

浴缸裡的水早已經溢滿了，隨著兩人的動作不斷地向外湧著。

劉婭楠都不記得那天他們究竟做了多久、做了多少次，只知道在那之後她都累垮了，連手指都動不了。

幸好小寶貝沒在身邊，劉婭楠估計小傢伙若在身邊的話，肯定早已經睜著圓圓的眼睛在看他們了。

在一次中場休息中，她趴在羌然的身上，雖然不怎麼想做了，可是卻有點捨不得就這麼離開他的身體。

羌然也摟著她的腰，撫摸她。

劉婭楠趁著空暇的時候，隨手點開了螢幕，她本來是想問問醫療組小傢伙的情況，結果大概是時間太久了，觸屏出了點小故障，並沒有連接到醫療組，反倒是把電視選項打開了。

沒想到這個觸屏作為電視，質量倒是真好，百年後只是音質有點走形外，居然影像都沒有什麼變化。

劉婭楠本來想說再找找醫療組的電話，結果一等看到電視裡演的那些，劉婭楠就被吸引住了。

就見一個年輕英俊、穿著羌家軍制服的年輕男子，此時正一臉嚴肅地對著鏡頭闡述著立場：「對侮辱性的言論，表達強烈的不滿和抗議，並保留追究的權利……」

劉婭楠這才知道，外面已經得到他們甦醒的消息，而且看樣子羌然好像對外面各種亂七八糟的傳聞很不滿似的。

不過劉婭楠總覺得那個發言人的表情過於誇張了，她不是頭次見到這個發言人做聲明了，她記得以前這個發言人沒這麼嚴肅誇張啊，現在簡直就跟上臺表演般，整個動作十分僵硬，臉上的表情更是嚴肅嚇人。

劉婭楠就有些緊張，不知道是不是外面的情況很惡劣，讓這個發言人也感覺到了不友善。她一下就緊張起來，因為這個世界對羌家軍的印象很不好。

果然到了提問階段，那些問題都是咄咄逼人的，不過仗都打過的羌家軍成員自然是不怕這些的，就見那個英俊的發言人簡潔有力地應對著各種問題，只是劉婭楠覺得他的口吻有點過於強硬，而且整個人的表情都跟石雕的一樣，簡直連個些微的變化都沒有，臉皮都是繃緊的。

在發言人身後，是作為保安出現的幾個羌家軍，幾個身材挺拔的年輕男人站在一起，就跟一尊尊的雕像一樣，個個都是繃著臉，那目光簡直像在應對多大的陣仗一樣。

劉婭楠心都懸起來了，她記得當初羌家軍跟西聯盟開戰的時候，羌家軍的發言人還能談笑風生地表示蔑視呢，這個……

是情況太惡劣了嗎？

然後在一片不友好的提問中，忽然有一個二十多歲的女記者紅著臉站了起來，小聲地提問：「據傳聞你們羌家軍在集體休眠前，曾經跟聯邦政府達成過一項協議，被稱為選擇權協議，就是所有羌家軍的成員都可以根據個人的心意，選擇一名適齡的女性與之婚配，不管對方同意與否，都有相應的權利，而這項權利早在二十年前就被女權組織要求廢除了……甚至有女議員提出，這項協議跟蒙昧時期最臭名昭著的初夜權是並列的，同樣罔顧女性人權。請問在面對這個男少女多的情況下，你們羌家軍還會保留當初的權利嗎？」

發言人顯然沒想到會被問到這個無關的問題，不過年輕的發言人很快地就用外交辭令一臉正經地回答道：「首先，我想重申的是我們羌家軍對女性是絕對尊重的，關於之前的協議只是作為戰略政策……」

在得到回答後，那個女孩卻沒有立即坐下。

在眾目睽睽下，那個女孩就跟遇到了多大的難題似的，躊躇了許久，才終於鼓足勇氣問了一句：「那……那能問下您的私人聯繫電話嗎？」

劉婭楠注意到，原本還擺得正正的鏡頭忽然就晃了下，瞬時那女孩的臉就被擴大了。

還有發言人的表情也跟著愣然了一下，然後很快地他的臉就紅透了。

隨後劉婭楠就聽到電視裡面的發言人在沉默了兩三秒後，聲音緊繃、氣勢全無地說出了一組數字。

而且之前還繃得緊緊的那些羌家軍保安們，臉上的表情也跟裂開了似的，不管是嘴巴還是臉，都有點向著老子就要繃不住的方向發展……

更讓人驚訝的是，很快就有更大膽的女性站了起來，那女人的做派倒是不讓人覺得討厭，反倒是落落大方。那位穿著套裝的女性，大大方方地掏出一張名片來，一邊遞向離得最近的那個羌家軍保安人員，一邊自我介紹：「你好，我是《今日有你》節目組的特派記者，我對羌家軍充滿了好奇，也想同你交個朋友，方便的話就電話聯繫我吧。」

大概是被那兩位女性提醒了一樣，在那之後，八卦節目、娛樂節目的記者們都跟被點燃了一樣，瞬時就激動了起來，場面也跟著失控了，無數人不顧順序地提問：「你好，我是《女性半邊天》的記者，請問你們羌家軍這次一共甦醒了多少男性？其中適齡男性有多少人？還有，你們的婚戀是自由的嗎？你們是一夫一妻制的擁護者嗎？」

「你好，我是大型相親節目《非誠不要擾》，請問你們羌家軍有興趣參加我們的節目嗎？我們願意為你們做一次專題……」

「你好，我是《唱唱唱》節目組的，不知道羌家軍是否有文藝兵，有的話歡迎……」

劉婭楠愕然地看著這一切，之前對著西聯盟咄咄逼人的威脅，對著整個世界的謾罵眉頭都不皺一下的老道英俊的羌家軍發言人，甚至那些武力值絕對不容小覷的羌家軍們，就跟受到刺激似的，臉上掛著各種表情地囧來囧去，又掩不住興奮，又跟被嚇到似的……

不知道是不是他們羞澀的表現激發了什麼，有些女記者一開始還矜持些，到了最後簡直就是控制不住地想要逗弄這些禁慾派又羞澀派的男人們啊！

劉婭楠已經在這個世界待過兩個月了，她很清楚這個世界的女人作風是多麼大膽豪放，而且更主要的是，這個世界的女人並不認為主動追求喜歡的男性有什麼不可以。

大概是受了男少女多的影響，整個社會也不覺得追求真愛的女性有什麼問題，只要不是主動破壞別人的婚姻跟感情，那麼大膽地追求愛情反倒是受人追捧的。

這些沒見過女人的羌家軍倒楣蛋們，就這麼被那些女記者們圍了個水泄不通。

已經有新聞嗅覺靈敏的男記者們，對著各自的電視臺把這次一本正經的發言當做花邊一樣地報導了，各種羨慕嫉妒恨，各種歪七扭八亂七八糟的言論都跟著出來。

什麼羌家軍威脅論啊，什麼羌家軍猥褻論啊，什麼拜金無腦論啊，女權的倒退啊……

劉婭楠都看傻眼，心想這還是她記憶中的那個羌家軍嗎？她當初可是特別害怕這些兵痞子會出去強暴女人的，現在看來她是不是害怕錯了方向啊？

【第四章】

不再是唯一

有一位在現場的記者大概是感動於這個場面，事後寫了一篇新聞稿《母親回歸》。他詳細地描述了這天的情形，無數的家族為自己的母親獻上了禮物，這個讓世界失望的女人，在瞬間成為了世界上最富有的人。可她依舊還是那個人，並沒有因此變得有什麼不同，她只是低著頭，不斷說著謝謝。

新聞稿寫得很樸素：我們以為母親應該是什麼樣？是富可敵國，還是風華絕代？可她也許只是灶臺前的那個普通女人，會懦弱、會嘮叨，也可能稱不上美麗，可她所給予的卻是任何人都無法替代的……

最早的時候，羌家軍裡也並不都是高大帥氣的男人，只是那時代的人，尤其是當兵的，平時都比著身高，一代代地優化下去，若再趕上基因公司搞促銷，就保不齊有附贈個雙眼皮、大眼睛什麼的。

再說男人個子高高的，乾乾淨淨、利利索索的，不用怎麼修飾就會覺得順眼。

於是新出爐的羌家軍帥哥們，差點就被女記者們包了餃子。

其實很多女人都是起哄架秧子的，就跟一群少不更事的少年遇到漂亮的女孩，總忍不住吹幾聲口哨調戲調戲。

於是等這些站不穩的發言人回到基地的時候，那飽受催殘的樣子，外事部的領導二話不說就給他們弄去做心理輔導了。

劉婭楠看得目瞪口呆，正想跟羌然說這個，結果羌然壓根不在意那些事，只一翻身又把她壓在身下，痛痛快快地做了一回。

等再起來的時候，羌然神清氣爽地穿好衣服，小寶貝也被抱了過來。

劉婭楠趕緊從醫療組的人手裡接過小傢伙，小傢伙已經會咯咯地笑了，舉起來的時候，就跟知道似的，揮著四肢，小腳、小拳頭怎麼看怎麼可愛。

劉婭楠就抱著小傢伙，舉著小拳頭地跟爸爸再見。

到了此時，電視上鋪天蓋地的到處都是羌家軍的新聞。

很快就來了一波專家，這些靈敏的爆料人早就研究羌家軍很久了，從戰略到裡面的組織部門、還有人員配置，都如數家珍。

跟著深入爆料羌家軍內的情況，在那些紛雜繁瑣的資料中，很快地大家就得到了這麼一個認知。

首先是個子都高，其次是身材都好，然後羌家軍紀律很嚴，除了羌然本人抽菸草外，所有的羌家軍成員都是不抽菸的！同時他們也絕對不酗酒，不賭博！

打架呢倒是經常打，但沒聽說過羌家軍有打輸過的情況。

收入這塊呢，因為每個部門都不大一樣，所以具體不大清楚。

但據說那些男人在金錢上都是大咧咧的，只會把錢往銀行一扔就不管了。

平時除了出基地聚會，就只會在基地裡鍛煉，所以大概幾百年來的薪水大部分都還存在銀行呢……

其他的嫖女人、耍流氓的情況，因為沒有客觀的條件，自然也是沒有的。

再來就是沒爹沒娘，身家各種清白，據說文職人員的智商尤其高，當初羌家軍可是招募了一批頂級的人才……

於是在分析了這些資料後，某大型婚戀網站直接就打出了這麼一組標語：我們網站有大量可以媲美羌家軍的優秀男會員。

而且很多事都是會引發連鎖反應的，在眾目睽睽下去要電話號碼的那個女孩，自從私下跟發言人聯繫上後，兩人居然很快就乾柴烈火般地陷入熱戀。

在這樣的背景下，鑑於女孩的背景太過複雜，於是就產生了一系列的後續問題，比如該女孩的好朋友、好姐妹啊，什麼表妹、表姐的啊，什麼舅舅隔壁家的王奶奶的親孫女的同班同學啊，也想找個羌家軍的男人，圖的就是不抽菸、紀律好，身體棒、收入穩定啊。

於是拐彎抹角的，再加上熱戀中的男人智商都偏低，羌家軍內部的通訊錄很快地就被套了出去。

所以說，有時候女特務是大殺器，還沒嚴刑毒打，就已經要怎麼招就怎麼招了。

當然那些電話五花八門，什麼部門的都有，於是這事就變得複雜起來。

原本還算單純的私人活動，很快就上了電視。

主持人用嚴肅的表情播報著買賣個人信息的事，並把這樣的行為所產生的後果描述了一番，最後更是舉了一個令人跌破眼鏡的例子。

鑑於被害人的身分特殊，做過聲音處理的男人，背對鏡頭訴說著自己悲慘的經歷，「一開始就是有一個女孩說她很想跟我交朋友，我就跟她聊了起來，然後那個女孩就說她家境困難，她弟需要做手術，我想女人不都是需要騎士保護的嘛，咱不能讓女人受苦自己乾看著吧！作為一個合格的騎士，我就問她需要多少錢，她告訴我後，我也沒多想，就匯給她了，後來又過了幾天，她又說她爸病了，也要做手術，我也把錢給她了，然後她又說她奶奶需要做手術，後來……」

最後主持人用這樣的警醒性語言做了結尾語：「這個世界在悄悄改變著，在以婚戀為藉口，使女性被害者陷入陷阱的今天，因為不熟悉當今的情況，而被騙失財的男性也日益增多，為了更好地保護您的權益，請電視機前的觀眾，尤其是新甦醒的人，在熟悉這個世界前，不要輕信那些連面都沒見過的朋友，更不要跟那些女孩去不熟悉的場合消費……每日兩性節目到此結局，歡迎您的收看。」

當然也不都是倒楣的，也有走了桃花運的，比如約會排得滿滿、女人太多不知道怎麼下嘴的觀止。

自從觀止代表羌然去跟政府部門商討恢復選擇權協議的時候，他那張略帶憂鬱又具有欺騙性的臉一被曝光，瞬時求愛信就跟雪片似的。

奈何觀止是個悶騷男，他早已經度過了那個只要是個母的、哪怕是頭豬他都想上的困難時期了。六個充氣娃娃都挺過來的觀止，當然沒可能倒在這個花花世界。

眼界也是水漲船高地高了起來，居然很有點我自花叢過，片點不沾身的感覺。

不管外面怎麼亂乎乎，劉婭楠的生活倒是按部就班，每天都忙著照顧小傢伙。

就是小傢伙的名字一直沒取，劉婭楠也不知道叫他什麼好，跟羌然商量，也一直商量不出個結果來。

最後劉婭楠先叫著小傢伙「小寶貝」。

跟之前劉婭楠每天都有忙不完的情況相比，這次倒是羌然忙得跟陀螺似的，她反倒是清閒了起來。

不管之前聯邦政府多麼尊重她，可這次她重新回歸的消息卻沒有激起任何迴響，而且早在十年前，這個世界就已經更改了女王的監督權。

現在聯邦政府是否會承認她的身分，還是個謎呢。

在這點上，劉婭楠倒是無所謂，跟那些有官癮的人比，她可不覺得當女王有什麼好的，每天累個愁死還不落個好，哪有她現在輕鬆自在。

只是沒多久，聯邦政府就派了一些人員過來探她的口風。

大概是考慮到她的情況，這次來的都是女官員。

領頭的是個非常幹練的女性，不管是外表還是說的語，都是非常出色的。

只是等一見到劉婭楠本人後，大部分的女官員都愣住了，倒是這個領頭人表情淡淡的，顯然是親自做過功課，找到過歷史記錄中劉婭楠的真實樣子。

而且別看這個領隊像是女強人似的，可見到劉婭楠的時候非常客氣，非常熱情主動地握了握她的手，之後就把頭低下來，對待劉婭楠的態度就跟對待一個長輩似的。

倒是劉婭楠顯得很不專業，在面對這一批女性代表團的人時，她穿得不怎麼正式，反倒是一件過於休閒的淺綠色裙子，因為實在捨不得小寶貝，這次會面她還抱著小孩子呢。

這麼不專業的做法，顯然讓有些隨行的女性鄙視了。

那個領頭的人倒是很理解的樣子。

對方也沒多繞圈子，直接開誠布公地說道：「您好，我這次來，是想跟您探討關於您身分的問題，其實早在二十年前，就有議員提出廢止女王制度，您也知道那是歷史的產物。現在有傳聞說您打算重新入主波特帝皇宮，不知道是真的嗎？」

劉婭楠想了下，才想起那個波特帝皇宮曾經是她在基地外的辦事處，其實當時她只去過幾次而已。

雖然那地方是她找人建造的，但現在早已經成為博物館，裡面陳列的都是一些歷史性的東西，之前的影子都已經蕩然無存了。

她想明白了這些後，就擺手說道：「我沒有那樣的想法，做女王太累了，我其實更想當一個好媽媽。」

她最大的夢想就是跟她的小寶貝在一起，看著小孩子長大，如果能再做些自己喜歡的事就更好了，她說著就跟抱著寶貝似地逗弄了下孩子。

女領頭人被她的動作吸引了，下意識就看了眼她懷裡的孩子，一向表情嚴肅的女強人，在看到那個孩子的時候，竟然也被這個漂亮得跟小天使似的傢伙給吸引住了目光，難得地露出了溫柔的笑容。

這孩子簡直太招人喜歡了。

不過還有其他的問題需要解決，領頭人整理了下思路，很快又開口道：「那您知道最近正在熱議的選擇權協議嗎？」

劉婭楠欸了一聲，她倒是知道那個。

當初自己為再生女性做著各種努力的時候，羌然也沒少為他的部下謀福利，比如這個臭名昭彰的選擇權協議，就是當初定下的。

協議的內容很霸道，只要羌家軍看上的女性，都可以直接弄來當老婆。要不然當初也不會有那麼多高端人才哭著喊著要加入羌家軍，只是物是人非，誰能想到啊……

現在劉婭楠都不知道是誰該綁誰了，據說一直很受歡迎的觀止就差點被女流氓下藥。楚靈那種馬大哈，做夢都想逃離處男身分，居然也被一個要精子來提升後代基因的女富豪嚇得連電話都不敢接了。

「那您知道觀止已經跟政府達成協議了嗎？所有羌家軍的權利都被廢止，只有羌然保留了選擇權。」

劉婭楠看著對方，不明白對方特意地說這些話是什麼意思，而且對方再投來的目光，隱隱地帶上了憐憫。

領導人身邊的副手更是上前一步，這個中年大媽大概做過婦女工作，她忽然握住了劉婭楠的手，語重心長地說：「欸，我知道您就跟我奶奶似的，可是我歲數也在這擺著呢，可是按歲數來說，您又這麼年輕，不是我說您啊，您得早做打算啊……」

這個大媽說的也絕對真誠。

做人難，做女人更難，尤其是在這個世界。

男少女多把那些老爺們養得跟熊貓似的，女人什麼工作都要做不說，還要面對著巨大的婚戀壓力，稍有不合心意的，男人就會嚷嚷著離婚，簡直要把女人逼成十項全能了。

所以做慣了婦女工作的中年大媽是深有感觸：「女人啊，別管是趕上男人多還是男人少，到了哪裡都得要自強自立，只是不管男人怎麼想，咱們經濟上一定要獨立。就算男人不跟咱們過了，咱們也能自己活下去，不光要活下去，還要活得好好的。」

劉婭楠到了此時才反應過來，對方以為羌然要甩掉她吧？

其實她一想就明白了，要是羌然沒這個心，完全沒必要保留這個什麼選擇權的！

劉婭楠收緊了抱著小傢伙的胳膊，沉默著。

氣氛忽然就壓抑了起來，倒是有一個年輕的女官員見狀，趕緊從最後的位置走了出來，主動自我介紹：「您好，劉女士，我是女性維權組織的幹事，我能問您一些私人問題嗎？」

劉婭楠還沒回答，這個年輕的女孩已經問了出來：「您跟羌然的第一次是出於自願，還是被脅迫的？」

劉婭楠嘴巴張了張。

大概是劉婭楠的反應印證了自己的猜測，那個年輕的女孩很快就用看受害人的目光看向了劉婭楠，「我們都知道當時那種情況，作為唯一的女性您肯定承受了巨大壓力和非人的迫害，可是時代不同了，您應該勇敢地站出來，您要知道，現如今強姦是重罪，是需要化學閹割外加終身監禁的，就算對方是權傾一時的羌然，可只要他犯罪的話，您依然可以為自己討回公道，更主要的是，作為新世紀的女性，尤其您還是基因提供者，您的行為也將是我們所有女性的表率，讓那些男人們明白，女人即便體力不如他們，可也絕非是天生的弱者！」

在那通慷慨激昂中，劉婭楠真不知道該回答點什麼，過了好一會兒，她才回道：「也不能說是羌然強迫我的，我……」

「我覺得您的情況是典型的斯德哥爾摩症侯群，您沒發現嗎？」年輕的女權代表非常肯定地告訴她：「當您說到羌然名字的時候，一點都不像個妻子，反倒像個屬下，請您考慮一下，是否要結束您跟羌然的這段不正常的關係，只要您想通了，隨時可以打電話給我們女性維權組織，我們會是您堅實的後盾。」

劉婭楠真不知道說點什麼好了，孩子還抱在懷裡呢，就有人在勸她化學閹割了孩子他爹，這事兒鬧的……

那些人臨走的時候，忽然有個隨行的人拿著照相機站了起來，很客氣地問著劉婭楠：「能給您拍張照片嗎？」

劉婭楠知道自己被曝光也是早晚的事，她把孩子交給一邊的保安人員，對著鏡頭笑了下。

劉婭楠照相的時候也沒多想，哪知道她的照片很快就見報了，而且立即引起了一連串連鎖反應。

自從外面知道她的真容後，再對比畫冊上那風華絕代的女人，瞬時所有男人都醒悟了！

自從羌家軍出現後，各地的女性都沸騰了，直嚷嚷著什麼終於有優質的男人出現了！什麼偶像組合、偶像明星，統統都被丟到了一邊。

而且羌家軍也真是打了各地大部分男人的臉，那些男人十分窩火啊，就不明白了，大家都是男人，怎麼長得就能差這麼多呢？難道長相這事也要分地域的嗎？

可自打劉婭楠的真容被爆出來後，順勢那些男人們就都悟了，眾醜男們可算是找到根了啊！

原來如此啊！

「我就說我爺爺的爺爺是帥哥，一百八十公分的個頭有沒有！怎麼到我這就一百七十都不到了呢！原來這女人就是個矮子啊！」

「我說我怎麼眼睛越長越小呢，原來這個女人的眼睛也不大啊！」

「我說我怎麼皮膚不好，愛長痘痘啊！雖然這個女人臉上沒痘痘，不過她肯定是個愛長痘痘的女人！」

「雖然她臉上沒黑斑，可她肯定是個愛長黑斑的女人！」

劉婭楠雖不至於醜得天怒人怨，只是對比太強烈了。

在鋪天蓋地的「唉呀媽呀，果然是這樣」的唉聲嘆氣中……

尤其當羌然跟政府的選擇權協議正式簽訂後，大家的議論就更確鑿了。

「連羌然都想換媳婦，我就知道！這是為換媳婦做準備吧！」

於是原本還只是猜測的事，現在簡直就是板上釘釘了。

而且談論的方向已經從路人劉婭楠轉到了另一個微妙的方向。

這個一直都沒露面的羌然，是不是也跟劉婭楠一樣，其實都被過度美化了啊！

本來這個世界就不可能有長成那樣的男人！

而且那種暴力男，至少也該是虎背熊腰、長得滿臉鬍子什麼的，跟個黑熊似的吧？

再加上優秀的男人還需要什麼選擇權啊？必定是有問題的，要真長畫像裡那樣，別說媳婦了，估計身邊的女人連趕都趕不跑。

肯定是有問題才非要保留那個權利的。

而且小道消息傳播得很快，也不知道是炒作還是真的，曾經演出《我與女人的十個約定》的娛樂界第一美女肖菲菲，在參加綜藝節目的時候跟主持人聊到，最近網絡投票羌然要禍害的女性中，她位居第一時，當下就眼含熱淚地對著鏡頭說道：「如果將來羌然真的要對我行使這世界唯一的選擇權，那麼我寧願死，也不想有男人來玷污我的身體……」

簡直就怕聲明晚了，就會被恐怖大王抓去當壓寨夫人般，打從肖菲菲說了那段話後，那個網站上出現的女性們緊跟著都紛紛發表了各自的聲明。

不管是名門閨秀，還是那些數得上號的漂亮名女人們，有一個算一個，都言詞激烈地發表了自己不畏強權，絕對要捍衛自己人身權的聲明。

在跟羌然吃早飯的時候，劉婭楠就看見了那些聲明，她的手指點在那些晨間新聞的螢幕上，快速地瀏覽著……

「政府不能輕易地剝奪公民的婚戀自由權，不會屈服……」

劉婭楠看完了那排長長的簽名後，下意識地偷瞄了眼，坐在她對面的那位強權派代表，是貨真價實的世間第一美男子。

顯然羌然壓根沒留意到這種花邊新聞，他的關注點向來都是政治、軍事、經濟那些。

不過在劉婭楠半天不動筷子的情況下，羌然還是很快地開口說了一句：「別看了，把菠菜吃掉。」

劉婭楠就趕緊把菠菜往碗後邊藏，結果羌然的視線也很快地從手邊的螢幕轉了過來，淡淡地掃了她一眼。

劉婭楠瞬時就跟做錯事的孩子般，趕緊吃起了菠菜。

最近醫療組給她做了一次體檢，說她缺鐵。

雖然有各種營養劑，不過羌然還是信奉食補的理論，認定她缺乏某個元素，必定是平時吃飯太挑食導致的。

於是只要在一起吃飯，羌然就逼著她吃這吃那，要是她偷偷地藏著沒吃，一旦被發現了，羌然就要罰她吃雙份。

劉婭楠心想：要再這樣逼我，我也要發表聲明啊！

壞蛋！吃飯自主權也是人與生俱來的基本權利好嗎！

隨著劉婭楠、羌然的甦醒，老熟人也一個接著一個地復活了。

之前的菲爾特族長因為身體不好，這次再復甦的時候就花費了不少時間。

不過倒也算是因禍得福，現在醫療要比當時發達很多，據說已經有醫療組的成員在跟外面的專家聯繫，試圖尋找治療他的辦法。

劉婭楠曾抱著孩子散心的時候，有去看過他一眼。

不過這個菲爾特前族長還真是個不招人待見的，別看他頂著小田七的樣子，不過說起話來真是句句誅心，比外面的那些娛樂記者嘴巴還要毒辣，一見面就跟劉婭楠說：「欸，我說萬千醜男的罪惡之母，妳還沒被羌然甩掉啊？」

劉婭楠氣得回道：「在哪裡都是身心健全的男人受歡迎，像你這樣的傢伙，我看你應該治療身體的時候順便把你的壞心腸也治一治。」

不過現在的老熟人真不多了，劉婭楠生氣歸生氣，大概是移情的作用，面對那張跟小田七一模一樣的面孔，她還真沒辦法把這人踢出去。

不過等她抱著孩子回到夏宮時，不知道是怎麼回事，這些甦醒的老熟人忽然都跟她聯繫起來了。

之前她早就在新聞上看到何許有錢即將甦醒的消息，沒想到這麼快就能接到這個世間第一守財奴的電話。

何許有錢還是跟以前一樣八面玲瓏，而且從來都是無事不登三寶殿，只是跟以前攛掇著她做那做這不一樣了，這次何許有錢的著眼點顯然已經不在她身上。

閒聊了幾句，很快地話頭一轉就說到了商機，張嘴就是商討精子庫的事，在那裡很高興地通知她：「你不知道現今的商業性精子庫已經把羌家軍列為了第一等品，因為羌家軍內的血統很純正，身體都是頂尖的，在市場上我們做了調查，百分之八十選擇獨身的女性在考慮精子庫的時候，都會優先考慮羌家軍，這真的是個超大的商機！希望您能把握住……」

劉婭楠嘴角就有點抽抽，這傢伙真是什麼都能賣，他當這是賣騾子、賣馬呢！

她趕緊打斷他說：「打住打住，這種事兒你還是找相關的人談吧，我可沒權力替人決定。」

何許有錢碰了釘子後也沒生氣，反倒趁機向她賣了個關子，「說起來，我們何許家族有一個很重要的合夥人，那人可是您的舊識，只可惜他那傢伙因為休眠慣性，還得等一段時間才能醒過來。」

劉婭楠納悶地問：「什麼是休眠慣性啊？而且這個人是誰，你就不能別賣關子，現在就告訴我嗎？」

「休眠慣性就是一個人休眠太久、太頻繁了，身體會產生一種慣性，在休眠儀器停止的情況下，身體還會有很長一段時間的假休眠狀態，我這個合夥人據說每十年就會甦醒一次，這些年他都已經來來回回地休眠了十多次了，所以休眠慣性要久一點，只是此人究竟是誰，還請容我暫時賣個關子，不過我保重，您在見到他的時候，肯定會大吃一驚的。」

劉婭楠也不知道這個何許有錢在賣什麼關子，熟人？

她仔細地想了想，也沒想起誰來，倒是有一個人讓劉婭楠觸動了下，這麼久以來她一直在試圖找尋野獸的蹤跡，只是不管她怎麼努力總是找不到，她懷疑野獸是不是已經改名字了，或者壓根野獸就跟普通人一樣地生活著，平平淡淡的所以什麼都沒留下來……

現在何許有錢的話倒是提醒了她，忽然就有些期待起來。

可是又不敢期待太多，萬一不是野獸的話，她想自己一定會特別特別地失望。

而且自從到這個新世界來之後，她都刻意避開以前熟悉的人的消息，不管那些人生活多麼波瀾壯闊、多麼幸福，可是對她來說還是再也見不到了。

包括小田七也是，她除了看看生平，根本都不敢細看，每次看都會覺得眼睛酸酸的。

劉婭楠很快地把這事淡忘了，努力地讓自己平靜下來。

倒是過了沒幾天，就有事找上門來了。

之前政府代表只是單方面地確認了她的意見，可是具體的操作還需要一些手續。

所以在過了幾天後，政府那邊很快就派了正式的代表，要求她簽署正式的女王退位書。

本來劉婭楠不當回事的，還想著讓那人把那些東西拿來，她抽空簽了不就得了嘛，哪知道一向對此事無所謂的羌然，卻忽然給她定了個外出的行程。

就連具體的出行人員，還有時間，都幫她定好了。

劉婭楠感到奇怪，而且自從在定下時間後，劉婭楠就發現羌然忽然變得忙碌起來。

而且羌然做事一向不防著她的，只要她想知道，哪怕是問到基地的頂級機密，羌然都會毫無隱藏地告訴她。這次羌然卻不知道為什麼，做事做得神神祕祕的。

劉婭楠就算看見羌然這樣，倒還是能隨遇而安，逗弄小寶貝的時候，她也不會胡思亂想。

不管外界說什麼，她都不為所動，不是對羌然有信心，而是她有把握，就算最壞的事情發生，她也能保護自己全身而退。

說白了，好聚好散，只要把小寶寶給她就行。

到了那天後，劉婭楠很早就起床了，把小傢伙送給專門的養育人員，就坐上車。

觀止他們陪著她，只是現在的聯邦政府跟當年可不一樣了，之前在門口做保安工作的都是荷槍實彈的軍警，這個時候卻是幾個穿著制服的高個子女生。戴著臂章，當年那些荷槍實彈的軍警都沒做成的事，這次這幾個乾淨俐落的女性卻做到了。

不管觀止他們說什麼，那些娘子軍們都不為所動，也真是盡職盡忠，一點都不被男色所迷，硬是把這些無關的人擋在了外面。

觀止他們也都蔫了，以前他們還能吆五喝六地嚇唬嚇唬、威脅威脅那些政府機關的保安，可是現在人家來文的，還來這麼一群女人……

他們總不能揮拳打女人吧？

再說現在已經不是那個只要是人就會搶劉婭楠的世界了，劉婭楠一見這個架式，跟觀止他們說了一聲，大大方方地獨自一人走了進去。

不過到了政府大樓後，劉婭楠很快就發現這個地方對她的不友善，她也沒想到這次的活動會有電視直播。

雖然之前很低調，可等她走進大廳後，才發現這個地方依舊被人為地分成了兩個部分，一個部分是新時代，一個部分是舊時代。

而她就是舊時代的代表，她走過去的時候，就看到自己的那一邊空蕩蕩的，只有她這一把椅子，而對面坐著無數的政府官員。

在這種跨時代的場合下，不光是政府官員，一些民主人權的組織也都到場了。劉婭楠真的很想遲鈍一些，這樣她就可以不用看那些人臉上的藐視。

流逝的除了時光，還有那些擁護和愛戴，那些無數的歡呼、那些灑向她的鮮花，還有那些賣到缺貨的禮炮，那個曾經被萬眾期待喜愛的女人，此時原原本本地站在公眾的面前。

她並不漂亮，也沒有多優秀，她的神情甚至是緊張尷尬的。

需要簽署的文件很多。

劉婭楠就坐在那個位子，她不想對方遞來什麼就直接簽署。早在執政的時候，她就養成了這個習慣，不管是什麼文件，只要遞到她面前，都要看完、看懂，才會做下決定。

哪怕是那些晦澀的內容、哪怕是那些繁瑣的數字，她都會努力去弄明白……

可這個習慣很快就拖慢了程序的進度。

大概是瞧不上她這麼認真的態度，有些遞送文件的人就跟整她一樣，故意打散了那些文件的順序。

這邊只有劉婭楠一個人，而且她真沒料到需要簽署的文件會有這麼多。

她手忙腳亂的，原本梳理得整整齊齊的頭髮都散了，她快速地瀏覽著文件。

其實她的速度不算慢，可是架不住那些人對她一點耐心都沒有，起初那些人還能矜持地不說什麼，等到了後面，就有幾個急脾氣的人忍不住催促她了。

她如今是真的被打回原形了，她深吸口氣，靜下心來，翻閱文件的動作自始至終沒有一絲紊亂。

看了那麼多文件，簽署了一上午，等劉婭楠走出政府大樓的時候，整個人都沒精打采的。

而且也該她倒楣，沒想到還有記者等在門口，她剛從裡面出來，幾個閃光就把她晃得閃了下，結果她一個沒踩穩，就從臺階上摔了下去。

臺階倒是不高，可是那姿勢忒不雅觀，跌得狗吃屎不說，她還是從上往下栽倒的，裙子更是翻了起來露出內褲，雖然不算走光，可是……

劉婭楠一邊被觀止他們攙扶著起來的時候，一邊嘔得要死，心想明天肯定有無良媒體用這個當頭版標題！

「女王退位露內褲」肯定是跑不了了。

劉婭楠想到就煩惱，才想要趕緊上車溜走，倒是忽然有人喚了她一聲。

劉婭楠納悶地看那些人，那些人都是穿西裝打領帶的，樣子看著特別嚴肅。她就給愣住了，那群人裡有一個上年紀的人拿著公事包走了過來，他的表情有些嚴肅，劉婭楠一下就緊張起來。

那人也不說自己的目的，只先跟劉婭楠確認了下身分，而且在得到回答後，還很客氣地請求劉婭楠出示一下證件。

因為對方態度很客氣誠懇，劉婭楠剛從政府大樓那拿了普通的居民證，她拿出來遞給那人看了看。

在正式確認完後，那人才終於掏出一份東西，遞到劉婭楠的面前說道：「您好，劉女士，這是您的孩子留給您的禮物……」

欸？孩子？劉婭楠有些反應不過來了，孩子？她孩子在夏宮還是個小寶寶啊！

那人快速地找出照片，提示著劉婭楠：「這是先生的照片。」

劉婭楠納悶地接過去看了看，卻發現照片上的人很陌生，她真的一點印象都沒有了。

她搖了搖頭，心說這人是弄錯人了吧，還是跟她惡作劇？

那人也不說什麼，只慢慢對她解釋道：「李先生是在您修建的養育院內長大的，因為成績優秀，還曾經得過幾次獎學金。您當年寫的那本自傳是李先生最喜歡的書，他曾經對他的後代說過，當年您給他吃的甜點是世界上最美味的東西，長大成人後，他一直在試圖復原當初的美味，也因此開了一家甜品店，因為女性消費者增多，他的連鎖店越開越多……」

劉婭楠這才有些恍然大悟，她已經注意到這個人衣服上的標示了，這不是當今最大的連鎖甜點店嗎？

這個連鎖店的創始人，曾經吃過她做的甜品？

當初她給好多孩子都做過那個，有時候自己不方便出去，就會找野獸幫她送出去。

「這是他留下的遺囑，IF甜品店百分之十的股權，他留給了他的母親，是您，這是他作為您的孩子送給您的禮物，希望您能接受。」

劉婭楠眼圈一下就紅了，她沒想到在經過漫長的時光後，還會有人記得她。

她吸了下鼻子……她也不懂，正在說話的時候，劉婭楠就發現她身邊不知道什麼時候，早已經圍上了很多人。

而且那些人跟這個什麼IF甜品連鎖店的律師一樣，都有著同樣的目的。

只是其中的大部分人劉婭楠都沒印象，她不記得那些她幫過的孩子們，她只記得記憶中那些大大的眼睛，還有溫暖的小手，他們在望著她……

在過了很久後，劉婭楠終於認出了一個孩子，她曾經救助過一個獨眼的孩子，跟他說過正常生育的孩子也不是人人都健康的，而且上天在關上門的時候，一定會打開一扇窗戶……

「艾先生因為身體殘疾的原因，後來做起了殘疾人用品公司，現在很有名的光復之家就是艾先生的產業，他把位於三區的康復中心送給了您。」

劉婭楠聽到這裡，她的手有些打顫，剛才在裡面簽署那些文件的時候，她只覺得累人，可並不激動也不緊張。

可是現在她已經連筆都要握不住了。

她深吸口氣，卻是淚眼婆娑，怎麼都簽不下自己的名字……

無數的文件遞了過來。

她抑制不住地流下了眼淚，很沒用地哭了起來。

她想起那些小小的、叫著她媽媽的孩子們……

她做那一切的時候什麼都沒想過……

甚至曾經有過一點點的後悔，就連剛剛在裡面簽署那些退位文件的時候，還想了下，如果當時能為後世的自己謀劃點什麼的話，也許現在的自己就不會這麼狼狽了……

有一位在現場的記者大概是感動於這個場面，在隔天那些女王露內褲的報導中，寫了這麼一篇新聞稿《母親回歸》。

他詳細地描述了這天的情形，無數的家族為自己的母親獻上了禮物，這個讓世界失望的女人，在瞬間成為了世界上最富有的人。

可她依舊還是那個人，並沒有因此變得有什麼不同，她只是低著頭，不斷說著謝謝。

新聞稿寫得很簡單、很樸素：我們以為母親應該是什麼樣？是美麗大方、是富可敵國，還是風華絕代？可她也許只是灶臺前的那個普通女人，會懦弱、會嘮叨，也可能壓根稱不上美麗，可她所給予的卻是任何人都無法替代的……

當天晚上等劉婭楠再回到夏宮的時候，時間已經不早了。

她饑腸轆轆，情緒也是起起伏伏，只是不知道為什麼，她進到夏宮後卻發現裡面沒有開燈。

可是門口羌然的鞋子是在的。

羌然看時間不早了，自己先睡了嗎？

劉婭楠有點失落，她還以為羌然會等她回來，沒想到羌然早已經睡下了，本來還想吃過飯把小傢伙接過來，現在看來還是等明天吧。

為了不打擾到羌然，她躡手躡腳地往裡邊走，想悄悄地洗漱後就睡覺。

結果她剛摸到洗手間的們，忽然就覺得身後有什麼亮了下。

她詫異地回過頭去，然後劉婭楠就看到了那讓人吃驚的一幕。

在她身後的餐桌上，此時居然燃著一根蠟燭。

羌然已經把火柴收了起來，他手拄著下巴，提醒她：「洗好手過來吃飯。」

劉婭楠就有點蒙住了，心說這是停電了？

可是不會吧，她回來的時候沒看見哪裡的燈是暗的啊，還是夏宮的線路跟別處的不一樣？

【第五章】

記憶中的人

此時站在她面前的，再也不是曾經的野獸了。

可是這個陌生的野獸在見到她的時候，卻很快地露出驚喜的表情，他看向她時，目光就好像穿越了時空，沒有一絲的猶豫和改變，仍舊是那個會溫柔看著她的野獸。而且他在見到她後，迅速做了一個單膝跪地的動作，眼圈因為激動都變得通紅起來，壓抑著激動說道：「殿下，您還好嗎？」

劉婭楠已經激動得說不出話來了，愣了五六秒才終於叫出來：「野獸！」

劉娅楠納悶地到了洗手間裡，不過很奇怪的是，她剛進去時，裡面的聲控燈就自動亮了。

劉娅楠瞬時有些發蒙，這個外面的蠟燭不會是傳說中的……燭光晚餐吧？

她嚇得往外看了一眼，主要是燭光晚餐跟羌然放一起的機率簡直就跟彗星撞地球似的，不能說絕無可能，可也絕對是驚人一跳。

劉娅楠立刻覺得心撲通撲通亂跳著，努力裝著淡定，不過對著鏡子的時候，還是跟齜牙咧嘴似地，露出了眉開眼笑的表情。

她趕緊做了個打住的表情，深吸了好幾口氣，等劉娅楠從洗手間裡慢吞吞地走出去時，她的表情已經變得八風不動、四平八穩的了。

她一言不發地坐在燭光前，不過到處亂瞄的眼神還是多少洩露了她的情緒。

她就跟在找尋什麼似地，很快就掃了一眼擺著的晚餐。

只是擺在她面前的餐飲沒有任何不同，既沒有心形的煎蛋，也沒有插著玫瑰花的花瓶。飯菜的內容更是那些健康食品。

劉娅楠跟泄了氣的皮球一樣，她就知道羌然不會做這個的。

不過她倒是正餓著，一見飯菜居然還有溫度，她悶頭大口地吃了起來，羌然也不怎麼說話。

終於吃得差不多了，劉娅楠才聽對面的羌然淡淡地問了她一句：「今天還順利嗎？」

劉娅楠還真有一肚子話想跟人說，她抬起頭來，興奮地說：「豈止是順利，簡直是超級順利！對了，羌然啊，你知道嗎？我以前幫過的人，都沒想到，我當時真的沒想那麼多，只是覺得得做點什麼，然後就做了，結果你知道嗎？有好多人都感謝我呢！你看我眼睛都哭腫了，我太沒用了，當著那麼多人的面就哭了出來……」

她語速很快，而且越說越激動，才剛剛吃過飯，嘰里咕嚕地說了這麼一堆，劉娅楠很快就說岔了氣，忍不住打起嗝來。

羌然已經習慣了她的狀況不斷，見她忽然捂著脖子的尷尬樣，他抿嘴笑了下，低頭倒了杯水給她，淡淡問道：「那開心嗎？」

「超級開心。」劉婭楠一邊喝水一邊說著，眼睛更是笑得都要瞇起來了。

羌然點點頭，表情淡淡地說了一句：「妳開心就好。」

他本來就是難得一見的超級帥哥，這個時候就著燭光欣賞，就更覺得帥得讓人心跳加速。

就在劉婭楠愣愣地看著他的時候，羌然已經從桌下拿出一瓶酒來。

劉婭楠有點意外，因為羌家軍一向明令禁酒，除了特殊情況、特殊日子，大部分時間別說喝酒了，連看到酒都不容易。

這個時候沒有過節，更主要的是，羌然一向不准她喝酒的。

他難得地給她倒了一杯，酒是淡綠色的。

劉婭楠納悶地端起杯子抿了口，喝到嘴裡甜滋滋的，沒什麼酒味，滿好喝的。

「聽觀止說，女孩都喜歡這種酒。」他看著她的臉，又從桌下抽出一瓶來。

劉婭楠這才趕緊掀開桌布，看見自己腳下居然塞著好幾瓶酒，簡直就是酒櫃了。

她一下就笑了出來，說道：「你這是幹什麼呢，以前一滴酒都不讓喝，現在簡直把酒廠都搬來了……」

羌然應該是想說點什麼吧。

不過這些酒倒是提醒了劉婭楠，她很快地說了出來：「欸，對了，我可以拿它們試試調酒……不過也不能叫調酒，就是試試這些酒搭配起來好不好喝……」

她當年學烹飪的時候，也順便學了點調酒的基本知識，雖然沒有多專業，主要是瞭解什麼食材跟酒配上去會更可口。

就在她拿著兩瓶酒研究的時候，劉婭楠忽然注意到羌然欲言又止的表情，她趕緊直視著他的眼睛問道：「你剛才是不是想對我說什麼，不好意思，我剛看見這麼多酒，就想起以前學烹飪時的事了，你有什麼要說的嗎？」

結果羌然被她這麼注視後，反倒像是遇到了什麼難題，過了好一會兒才說：「沒事，妳先忙妳的吧。」

喔……

劉婭楠覺得怪怪的，羌然可不是有話不說的人，她遲疑了下，腦子裡更是很快地想到了什麼，忽然變得緊張起來，一臉焦急地追問：「不會是小寶貝吧？他沒事吧？你這個樣子，是不是有事兒瞞著我？」

「不是。」羌然的表情此時簡直都有些無奈了，「小寶貝很好。」

劉婭楠又認真地看了兩眼羌然的表情，確認他不像是騙自己後，心裡的疑惑更大了。

羌然今天這是怎麼了？

真的沒事兒嗎？

她一邊研究著調酒要用的基酒，一邊偷偷瞟著羌然的表情，不過也許又是自己胡思亂想，想多了呢？

她之前不就是因為想多了，跟羌然鬧得很大，那可是無數次的誤會跟血淚教訓。劉婭楠這麼一想，趕緊把那些亂七八糟的念頭趕了出去。

羌然做事可是直線條，哪可能有什麼不好啟齒的事啊！

劉婭楠摒除雜念，全心全意地研究起那些酒。

她一邊回憶著一邊挨個地品嘗，然後拿著適合的開始調酒。

味道什麼樣的都有，有的配出來意外地好喝，有些又怪怪的。

她每配出一樣，就讓羌然幫著鑑定。

羌然倒是很配合，來者不拒地給一杯、喝一杯。

而且酒的度數低，完全可以當飲料喝，所以劉婭楠沒怎麼在意羌然是不是喝多了。

一杯接著一杯，劉婭楠都不知道羌然喝下去多少，她只是不斷地調配著那些酒。

每當她全力以赴做些什麼的時候，就會特別認真。

那副全神貫注的樣子，就跟身邊坐著的不是羌然，而是侍酒師一樣。

終於劉婭楠配出了一款很好喝的酒，她掩不住得意地顯擺：「其實調酒不是我這樣的，哪有隨便幾種酒混在一起就算調酒的，調酒的動作啊、調酒器啊，那可是專業的不得了，而且我手邊的東西也不齊全，都沒有蘇打水、果汁那些，不過就算這樣，你嘗嘗看……就用這些酒我還是做得很不錯的喔！沒準我還真是個天才呢，對吧？」

「劉婭楠……」羌然顯然是真有話要說，只是剛一張嘴就跟乾嘔似地嘔了一下，他很快皺著眉往洗手間的方向跑。

劉婭楠也被驚到了，趕緊追過去，洗手間的燈也跟著亮了起來，劉婭楠怕光線太暗會碰到人，她也管不了什麼燭光不燭光的了，把所有的燈都點亮。

之前還洋溢著浪漫氣息的房間，瞬時就成了酒鬼的所在。

燈被點亮後，除了趴在盥洗臺上嘔吐的醉鬼外，還有那滿桌子的酒杯、酒瓶……

等到洗手間的時候，劉婭楠就看見這個外界傳聞中的恐怖大師，對著洗漱盆狂吐。

不管男人女人，就算長得再帥，吐的時候也絕對是氣質全無、美貌沒有。

劉婭楠見狀，趕緊找了水杯，又拿毛巾在旁邊準備著，等他吐完了，就趕緊把水遞過去，讓他先漱漱口。

漱完口劉婭楠又拿著濕毛巾給他擦了嘴角，他個子很高，劉婭楠抬著頭為他擦拭。洗手間內的燈光打下來，他的臉微微向她傾斜著，所以有那麼一小片的陰影。昏暗不明中，她看到他的眼睛在一眨不眨地看著自己……

而且看羌然的樣子，真像是有什麼話想對她說似的。

只是他還沒說出來，下一波的嘔吐又來了。

等他吐完了再直起身的時候，劉婭楠發現羌然的領口沾上了一些污漬。

而且一向喜歡在夏宮穿家居服的羌然，這次怎麼回事，居然穿得這麼正式，劉婭楠趕緊幫他把外套脫了下來。

她一直不知道羌然的酒量怎麼樣，但直覺羌然必定是酒量很好的。

看來人真別太自信，羌然居然也有這樣神展開的軟肋。

劉婭楠也沒心情管別的了，趕緊叫羌然先躺到床上休息。

而且羌然真是醉倒了，剛沾上枕頭就一副要睡著的樣子。

等劉婭楠把東西收拾乾淨，也準備睡下的時候，她忽然覺得特別不對勁。

真的挺怪的，今天羌然是怎麼了？又是蠟燭又是酒……

而且他的樣子怪怪的……

「欸，」劉婭楠在床上小聲地問了一句：「你今天挺怪的，你幹麼點蠟燭啊？」

羌然迷迷糊糊地喔了一聲，如呢喃一樣回了一句：「想哄妳開心……」

「喔。」劉婭楠抱著被子笑了，她很快地轉過身去，原來是這樣啊，這個傢伙還真是弄了燭光晚餐啊！

她摸著他臉說：「我已經很開心了，不過還是謝謝你……然然……」

等第二天羌然起床的時候，整個人看上去都沒什麼精神。

劉婭楠估摸著他這是在宿醉，找了熱水給他喝。

同時劉婭楠想起昨晚羌然說的話，她覺得好玩，同羌然說：「羌然，昨晚謝謝你。」

羌然詫異地看著她的臉。

羌然的表情向來是很少的，這樣的羌然挺少見的。

劉婭楠以為他是在不好意思，笑咪咪地說：「謝謝你昨晚哄我開心，我昨晚休息的時候問你幹麼點蠟燭，你說想讓我開心的嘛。」

羌然很快就恢復了以前的表情，也不再說什麼，只按部就班地換衣服。

劉婭楠倒是嘻嘻哈哈的，只是自從她重回富豪榜後，何許有錢非要邀請她去什麼新年宴會，劉婭楠知道那個，那是個有錢人的盛會，據說一年一次，去的人非富即貴，簡直就是全國權貴的狂歡大會。

劉婭楠興趣缺缺。

就在她要拒絕的時候，何許有錢卻提醒她：「夫人，這次您的老熟人也會在宴會上出現，難道妳就不想去見見嗎？」

劉婭楠這才想起這件事，她真是好奇死了，反正現在也沒人會綁架她了，於是爽快地答應下來。

而且一等她把這件事告訴羌然後，羌然就主動提出要陪她一起去。

雖說這個世界早已經不會有人再綁架她了，不過劉婭楠發現羌然對她的態度還是跟以前似的，不管是她進進出出的安排，就連那些保安也還是老樣子。

劉婭楠不是沒跟羌然提過這個，她覺得太浪費資源了，根本就沒人會抓她、綁她，羌然有必要跟看著寶貝似地看著她嗎？

結果羌然每次都是喔的一聲，然後該幹麼就幹麼，一點改變都沒有。

這次她說要出去參加宴會，羌然更是提出要跟她一起去，劉婭楠怎麼想也知道，羌然會對那種場面有興趣才怪呢，可是要說他是為她才去的，又是不是有些太託大了？

而且劉婭楠也是挺犯愁的，自打羌然說要跟她一起去後，她就不知道該怎麼穿衣服了。

她發現不管她怎麼打扮、怎麼挑選衣服，可只要站在羌然身邊，瞬時就跟個端盤子的路人似的。

到了最後，劉婭楠終於氣餒了，愛怎樣就怎樣吧，她就長這樣了，無法改變。

劉婭楠選了一件不怎麼起眼的禮服。

結果等那天到了會場後，這才發現這個盛會比她想的還要正式，就連入門的地方都要經過三道關卡，邀請函還有人數都要一一核實才會放進去。

劉婭楠之前被人混著叫什麼夫人、女士的，她也沒怎麼在意。

可這個時候她帶著羌然到場後，專門負責登記的人員卻看了看她身邊的羌然，跟她確認地問道：「劉女士您好，與您同行的是您的……」

「啊……」劉婭楠沒想到這個地方這麼嚴，因為之前沒人敢詢問羌然的身分。

這個地方的人大概是頭一次見到他本人，所以才會問。

可是叫她怎麼回答啊！

劉婭楠欸了一聲，腦子就跟當機了似地，一時間都不知道該怎麼說了。

因為，要說丈夫的話似乎有點太厚顏無恥了，可是說男朋友……

好像也沒那種具體的關係？

孩子他爹？

想想就覺得彆扭，劉婭楠嗯了半天，最後才終於憋出了一句：「他是我、我朋友……」

劉婭楠估計羌然肯定也跟她一樣尷尬。

而且這次的事兒還真是提醒了她，羌家軍的人還是沿用以前的稱呼，叫她夫人什麼的，可其實劉婭楠這次取的那個公民身分證件上標注的卻是未婚。

因為歷史原因什麼的，其實她跟羌然還是姘居狀態吧？

劉婭楠偷瞄了羌然一眼，不過羌然的表情淡淡的，也瞧不出什麼端倪來。

其實她也明白，對羌然這人來說，這種事太枝微末節了，他壓根不會在意。

只是劉婭楠不得不糾結了下，撓撓頭地想，欸，鬧了半天，自家寶貝還是個私生子呢。

幸好她想得開，劉婭楠跟著往裡面走。

饒是經過世面的人，進到裡面的時候，劉婭楠還是被裡面濃濃的奢華風給震驚了，這個地方簡直就是暴發戶顯擺的所在，恨不得在每一個地方都貼上金箔炫耀有錢，什麼東西都是金燦燦的。

只是當她走進去的時候，還是很快就吸引了所有人的目光，她忽然覺得自己瞬時變成了目光焦點。

那副樣子簡直就跟驚呆了一樣。

劉婭楠被看得挺不好意思，心想她這種退位女王原來還有這個影響力啊！

還是被大家無情地認出來了……

那些人就像是對她行注目禮一樣，劉婭楠努力地讓自己的動作顯得自然，表情更是和氣。

她往裡走了兩步，然後就發覺不對勁了，因為那些看向她的目光還是直盯盯地看著同個方向，並沒有因為她的移動而有絲毫變化。

劉婭楠這才反應過來，那些人其實不是在看她？

她趕緊扭了下頭，然後就看見一直跟在她身後的羌然。

這次羌然為了配合她的禮服款式顏色，就跟情侶裝似的，也穿了同款的男裝。

劉婭楠選的衣服很簡潔樸素，只是再簡潔樸素的衣服也掩不住羌大魔王的天生麗質。

所以劉婭楠一下就明白了！

擦！

這是那些人在看他吧！

這是都看傻了啊？

雖然早有心理準備，不過在面對這個情形後，劉婭楠還是深深被打擊到了。

所以真實的情況就是，當她跟羌然一起出現時，她連個背景都搆不上。

她默默鑽到被晃得失神的人群裡，很快找了一個不起眼的角落，等著一會兒見到何許有錢就趕緊讓她見老熟人。

只是她才剛悶在那裡，羌然也跟著走了過來。

這個地方挺不起眼的，她身邊是一個小小的邊角桌，上面放了花瓶，她則找了把椅子坐著。

羌然走過來後，從上而下地看著她，在對視了一眼後，他忽然俯身問了她一句：「想喝什麼飲料？我去取。」

「喔，果汁……」

劉婭楠都能感覺到，在羌然問出這句話的時候，附近的人表情有多驚悚。

原本不起眼的角落瞬時又成了這個宴會心臟般的所在，在羌然去取飲料的時候，簡直就跟摩西分紅海一樣，他所到之處，那些人已經趕緊讓開了通道。

他回來的時候，手裡拿的正是她平時最喜歡喝的蘋果汁。

劉婭楠接了過去，小口地抿了下。

整個場所很快地響起竊竊私語的聲音。

劉婭楠不用認真聽，都能猜著那些人在說什麼，什麼一朵鮮花插牛糞上了、明珠投了臭水溝啊……

多半大家就是發洩她跟羌然不合適。

就跟當年那些人用電腦合成她跟羌然的合成照一樣，肯定覺得她給羌然丟臉了吧。

而且劉婭楠發現，這個地方的人不光是女人愛看羌然，就連幾個穿著很鮮亮的男人也對羌然左看右瞄的。

羌然可是轟炸過幸運者廣場的。

她默默地想：幸運者廣場上豎的碑倒了嗎？

劉婭楠悶著頭喝著果汁，其實心裡亂糟糟的，甚至有點後悔帶羌然來這種場合了。

這種地方本來人就很多，這個世界的女孩又挺開放大膽的，在她跟羌然沒有任何法定關係的情況下……說真的，萬一有女孩過來說什麼，或者表示出追求的意思，她是要阻止還是祝福啊？怎麼想都覺得那跟一團亂麻似的，這可是自己孩子的爸爸……

不過奇怪的是，自打他們待在這個地方後，別說沒有人過來跟羌然套近乎，就連有些女孩從他們這邊經過時，簡直就像跟躲避傳染病似的，刻意地躲開他們的位置。

劉婭楠有些納悶，這些人看羌然的樣子明顯是看呆了，可是怎麼在接近他的時候又跟嚇到一樣。

難道對現今的人來說，羌大魔王的威名依舊沒減嗎？

劉婭楠扭頭打量身邊的羌然，感慨著他真是美麗又充滿危險的男人。

這個時候忽然來了個很幹練的女人，幾步就走到了他們面前，劉婭楠都被對方的表情驚了下，那女人的樣子有點咄咄逼人。

而且對方顯然是衝著羌然來的，對劉婭楠連看都沒看一眼。

劉婭楠心說真是怕什麼來什麼，這人不會是要……對羌然展開攻勢吧？到時候她該怎麼做怎麼說啊？

就在她嘀嘀咕咕、磨磨嘰嘰地胡思亂想的時候，劉婭楠卻聽到那個女人嚴厲地開始指控：

「羌先生，我是人權協會的理事長，我曾經查閱過您的一些卷宗，我發現在琉璃海事件中，曾經對那些被俘虜的琉璃海傭兵刑訊逼供過，而且您使用的手段極其令人髮指，您先是讓您的手下把其中一個人扔到食人蟻中，讓其他的犯人觀看整個過程，然後您對其他的人許諾，只要他們說出實話就會放他們一條生路，可在他們所有人說出實話後，你卻很快地命令您的手下，把剩下的人全部殺死了。」

羌然就跟沒聽到那些話一樣。

劉婭楠卻是臉都綠了，這事情的發展真有點出乎她的意料，沒想到在這種地方還能遇到示威遊行的人權派份子。

而且不光是這個人權組織的，很快西聯盟也有代表過來了。

琉璃海事件還能說成是羌然除暴安良，對惡徒以暴制暴，可是到了西聯盟那裡，完全就沒有任何藉口了。

劉婭楠聽著那個代表西聯盟的中年男子，用沉痛的言語斥責羌然沒有人性，公然對手無寸鐵的民眾使用武力……

這下劉婭楠終於明白了，就算羌然長得再好，再帥氣得逆天，可是還是有一道無法逾越的鴻溝擺在那裡，那就是比他的臉還要讓人驚悚的那個恐怖魔王戰爭狂人的名聲。

而且羌然真的是名不虛傳型的人物，就算臉再逆天，也都扳不回了。

劉婭楠都不知道那些人是打哪兒冒出來的，一個接一個的，很快地把他們包圍了，個個都是血與淚的控訴，個個都是各種的不容易，而且一個比一個還激動。

簡直就是羌然的批鬥大會一樣。

劉婭楠都看傻眼了。

而且她這麼側耳聽著，就裡面那幾件事來說，羌然也真是挺沒人性的冷酷劊子手！別人叫他魔王，那可是一點都不冤的！

劉婭楠也被連坐了，她真想離開這個地方，可是羌然一直沒那個意思，劉婭楠尷尬得頭都抬不起來。

倒是在被那些人圍追堵截，被質問了那麼多問題後，羌然面色始終都是如常的。

既不惱也不怒，對那些人的態度更是一副不值一提的樣子，那些人簡直就跟一拳拳地打在棉花上一樣。

不過在很久後，羌然倒是終於有了動作，他難得地開口說了一句話，然後那些抗議人士就被氣歪了鼻子。

因為羌然壓根沒理那些人，他只稍微矮下身體，輕聲問了劉婭楠一句：「妳有想吃的東西嗎？我去取。」

「啊？」一直悶不吭聲的劉婭楠就有點愣住了。

她這次出來沒怎麼吃東西，因為自打生孩子後，她肚子就鼓起來一塊，這次為了穿禮服能漂亮點，故意餓著肚子來的。

顯然羌然一直注意著她的飲食情況。

劉婭楠喔了一聲，點了點頭。

這下包圍著他們的那些抗議人士，就跟受了奇恥大辱一樣，那副氣憤的樣子像是要活吃了他們似的。

只是在羌然走過去的時候，奇異的一幕又出現了。

羌然壓根還沒靠近，那些人就嚇得退避四散。

瞬時那些人手忙腳亂，簡直恨不得長出三條腿來躲開這個傢伙。

羌然連看都懶得看那些人，到了餐臺，仔細地選了幾樣劉婭楠愛吃的放在盤子裡。

他回來的時候，就把盤子放在劉婭楠旁邊的桌子上。

劉婭楠在眾目睽睽下，在四面八方投來的那些抗議的視線中，別說是吃那些開胃菜了，她都覺得自己對不起人類、對不起政府，怎麼就能不要臉地吃恐怖大王送來的食物呢……

她沒去動那些東西。

倒是在這個時候，之前一直只是維持秩序、調節氣氛的主持人，忽然情緒激動地喊了一組形容詞。

劉婭楠知道，每次有重要的人進來，主持人都會喊一兩句，但這次因為主持人喊的速度太快了，她都沒聽清楚主持人在喊什麼。

不過等她看過去的時候，劉婭楠覺得這個場面還滿誇張的。

無數的燈光聚集在入口的位置不說，就連音樂都變了。

忽然間場面就變得莊嚴起來，簡直就跟迎接國王似的。

而且這次劉婭楠終於聽清楚主持人報出的人名，來的人裡包括何許有錢。

欸，這何許有錢真是太能顯擺了，劉婭楠趕緊從座位上站起來，等著迎接他。

只是最先出來的卻不是什麼何許有錢，劉婭楠離得遠，並不能看清楚那人的五官。

可是那人一出現，她卻忽然屏住了呼吸，因為那人給她的感覺太熟悉了！

自從到了這個世界後，她就一直想知道野獸的情況，可是不管她怎麼找都沒有查到……

她還以為野獸跟大部分普通人一樣，痕跡都沒有留下就消失了呢。

可此時那個很像野獸的人就站在那裡。

劉婭楠在仔細思考前，已經抑制不住激動地衝了過去，她的動作太莽撞了，以至於都沒想到身邊還有羌然給她拿的餐盤跟果汁，她不管不顧地把那些東西掀到了地上，在哐啷的聲響中，她的動作不僅沒有減慢，反倒加快了。

她不顧形象地衝出去，在越過那一層又一層的抗議人牆後，她用力地擠了過去。

那些抗議的人們也都被她忽然暴起的樣子嚇到了，不知道到底發生了什麼。

而且在她衝出去的時候，因為動靜太大，不光是那些抗議團的人，就連其他人都注意到她的樣子。

劉婭楠氣喘吁吁地穿過那些人牆，不斷地從人群中擠出去後，終於跑到那個人的面前。可是在那個瞬間，劉婭楠卻頓住了。

因為站在她面前的野獸……不，劉婭楠不敢肯定這個人就一定是野獸……

他穿著精緻的禮服站在那裡，歲月磨礪了他身上的棱角，那個曾經孔武有力的男人，在歲月的沉澱下變得內斂沉穩，就好像發酵後的酒一樣，變得香醇起來。

此時站在她面前的，再也不是曾經的野獸了。

而且歲月在他的臉上留下了痕跡，曾經的野獸，已經不再是那個二十多歲的男人，他變成另一個人。

可是這個陌生的野獸在見到她的時候，卻很快地露出驚喜的表情，他看向她時，目光就好像穿越了時空一樣，沒有一絲的猶豫和改變。

仍舊是那個會溫柔地看著她的野獸。

而且沒有遲疑的，他在見到她後，迅速做了一個單膝跪地的動作。

他跪在她面前，眼圈因為激動都變得通紅，壓抑著激動說道：「殿下，您還好嗎？」

劉婭楠已經激動得說不出話來了，愣了足有五六秒，才終於叫了出來：「野獸！」

雖然已經當了媽媽，可劉婭楠還是跟兔子似地蹦了一下，幾乎是跳著撲到了他的懷裡。

他穩穩地半跪在那裡，劉婭楠俯身用力地抱著他。

兩個人分開百年的相遇，在那一刻被有心人永遠地定格住了。

已經有新聞嗅覺靈敏的記者摸了過來，對著兩人一通狂拍。

激動中的劉娙楠壓根留意不到那些，就連隨後進來的何許有錢都沒注意到。她全部的精神都放在野獸的身上，激動得不能自己，急急地問：「你這個傢伙，我想死你了！你跑哪去了，你也休眠了嗎？」

在說完那些話後，劉娙楠又覺得不自在起來。

眼前的野獸已經不是那個跟她同齡的小夥子了，不管是感覺還是外表，都是一個沉穩得讓人覺得安心的男子，那她再這樣跟他說話，還妥當嗎？

就在場面這麼激動的時候，倒是作為野獸合夥人的何許有錢忽然湊了過來，對她說道：「現在可不好叫他野獸了，知道嗎？」

何許有錢別有用心地告訴她：「這位可是大名鼎鼎的侯爺。」

他故意地頓了一頓，「可是生不逢時，在您休眠後，他才找回自己的身分，後來他跟我們何許有錢家族曾經合作過逆天的填海工程，一做就是五年……」

「五年？」劉娙楠倒是知道那些，她驚訝地看了一眼野獸。

瞬時都真不知道該說什麼好了，只是為了尋找她就做那種事嗎？

她皺著眉頭看向野獸。

野獸笑得挺含蓄的。

劉娙楠真被那些事兒給震住了，她不安地同野獸確認：「所以填海工程是你做的？」

「也不全是，當時也有一部分原因是想建造新城市。」野獸說得很慢，望著她的眼睛，「另一方面覺得很遺憾，在您休眠的時候沒能跟您告別……」

劉婭楠有點不適應，這個中年版的野獸，讓她有種見到長輩的感覺。

不過那種見到親人的感情卻沒有減弱，之前努力壓抑的眼淚也跟要氾濫似的，她不由得想起了小田七，忍不住悶聲說：「我也好想小田七，我看了他的生平，雖然知道他生活得很好，可我還是想他……」

她懷念他們在一起的日子，互相依偎互相安慰，就好像相依為命一般。

野獸倒是曾經跟小田七一起共事過，他是不斷休眠甦醒的人，對這個世界非常熟悉瞭解，他還是跟以前一樣，在聽了劉婭楠的話後，就用帶著暖意的話寬慰著她：「他曾經想過休眠，可是後來他遇到了很喜歡的女孩。」

劉婭楠眨巴著眼睛，一下就來了興趣：「很喜歡的女孩？」

她在歷史書上看到過小田七跟其夫人的一些介紹，不過具體的細節她還真不瞭解，她想要知道更多的事。

他們被很多人注視著，野獸很自然地握著她的手，把她帶到一邊的位子，那有一個專門的圓桌是給他們這些巨頭預留的。

野獸過去的時候已經有侍應生趕緊把椅子拉出來，請他們坐。

對方的殷勤對比之前的冷淡，再加上之前劉婭楠還在邊角桌坐呢，現在一比，那待遇簡直就跟一個天上一個地下似的。

而且剛才她還被罵得頭都抬不起來。

可跟野獸在一起後，轉眼的工夫，不管是殷勤的侍應生，還是各種過來問候寒暄的人，簡直都要把他們包圍了，那些上歲數的人，很多都跟野獸有過來往。

而且老人那些就算了，還有一些很年輕的人在對這位神祕的富豪權貴表示欽佩。

劉婭楠驚得瞪大了眼睛，野獸微笑著同她解釋：「我只是延續了妳以前做的事，當時跟小田七做了很多福利工作，後來因為生意需要，又跟很多人建立了聯繫。」

劉婭楠一想明白了，野獸這種不斷休眠的人，跟何許有錢這些斷代的休眠者不一樣，他一直在布置著自己的人脈，而且控制力也沒有鬆懈過。

不過野獸還真是厲害啊，能夠面面俱到的人太難得了。

而且更重要的是，不管他多麼厲害，可待人還是那麼溫和。

就算是以前的野獸都未必能做這麼好，這個大概就是歲月帶來的改變吧？

她欣喜地欣賞著這個全新的野獸，聽著那些人叫他青侯。

劉婭楠倒是記得那個名字，當初羌然跟她說過侯爺的原名是這個，沒想到再次復甦後，野獸用起了最初基因提供者的名字。

她也不好意思再叫這個功成名就的傢伙野獸了，總那麼叫她也覺得怪彆扭的，她同其他的人一起叫著他青侯。

曾經的野獸、現在的青侯，都全然不在意劉婭楠怎麼稱呼自己，他看向她的時候，目光未曾變過，一直都是溫柔的，等那些人寒暄完後，他終於抽出時間來，繼續著剛才的話題：「田七喜歡上的是您的再生人，他有一度因為工作關係，體力嚴重透支，身體很不好，在那段期間，他遇到了一個護士……他們有六個孩子，按照當時的政策，六個孩子需要全部經過人工篩選，是六個性格各異的漂亮女孩，後來那些女孩又嫁給了不同的人，只有他的大女兒繼承了家業。」

劉婭楠點了點頭，跟著說：「西聯盟有過女王的傳統，估計會很喜歡那個女孩吧？」

「很喜歡，她是非常優秀的女性，我上一次甦醒還曾經見過她一面，她去世的時候是一百零三歲，當時整個西聯盟都停止了娛樂活動。現在很多的大集團都是田七的後代，連鎖酒店金日就是他後代的產業……」

劉婭楠倒是知道這些，她笑著點點頭。

她親密地挽著野獸的手，有太多的話想問他了，他們又說了好多敘舊的話，不過對比那些，劉婭楠對野獸的私生活也同樣感興趣，她很快問了出來：「那你呢？你遇到喜歡的人沒有，是什麼樣的女孩子？有的話一定要介紹給我……對了，還有孩子呢，有小寶貝了嗎？野獸，我當媽媽了呢，我有一個很可愛的小傢伙，有時間你一定要去見……」

她在這個世界寂寞太久了，現在簡直跟重新找回親人一樣。

要是野獸也有家庭的話，她沒準還又多了別的親人。

不過在說這句話的時候，劉婭楠倒是忽然想到什麼，連忙回頭看了一眼。

然後她發現羌然早已經不在之前的地方了。

她有些意外，不過想著被那些人抗議圍追堵截，羌然也多半是厭煩了。

還在想著給羌然打個電話的時候，她戴的那個袖珍電話倒是響了。

她以為是羌然找她，結果接起來後才發現是基地那邊的號碼。

她趕緊接了起來，隨後聽到觀止焦急地說：「夫人，您趕緊回來吧，你留在基地的寶貝一直在哭呢，不管育嬰組的怎麼哄，小傢伙都不停……」

劉婭楠當下就嚇了一跳，而且裡面隱約還能聽到小娃娃的哭聲，她一秒都不敢耽擱，馬上就站了起來，野獸顯然想要送她，不過她已經顧不上那些了，她一邊往外走一邊抱歉地說：「對不起，我得先回去看孩子。對了，我的電話還是以前那個，記得打電話給我啊！」

野獸也聽到她接的電話了，他並沒有看著她離開，反倒一直跟在她身邊，到了外面更是殷勤地問道：「我送妳回去吧。」

只是劉婭楠已經看到站在外面的羌然，她趕緊跟野獸告辭，隨後就向羌然跑了過去。

等到了他身邊，劉婭楠很自然地扯著他的手臂催促道：「咱們快走吧，小寶貝在哭呢。」

地上車此時也開了過來，羌然打開車門，讓劉婭楠先進去。

而且很奇怪的是，劉婭楠記得羌然一向不把野獸當回事的，也從來不把野獸放在眼裡。

這次卻很給野獸面子，在她進去後，羌然並沒有立即坐到車裡，而是在外面待了一下，還很有禮貌地對車外的野獸做了個手勢。

只是有車門擋著，劉婭楠也不知道那是什麼手勢，不過應該是羌然在跟野獸打招呼吧。

等羌然再坐進車內的時候，面色平平的，他也不問劉婭楠剛才都做什麼了。

劉婭楠沒他沉穩，她可著急了，滿腦子都是小寶貝的事，她又急忙給觀止打了通電話，不斷詢問小娃娃為什麼會哭，是不是身體不舒服了，有沒有測體溫？

路上她都擔心死了，結果到了基地，連跑帶顛地跑到小寶貝那裡，劉婭楠卻發現小寶貝正在吸吮手指玩呢。

觀止更是一臉尷尬地解釋：「抱歉，夫人，這次我反應過度了……一看到小娃娃哭，我就給您打了電話，而且娃娃本來哭得挺厲害的，不知道怎地忽然就不哭了。所以我猜著大概是剛才做噩夢了吧……」

劉婭楠鬆了口氣，連忙把小傢伙抱起來，貼著自己胸口摟了摟。

這小傢伙可真是自己身上掉下來的肉，她剛才嚇得心跳都要加快了。

現在看著小傢伙沒事，她趕緊逗了逗他，小傢伙情緒倒是很好，看著眼睛也沒有哭腫的樣子。

觀止那些人本來就是幫忙的，再說了未婚的大男人能把孩子看成這樣，已經很不容易了。

因此劉婭楠體貼地回道：「沒事的，觀止，我反正也沒什麼事要做，早點兒回來、晚點兒回來都一樣。」

等再晚點的時候，大概是不好意思把她提前叫回來，觀止怎樣都不肯把孩子交給她，非要幫著再看一個晚上。

劉婭楠也知道他這是想將功補過，便跟著羌然先回到夏宮。

這個時間點還有些早，更何況她才剛見過野獸，現在別說睡覺了，她腦子都亂哄哄的。

為了讓自己平靜，劉婭楠把自己常穿的幾件衣服拿了出來，重新打散整理。

一件一件的，可是腦子還是靜不下來，不斷想著以前的那些事，自己跟野獸抱怨，野獸安慰她，守在她身邊那些……

還有乖巧聰明的小田七……

她心裡有點亂，很多事兒都跟做夢似的，還有何許有錢在旁調侃的那些話，說什麼野獸生不逢時，早知道這樣，當初那個侯爺肯定不會推倒重來，現在就算有最強契約，也都白瞎了。

雖然那是玩笑話，可是劉婭楠有注意到，野獸在聽到那話的時候並沒有說什麼，反倒是很淺地笑了笑，好像自嘲一樣。

可是要說野獸跟她有曖昧，劉婭楠又覺得沒有。

雖然中間有段話野獸說得很怪，可是劉婭楠並不覺得休眠過無數次的野獸，會對自己有那麼強烈的感覺，畢竟時光可以磨掉很多東西，就比如當年那些什麼神女教、聖母教的成員們，現在早已經都煙消雲散了，更別提那些高呼女王的場面了。

就算野獸也曾經對她有過心動的感覺，那也是因為她是世界唯一的女人，現在跟那時已經完全不一樣了。

劉婭楠懊惱地想著，她就是愛胡思亂想，等她照照鏡子就明白了，野獸做的那些肯定都是有原因的，絕對不是她懷疑的那樣！

劉婭楠一邊收拾著床，一邊同羌然閒聊：「羌然啊，今天時間太緊張了，我都沒來得及問野獸現在在做什麼呢。」

一直在沉思中的羌然，倒是難得地挑眉看了她一眼。

劉婭楠猶自不覺，還在繼續說著：「而且我也沒問他的電話號碼是多少，你不知道我還有好多話想跟他說，看他眼角都有細紋，你說他現在有三十五了嗎？你說我多傻，我居然都沒問他現在到底是多少歲，不過真是沒想到，他居然變得這麼成熟了……」

她倒是沒生觀止的氣，不過要晚個一、兩分鐘多好，至少就能多說兩句話了。

劉婭楠遺憾地對羌然說：「改天我一定要問清楚……」

結果等她鋪好床單再回頭的時候，就見羌然的表情整個冷了下來。

羌然生氣的時候，別說是劉婭楠，就連觀止、楚靈那些人，也會被嚇得大氣不敢喘。

劉婭楠就更別提了，簡直就跟條件反射似地，整個身體都繃了下，就差跟觀止他們一樣來個稍息立正了。

而且羌然的表情真的是嚴肅得讓人肝顫。

劉婭楠大氣都不敢喘，不知道自己犯了什麼錯，她不斷回想著她說了什麼、做了什麼讓羌然這麼生氣，是因為野獸嗎？

因為她回來後就不斷說野獸的事情嗎？所以他才不高興，生氣了？

於是劉婭楠趕緊解釋：「羌然，對不起，我實在是太激動了……因為很久沒見到野獸，有點得意忘形……」

羌然很快地打斷她的話：「我有話同妳說。」

劉婭楠噤了口口水，就跟做錯事兒的小孩子一樣，低頭等著羌然劈頭蓋臉地訓斥她。

不過等了許久，她都沒有等到。

等她納悶地抬起頭來，就見面前的羌然表情挺不自然的。

這個屠城都不會皺一下眉頭的男人，此時面臨了他人生最難以逾越的一道高峰。

在漫長的等待後，羌然才終於收斂了所有情緒，緩緩說道：「請妳嫁給我。」

他的聲音平穩得沒有一絲起伏，表情更是嚴肅到了極點。

可是因為內容太過驚悚，還是把劉婭楠驚得嘴巴都張開了。

劉婭楠很清楚自己沒有出現幻聽。

「你……」她都不知道自己要問什麼。

問羌然這是開玩笑的嗎？可羌然絕對不是會拿這種事兒開玩笑的人！

可是是認真的話，有在這個情況下求婚的嗎？

劉婭楠下意識地看了看自己所處的環境，還有兩人的動作姿勢。

她是半跪在床上鋪床單，羌然則是坐在一邊的椅子上面對她，那動作要說吊兒郎當是有些誇張，可要說是正襟危坐嚴肅得很呢，又絕對不是。

兩人這副居家到極點的樣子……

還有這個環境，就更不用說了。

這是他們平時用來睡覺的臥室，因為羌然喜歡簡潔，所以臥室裡只有幾件造型很簡單的家具，而且那些家具還都是安全係數頂級的那些，也因為如此，所以整個房間絕對是一點浪漫的感覺都沒有的！

而且這個時間也很奇怪啊！

在她剛鋪好床單的時候求婚？

他以為這是吃完晚飯後問她要不要吃一顆蘋果？

就在她遲疑得不知道該怎麼回答的時候。

羌然沒有任何表情地補了一句：「妳最好答應，不然我會使用選擇權。」

【第六章】

原來你愛我

不知道從什麼時候開始，她不那麼怕羌然了。

其實以前也不能叫做怕，只是在那個環境下，看著別人都對他恭恭敬敬的，下意識就會有一種從眾心理，在他面前一下就顯出服從的樣子。

可是等他脱下那身軍服，這麼隨意地跟她吃著甜品的時候，吹著涼涼的風，劉婭楠就覺得這個人其實只是一個男人。一個會陪著她吃甜品，會把她不喜歡吃的東西都吃下去、讓她覺得感動的男人……

在漫長得讓人窒息的沉默後，劉婭楠終於把手裡的床單抖了抖，就跟回覆對方要不要她吃蘋果一樣，她也用平板的口吻回了一個喔字。

羌然很快就挑了挑眉頭。

劉婭楠那句喔絕對是賭氣的，不過一看到羌然挑眉了，她又跟條件反射似地嚥了口口水，心虛地說了一句：「我、我知道了。」

那副樣子就像做錯事面對家長的孩子似的。

羌然的臉色立刻變得不大好，他直視著她。

劉婭楠這下更緊張了，趕緊補救似地說道：「我很開心……謝謝你、你的求婚……」只是不管她說什麼，臉上的表情都跟死了爹似的。

羌然這次終於憋不住了，他走到她面前，劉婭楠還以為他會吼自己幾句，因為她有點給臉不要臉是吧，態度也似乎過於敷衍。

結果羌然走到她面前後，停頓了下，簡直都跟不知道該怎麼辦似的，長久沉默地盯著她看，然後他就扳著她的下巴，很用力地吻了她。

劉婭楠瑟縮了下，不過在他的親吻下，還是漸漸軟化下來，剛剛才鋪得平整的床單也被弄亂了，他把她推倒在床上，沒有一絲遲疑的，羌然扒下了她的衣服。

他進去得很快，劉婭楠想躲，只是腿還沒往後掙扎，羌然已經一把拉住了她的腿。

他的動作很快很凶猛，可是嘴唇落下來的時候卻又格外溫柔。

劉婭楠被他折騰了一晚上，早上迷迷糊糊的，還沒睡醒就聽見身邊有窸窸窣窣的聲音，而且羌然還催促地說：「快點起來。」

劉婭楠揉了揉眼睛，身體簡直就像要散架似的，無力地趴在床上，抬頭看了看他。

就見羌然正在整理衣領，見她看向自己，羌然低頭看她，提醒道：「別睡懶覺了，婚姻登記中心的人就要準備好了。」

劉婭楠欸了一聲，大腦立刻當機了。

她昨天被羌然蹂躪了一晚上，這個時候頭髮跟雞窩一樣，因為縱慾過度，眼睛更是有了黑眼圈。

在對上劉婭楠遲鈍的表情後，羌然也不解釋什麼，很快扭過頭去，一邊繫著軍服的袖扣，一邊聲音繃得緊緊地催促：「收拾一下，吃過早飯就去辦公樓找我。」

羌然說完就走了。

劉婭楠掙扎著從床上起來，稀里糊塗地洗漱好，又穿著家居服慢吞吞地吃著早飯，只是不知道是昨天晚上做得太猛了，還是怎麼的，她覺得胃口很不好。

她捂著肚子，唉聲嘆氣了幾下。

在換衣服的時候，習慣性地拿起了平時愛穿的那些素色的衣服。

不過剛要穿上身的時候，她忽然頓住了，終於猶豫再猶豫，忍不住又走到夏宮外的衣櫃那裡，裡面的衣服都是她不常穿的。

顏色款式都是超級漂亮華麗的，只是她平時不常穿，現在她就站在衣櫃前小心翼翼地挑選著衣服，試圖找出一件得體的紅色衣服。

她一直努力在羌然的身邊保持低調，因為如果太高調了，或者穿得太鮮豔，在他身邊一比，簡直就跟醜人多做怪一樣。

可這次場合不一樣嘛，不管羌然再怎麼無所謂、淡定，可也是一生中少有的大事。

她深吸口氣地想，就算又被羌然比得跟端盤子似的，她也要穿紅色的衣服。

等她穿好衣服後，就覺得很緊張，出去的時候更是十分心虛。

不過外面倒是風平浪靜的，沒有婚禮慣常會見到的鮮花，也沒有恭喜的聲音。

大家見了她還是跟以往一樣，沒有任何的改變。

劉婭楠知道自己又犯傻了，只是領證嘛，看羌然這麼隨意的樣子，估計是走個程序而已。

沒準他只是忽然想起兩人的寶寶還是私生子，所以現在著急補一個身分呢。

到了地方，劉婭楠走進去的時候，就看見原本空空的一樓大廳，此時早已經布置出專門照相的地方。

照相的背景是羌家軍的軍旗，對面也有專門的攝影師在候著。

羌然已經坐在對面的椅子上等著了，劉婭楠不知道他等了多久，趕緊跑過去，充滿歉意地說：「對不起，羌然，我來晚了。」

羌然嗯了一聲，用下巴示意她坐到自己身邊。

所謂的座位，是在他辦公樓裡隨便搬的兩把椅子，羌然很討厭繁複的程序，對辦公用品也都是力求簡單實用。

所以那兩把椅子都是造型簡單的木椅子。

她坐在上面，因為個子比羌然矮很多，再加上不知道為什麼，以前坐姿還可以的劉婭楠，這次忽然就直不起腰來了，就像被人一拳打在胸口似的。

攝影師從鏡頭裡看到的，就是正襟危坐了半個小時都沒換過表情的羌然，還有笑得比哭還難看的劉婭楠。

這就更難為人了，偏偏那兩人的頭不是向著同一個方向。

這下就算知道自己被叫來只是應付差事的辦事人員，也都怕了，只能盡量語氣溫和地對那兩人說道：「這個是結婚照嘛，要笑一笑，來，看著鏡頭……」

劉婭楠這次笑得更難看了，羌然倒是扯了下嘴角。

這下攝影師都不知道該怎麼辦了。

倒是一旁的觀止見狀，趕緊機靈地找了個墊子遞給劉婭楠。

坐在墊子上後，劉婭楠的高度跟羌然持平了。

兩人的頭終於不再各自歪向一邊，也向中央的方向攏了攏。

湊合地照過相後，羌然也不耽擱，很快站起來，領著劉婭楠到一樓的一個臨時辦公區，裡面早已經有婚姻登記的辦事員等著了。

那些沒招事、沒惹事，結果硬是禍從天降，昨晚不是被羌家軍從被窩裡挖出來，就是被聯邦政府緊急調過來的工作人員們，此時都是一副木呆呆的表情。

不過既然當事人到了，自然是不能馬虎。

其中一位辦事員按照程序地對兩人宣讀：「你願真心誠意與劉婭楠結為夫婦，嚴格遵行一夫一妻制，與她一生一世，無論安樂困苦、富裕貧窮，你都尊重她，關懷她，一心愛她，終身忠誠與她不離不棄……羌然先生，您願意嗎？」

在對上羌然的視線後，那個宣讀人差點沒咬了自己的舌頭，都沒等羌然回答，就哆哆嗦嗦地替他回了起來：「您、您當然是願意……」

等再面對劉婭楠的時候，那個宣讀人就識趣了，趕緊說：「您呢，劉婭楠女士，您肯定也是願意的吧？」

劉婭楠死氣沉沉地喔了一聲。

倒是一邊的羌然忽然開口問道：「願意什麼？」

「願意……願意一夫一妻制……」劉婭楠小聲地嘀咕：「還有一生一世那些……」

當年她可是霸氣側漏地對很多人說過，羌然是她唯一的丈夫，可是現在看來，羌然給她的婚禮就是這個了。

「那、那……」負責下一道程序的工作人員簡直恨不得挖個洞給自己埋起來，在那汗噠噠地小心翼翼詢問著羌大魔王：「那、那你們還需要交換戒指嗎？」

劉婭楠張了張嘴巴，她早忘記結婚要戴戒指了。

幸好觀止準備得很齊全，跑到兩人面前，就跟證婚人一樣，快速遞上一個盒子。

盒子裡的戒指很普通，只是素圈而已。

這個風格倒是羌然會喜歡的。

劉婭楠拿起一個大的，先給羌然戴上，拿戒指的時候她才注意到戒指是死圈的，不能調節大小，這樣的話，她就有點擔心那個女士戒指自己能不能戴上。

不過等羌然給她戴的時候，倒是意外地合手。

然後兩人在工作人員的指引下，分別在結婚證書上簽下自己的名字，又按上手印。

那些工作人員不敢怠慢一刻，很快地大紅本子就遞到兩人的面前。

劉婭楠拿到手裡一點都沒興奮的感覺。

打開來看的時候，只見裡面的照片要多難看就有多難看，倒不是說兩人的外表，其實今天她穿的衣服還挺上鏡的呢，只是那表情……

唉！

那些工作人員一做完事就跟逃命似地陸續離開了，其他的羌家軍成員也在收拾著辦公樓。

羌然是很講究效率的人，幾分鐘的工夫，劉婭楠就看見整個地方都被收拾得乾乾淨淨。

要不是自己剛剛在這種地方領了結婚證書，劉婭楠都懷疑剛才那些是不是自己的幻覺。

她正想要走，倒是羌然忽然說了一句：「妳過來一下。」

劉婭楠很聽話地跟在他身後，兩人來到了羌然的辦公室。

裡面還是跟以前一樣簡簡單單的，只有桌子、椅子。

而且等到了地方後，羌然也不招呼劉婭楠，只點開桌子上的電腦，往裡面快速地輸入著什麼。

劉婭楠也不知道他叫自己來幹麼，不過看他做得那麼認真，也不敢打擾他，在等待的時候四處瞄著，然後就看見在一堆文件中間，有一本花花綠綠的書，她心裡納悶，正想抽出來，卻被羌然神色緊張地拿走了。

不過劉婭楠還是眼尖地看到了封皮上的字《讓女人愛你的十個辦法》。

劉婭楠感到納悶，不明白他怎麼好好地看起了這個？

而且那副樣子顯然不想讓她知道……

劉婭楠安靜地坐在椅子上，出神一樣地呆著。

羌然終於忙完了，他停下來，又輪流確認了一遍後，他才伸出手，直接抓著她的左手，把她的手指輪流按在螢幕上。

螢幕中央有一個識別器似的圖形，在她的手指按上去的時候，就會發出各種已輸入的提示音。

五個手指輪流輸了一遍後，羌然又拿著她的右手，輪流掃描著。

最後還有一個需要掃眼睛的，羌然讓她低著頭，不斷地提醒她：「別閉眼睛。」

低著頭的劉婭楠就覺得那個東西好像閃了下。

她的眼睛倒是沒覺得不舒服。

她納悶地看著那些東西，她倒是知道指紋密碼，還有虹膜那些……

不過好好的讓她輸入這些幹麼？

她正納悶的時候，羌然已經跟批覆文件般地告訴她：「剛才已經輸錄入了妳的虹膜跟指紋，妳需要的話，可以在聯邦銀行直接輸入指紋提取我帳戶上的金額，超過一億的話需要輸入虹膜，再超過一百億則需要提請我的同意。」

劉娅楠被驚了下，不過很快地想著這個只是結婚後的一種手續吧？

緊接著她想起自己的身價來，遲疑了下地說：「我那也有些股票證券，那、那我改天也給你寫個授權吧……」

「不用。」羌然很快地打斷她說：「那些是妳自己的私人財產，妳自行支配。」

他點開了什麼程序，詳細地告訴劉娅楠：「我把妳的權限從D級提升到了B級，基地內的一些部門妳可以不通過我直接調用，具體操作妳回去熟悉一下，有不清楚的就問我。」

劉娅楠喔了一聲，她也不懂D級跟B級的區別……是不是這就意味著以後需要用車的話，不用請示羌然，只要給司機打一通電話，就會有人載她出去？

劉娅楠正想著，就聽見好像禮炮般的聲音從外面傳了進來。

那聲音可真大，而且很密集，劉娅楠十分吃驚，趕緊往外看去。

她對面的羌然倒是表情平平的，只雙手合十地放在桌子上，淡淡地說道：「今天妳先好好休息一下，後面的行程會累一些，從現在開始慶典會持續一周，中間妳要跟我去巡視其他的基地，還有幾個地方也需要咱們過去一下，正式的婚宴則要等到最後一天。」

等劉婭楠從羌然的辦公室出去的時候，人都暈乎乎的了。

外面的禮炮聲音響了好一陣子之後，終於停了下來，不過當她步出辦公樓時，差點沒被眼前的一幕給驚到。

以前絕對是陽剛系的基地，此時不光是路邊的彩旗，還是草坪上布置的鮮花，這個以前絕對是男性風格為主的地方，現在簡直就跟被柔化了一樣。

她目之所及的地方都一片喜氣洋洋，不知道是哪些人布置的，有些地方還被貼上了絕對不相稱的大紅喜字。

劉婭楠之前還覺得這個地方太風平浪靜了，現在她發現就連外面那些士兵的衣服上都別上了代表喜慶的胸花。

黑色鑲嵌著銀邊的軍服，別了胸花後怎麼看怎麼怪。

而且她在路過訓練場的時候，更看到楚靈正帶著不少人在用很多花盆擺造型。

她納悶地走過去，就看見那都是些漂亮的紅色玫瑰，中間還配了一些象徵的花。

一個好像造型師的女孩子，大聲地吆喝著這些兵痞子們，很不客氣地喊：「哎呀不對，絹花不是這麼弄的！笨死了，早知道該把我的團隊帶上島……你們這些當兵的就沒一點審美觀嗎？」

等劉婭楠靠近時，那人也跟著回頭看到了她，隨後那女孩眼睛一亮，趕緊介紹道：「夫人好，我是被緊急聘請來的婚禮策劃師明蘭，專門輔助這次的婚禮活動，我很榮幸能參與這次的世紀婚禮，對了，您的禮服尺寸已經交到專人手上，有二十七名員工正在為您趕工，我估計最遲三天後您就可以試穿了……」

說話間，這個策劃師就把工作丟給了自己的副手，她則緊跟在劉婭楠身邊，把具體的策劃內容給她複述著。

「化妝師三名，還有服裝造型師兩名，對了，還有伴娘呢，一共是六名伴娘，人已經找好了，等您過了目沒問題後，就讓她們正式上工。」

剛說完，明蘭跟想起什麼似的，一把抓住劉婭楠的手指，然後就哎呀地慘叫了一聲，趕緊一邊拍著自己的頭一邊嚷：「我真是豬，還沒有專業的美甲師！等我一下，我馬上就把最最厲害的美甲師請過來！」

劉婭楠就看著這個策劃師手忙腳亂地打起電話。

中間明蘭一邊問著她喜歡什麼風格，古典的、華麗的，還是雅致一些的，一邊跟合適的廠商談著，等都談妥後，明蘭又給羌家軍負責進出的安防部門打電話，要求對方能給個通融，因為要進到羌家軍內都是需要審批的。

結果很快明蘭就被羌家軍裡的榆木腦袋給氣到了，對方死活不給她行這個方便，氣得明蘭直嚷嚷：「你可以搜身啊，看對方有沒有危險品，只有指甲油、銼子啊！那也能算危險品嗎！我靠，你別跟我較勁啊！我凌晨兩點就被揪起來了，趕鴨子上架一樣，到現在我可是一口水還沒喝呢！你以為我想伺候啊！要不是為了這個世紀婚禮，要不是因為我很喜歡你家劉婭楠！我才不接這活兒呢，我可是世界排名第一的頂級婚禮策劃師！」

劉婭楠看她爭得面紅耳赤的，忽然想起自己剛剛被授權到什麼B級的事，她伸手把明蘭的手機接了過去，輕聲地喂了一句，對裡面的人吩咐道：「你好，我是劉婭楠，制度該怎麼執行就怎麼執行，等人過來你們可以搜身，對身分進行核實，我記得你們跟聯邦政府的身分認證系統是聯線的，不過現在情況特殊，能通融一下嗎？通行證那些，過後會盡快補給你的……」

這下對方簡直就被嚇到一樣，連連道歉道：「夫人，屬下馬上就去執行。」

「哇，妳說話好溫柔啊。」明蘭笑嘻嘻地收起電話來，別看她才到基地，走起路來卻是風風火火的，很快地帶劉婭楠到了臨時的婚慶策劃室，裡面造型師還有化妝師，都早已經等著了，只個個七倒八歪，看著就睏得不得了似的。

明蘭趕緊對劉婭楠解釋道：「不好意思，夫人，大家都是昨天半夜被挖起來的，妳不知道當時嚇死我們了，還以為來了綁匪呢！」

其他女孩也都醒了過來，跟著在那裡議論紛紛：「可不是，昨晚嚇死我了，我還以為要被強姦了呢！」

「得了吧，一看到臉後，是不是恨不得強姦對方啊！」

那些女孩嘻笑著說著玩笑話。

氣氛一下就變得活躍起來。

劉婭楠已經很久沒跟同齡的同性朋友在一起了，之前為了隱藏身分開店的時候，她一直都小心翼翼的，也不敢跟人交往太深，現在跟這些女孩湊在一起，倒是漸漸被喚醒了那種感覺。

那種她從小就很熟悉嘰嘰喳喳的環境，調侃男生說八卦，互相詢問衣服的款式……

在做頭髮的時候，劉婭楠就聽那些女孩子議論著什麼精子銀行。

「那些爛男人以為男人少了，我就非要找他啊，開什麼玩笑，幸好咱們都有肚子，大不了就自己生，要不就攢錢做休眠，反正有的是辦法。」

不過劉婭楠聽了以後，還是忍不住納悶地問道：「可是只有媽媽的話，獨自帶孩子的話會很辛苦吧？」

「沒有啊，有專門的互助小組，是精子庫組織的，那些媽媽生活在一個區域，然後需要出去工作的時候，就把孩子放在專門的育嬰區，現在很多女性都會這麼做的。」

劉婭楠還是覺得很不可思議：「可妳們就不擔心嗎？一個女人……」

「擔心什麼？」美甲師笑著說：「法治社會啊，而且不是有女性保護法規嗎？當年……喔，對了，就是當年您跟繆彥波制定的那些，暴力傷害女人還有性侵女人的條款，每年都有男議員抗議那個，說什麼太重了，不過現在女性議員已經有六成了吧？」

負責為劉婭楠做頭髮的女孩一邊弄著一邊點頭道：「是啊，其中還有您的功勞呢，您不知道我剛接到這個工作的時候可開心了，您可是我的偶像呢！」

「偶像？」

「對啊，您是前女王啊！雖然見到您本人有點小失望……」那個女孩子倒是坦率得很：「沒想到你的相貌不是畫裡的那樣，不過一想到您在全是男人的世界還能未雨綢繆地做出那些造福後世的事，就覺得您好厲害，只是我們都以為您會離開羌然的，畢竟那時候您是被……」

那幾個女孩的聲音忽然低了下去，其中一個膽子大的，更是小聲地問：「對了，這次結婚您真是自願的嗎？」

劉婭楠欸了一聲。

幾個女孩子齊刷刷地望著她，這已經不是第一次有人問她這個問題了。

劉婭楠喔了一聲，停頓了片刻後才猶猶豫豫地說：「孩子都有了，肯定是要結婚的啊。」

結果之前嘰嘰喳喳個不停的女孩忽然都不說話了。

像是知道了什麼了不得的事一樣地互相看了一眼。

劉婭楠也有點尷尬，跟這些經濟思想獨立的女孩比，她好像是老一輩的人思想古板。

不過也虧得有這些女孩們在，原本她還擔心衣服怎麼辦，可自從有了明蘭的團隊後，這些都不是問題了。

這些女孩子們會很快地為她選出最合適的衣服。

劉婭楠以前穿衣服只求合身，符合自己的身分，大部分都是很正式的衣服。

可明蘭他們覺得劉婭楠長得很可愛，而且又這麼年輕，幹麼把自己打扮得那麼老氣。

再加上劉婭楠有那麼多漂亮衣服，不穿不是可惜了嘛，女孩子讓她試著一件又一件的禮服。

中間休息的時候，養育組的人把小娃娃抱了過來，這些女孩都被震到了，就跟看到了了不得的東西一樣，都哇哇地尖叫著，然後就跟寶貝似地抱個沒完。

原本小寶貝的嬰兒服很簡單，結果這些女孩子手是真巧，很快就做了各種漂亮的裝飾品，還把素色的嬰兒服做了修改，於是這下小娃娃更是可愛到讓人驚叫連連了，還有女孩在那裡拿著手機狂拍照片。

這麼忙碌了一天，劉婭楠倒不覺得累。

她心情很好，而且挺感動的，沒想到羌然會在這種出其不意的地方給她驚喜。

現在她對婚禮開始感到期待了，而且也終於有了要結婚的感覺。

只是等她回到夏宮時，羌然卻還沒回來，不過她能理解，這次的婚禮如此倉促，行程又那麼緊張，羌然肯定也挺忙的。

等羌然回來後，別說含情脈脈的洞房花燭夜了，劉婭楠還沒說那些婚禮策劃的事，羌然倒先說了起來，簡直就跟布置任務一樣的，還對她介紹起那些需要去的地方。

劉婭楠以前只聽說羌家軍的其他基地，現在她才知道那些基地居然個個都不小，而且當初休眠的時候，只有他們主基地休眠了，其他的基地大部分都保留著，慢慢幾代下來，再加上女性工作人員的引入，那些基地簡直就跟一個又一個的小王國似的。

劉婭楠覺得很不舒服，這明明是兩人領證後的第一個晚上，就算再認真對待婚禮，也沒必要搞得跟正式的外事活動一樣吧？

她低頭裝著認真聽的樣子過了一會兒，終於忍不住想把白天的成果給羌然展示一下。

她趕緊換上那件漂亮的小禮服，現在天氣熱，策劃組幫她選的小禮服是淡粉色的，上面鑲嵌了很多碎鑽，很雅致、很漂亮，最主要的是襯得她膚色特別好，跟她的氣質也相符。

她以前不敢穿這樣的衣服，不過明蘭她們都說很適合她，她自己也照過鏡子，除了感覺禮服裙子短了些外，其他都太合適了，她毫不猶豫地選了這件。

而且也因為短，反倒把她那雙漂亮的腿顯了出來。

羌然看到她光光的小腿後，卻皺了皺眉頭，回了一句：「不大合適。」

劉婭楠滿心歡喜結果換來這麼一句，她失望地喔了一聲。

本來想爭辯下，不過最終還是沒吭聲地脫下，她又找了一件別的，這件也很好看，而且是她以前不敢穿的那種。

而且她一直夢想自己能穿這麼漂亮的衣服，她滿懷期待地穿上，這次總可以了吧？

這麼正式又漂亮的禮服，把她的線條勾畫得可好看了。

結果羌然看到她露出的那一片後背後，還是很快地點評了一句：「不合適。」

這下劉婭楠扛不住了，她試圖溝通：「這是婚禮策劃師幫我選的，我覺得很漂亮，你沒覺得我穿上後顯得身材很好嗎？」

羌然也不同她爭辯，只低著頭做出一副毫不關心的樣子，又把那些需要劉婭楠熟悉的東西，重新仔細地給她講解著。

劉婭楠就跟被晾在那裡一樣，她無語地脫下衣服，這婚本來就結得憋屈，現在劉婭楠更不開心了。

而且更過分的是，第二天等她再去婚禮策劃室準備化妝換衣服的時候，迎接她的再也不是那些活潑歡快的婚禮策劃人員，取而代之的是幾個穿著灰黑色衣服的中年大媽。

「我們是女子修身自律會的，我們偶爾也會負責婚禮策劃。」其中一位大媽見了她後就這麼自我介紹著。

然後劉婭楠就被那些人拉過去，美美的指甲油沒有了，漂亮的髮夾也不知道去了哪兒。

那些大媽一邊給她穿衣服一邊絮絮叨叨地說：「女人穿衣要得體，不能露胸露腿，那多傷風敗俗啊，而且女人的身體只能給丈夫看，有些女孩子就是年輕不懂事，以為那叫美呢……」

劉婭楠被念叨得腦袋都大了，等湊合著化了個壓根瞧不出有什麼不同的妝後，再看到對方拿給自己選的那套衣服，她當下就嚥了口口水。

當年她懷孕穿孕婦裝都沒穿過這款的啊！

跟昨天的衣服比，這簡直就是加厚版的囚服啊！

別說顯示腰身了，單憑那個直筒的樣子，劉婭楠都懷疑自己穿上去就跟套了個麵粉袋似的！

她的臉一下就變了，要結婚了，羌然偏偏在這個節骨眼找這麼一批人來，而且看這些修身自律會的大媽，顯然是想給她講點三從四德什麼的……

劉婭楠不好對這些大媽們生氣，她也沒說什麼，只跟那些人說了一聲，就出去找羌然算帳去了。

按照行程裡安排的，沒多會兒他們就該出發了。

劉婭楠卻覺得腦袋鼓鼓的，簡直都跟充了氣一樣，婚禮是兩個人的事吧，求婚搞成那樣就算了，領證那麼做也湊合了，可是現在就連婚禮上的一件衣服他都要管！

管就管了！

還要她順便裏個小腳是怎麼回事？

劉娅楠臉繃繃的，很快就找到了羌然，不過羌然也挺忙的，她過去的時候他正在給屬下分派任務。

如果在以前，看到那些人，她會主動等待。

可這次劉娅楠卻沒有等，而是直接打斷羌然的工作，對那些人說道：「不好意思，麻煩你們出去一下，我跟羌然有話要說。」

那些人倒是很配合她，都紛紛走了出去。

羌然看到她的樣子後，也有些意外，不過他什麼都沒說，而是望著她，等她說話。

劉娅楠努力控制著自己的面部表情，「羌然……」

她深吸口氣，在面對羌然的時候，很少有人有勇氣說出這些話來，這個讓世界都驚懼的魔王，當他面無表情地看向某人的時候，真的可以把對方嚇得屁滾尿流的。

劉娅楠的心也怦怦直跳，嚇得直打鼓。

現在的世界已經跟以前不一樣了，當時只有她一個女人，沒有任何權益可以保護她。

可是現在有那麼多法律可以保護她呢！

而且她現在不說的話，以後就更不敢說了！

劉娅楠豁出去地直視著他的眼睛，一鼓作氣地說道：「羌然，我不是你的部下，也不是一個口令一個動作的士兵，我是要跟你共度餘生的女人……你不能不經我的允許，就把我的婚禮策劃師弄走，然後換了這麼一批大媽來！」

羌然望著她，四兩撥千斤地回道：「是養育部門向我投訴。」

看著劉婭楠不明白的樣子，他表情淡淡地告訴她：「昨天那些人給咱們的孩子穿了裙子還戴了頭花，我不知道妳是怎麼做母親的，但看著一個男孩被打扮成那樣還能無動於衷，妳是不是想把孩子培養成一個娘娘腔？」

劉婭楠在羌然面前壓根就不夠看，兩人段數也差太多。

簡直就跟把兔子放在頭狼面前，等著讓頭狼下嘴。

羌然幾句話就把劉婭楠堵得說不出話來了，一頂妳怎麼做母親的大帽子扣下來，瞬時就把她給震歪了。

而且不光是羌然說的無動於衷，其實，在那些人抱孩子的時候，她還幫孩子擦了紅臉蛋，雖然不擦小寶寶就夠粉嫩粉嫩的了，可是擦了後……

真的好漂亮……

大大的眼睛，還有好長的睫毛。

她跟一群怪阿姨玩了足足有半個小時，小娃娃也一直被她們逗得咯咯直笑。

她當時也沒覺得有什麼不妥當……可現在面對羌然的質問，劉婭楠連個反駁的話都不敢講了。

母親那頂帽子太大，她只是二十多歲還有玩心的小媽媽，覺得小嬰兒被打扮成小女兒也沒什麼……

只是那些人大概是犯了羌然的忌諱吧，沒組織性、沒紀律性，還給他兒子化了個妝……

劉婭楠也是有點心虛，昨天她的確沒有考慮小寶貝的心情，雖然小寶貝才幾個月大。

她低著頭往後退了一步，只是走到門口的時候，心裡還是挺委屈的，她眼圈紅紅地回頭對羌然說道：「羌然，我們沒惡意的，女孩聚在一起有時候就是那樣的，我以前幫親戚家帶孩子也做過這個，我把我的帽子給幾歲的小表弟戴，我也沒說讓他當娘娘腔，只是玩笑。而且自從知道要出巡，還有那個婚宴後，我就一直挺緊張的，平時選衣服化妝都是我來，以前只有我一個女人，我把自己化得跟鬼一樣，也沒人會說我什麼，可是現在不一樣了，我就很緊張，也想打扮得漂漂亮亮的，不要總被大家說是連背景都不配當的女人，昨天我真的覺得她們很專業，對我也挺好的，只是年輕，可能犯了你的忌諱，可是羌然，你真的不覺得昨天的我漂亮了一些嗎？」

羌然望著她紅紅的眼睛，終於回了一句：「我知道了。」

劉婭楠也不知道他知道什麼了，她吸了吸鼻子，走出去。

她沒回去找那些大媽們，她蔫頭搭尾地回到夏宮，準備隨便找件禮服，湊合著給自己化化妝。

結果她剛回到夏宮，就接到了明蘭的電話。

明蘭在電話裡急急地道歉：「對不起，夫人，都怪我，一看見漂亮寶寶就控制不住了，我已經警告其他人了，我現在正在往妳那趕去。現在時間真的很緊張，而且衣服都要推倒重選，夫人，麻煩您先從衣櫃裡選一些您覺得可以的，我們到了後再商量好嗎？」

劉婭楠放下電話，都有點不敢相信自己的耳朵，這是羌然答應自己了？

不過時間太緊了，她也沒有細想，趕緊去找衣服，只是找衣服的時候，劉婭楠忽然納悶起來，她昨天是給小寶貝裹了個跟裙子似的小圍巾沒錯，可是……這事跟她的衣服有什麼關係，幹麼都要推倒重來？

劉婭楠琢磨了下昨天試穿衣服的情形，很快就理出兩條思路來，一個是男女審美有差異，她選的那些衣服羌然真的打心眼裡不喜歡，另一個……就有點讓人難以相信了，是因為她穿的時候露了小腿跟後背嗎？

劉婭楠仔細想了下，她以前穿衣服倒是一直很保守，在那種男多女少的世界裡，她恨不得給自己穿個盔甲，所以其實大概可能……是羌然那個……不喜歡她穿那種比較暴露的衣服？哪怕只是露個小腿？

劉婭楠都被這個想法給震住了！

可是繞了這麼一個大圈子，要真是這樣的話，羌然扯什麼孩子被化妝、被穿衣服的啊！還說得那麼振振有詞、一臉嚴肅的！

在她想著這些的時候，明蘭她們倒是來得快，很快就連跑帶跳地跑到夏宮，接著那些人就被夏宮琳琅滿目的衣服還有首飾給震到了。

個個都是一副「哇！原來妳住在超級寶庫裡」的樣了。

尤其是見到那種難得一見、據說比黃金還要名貴的超級明紗衣的時候，那個負責挑選衣服的人差點沒跳起來，在那一邊摸著一邊驚叫：「這種衣服只有德塞耳博物館裡有啊！全世界據說只有三件啊！妳居然就有兩件！」

劉婭楠哪會懂那些，當初她休眠的時候，很多衣服首飾都被搬到了真空室內，後來她甦醒後，也想著找一兩件穿，奈何肚子總是鼓起來一塊，所以她又添置了一些衣服……

上次明蘭她們來，曾帶她們到外圍的地方看了看。

這時要不是急著選衣服，她都想不起這個還需要密碼才能進入的地方了。

明蘭她們繼續讚歎著：「哇！這是火狐吧，據說已經滅絕了。不過最好不要選了，有些環保組織看到了會抗議的……」

劉婭楠看著那些人幫她選著衣服，她則坐在椅子上努力保持著頭不要亂動，這個給她化妝的女孩可厲害了，簡單幾下就把她化得漂漂亮亮的。

「您的臉型很漂亮。」那個女孩一邊幫她修著眉毛一邊說：「我看您挺愛笑的啊，幹麼每天都繃著面孔，來笑一笑，您笑起來特別有親和力的。」

在被修飾了一番後，劉婭楠抿嘴笑了下，覺得自己就好像穿上水晶鞋的灰姑娘一樣。她都有點不敢相信鏡子裡的那個人是自己，更主要的是她以前走路雖然不是很難看，但也算不上多優雅，尤其是在羌然身邊的時候，總習慣地蔫頭搭尾。

可現在有專門的造型師、禮儀專家在呢，她們都會在旁邊及時提醒她，而且經過仔細地挑選後，雖然選出來的衣服有點不大合身，兩人二話不說就挽起袖子開始微調，很快地就把劉婭楠從頭到腳地收拾妥當了。

不過在穿戴整齊後，劉婭楠還是跟明蘭她們確認了一下：「對了，這次妳們選的都是很保守的衣服，是被提了要求嗎？」

「可不是。」明蘭還沒說，負責化妝的女孩已經說了出來：「來的路上輪流叮囑我們一遍，不止如此，就跟不放心似地，又讓我們寫了保證書，保證不管是選擇的衣服款式還是化的妝，都必須要莊重得體，不能媚俗不能暴露挑逗，更不能帶有性暗示！問題是，不性感的話，怎麼突出女性的美？難道要穿得跟個修女似的？幸好妳還有這個超級衣櫃，不然我們真要愁死了。」

劉婭楠原本還只是猜測，此時已經有了八成的把握。

以前她都不敢多想，羌然給她什麼，她就要什麼。羌然不允許的，她便壓抑著自己。

可現在不同了，她發現自己的腦子開始動了起來，在面對羌然的時候，會下意識地去想，為什麼他要這樣？

她覺得這種情況很新奇，只是時間已經很緊張了，劉婭楠也不敢耽擱著，又拿了些隨身的東西，就急急往集合的地方趕。

到了地方後，羌然已經在車上等了，劉婭楠也沒有手錶什麼的可以看時間，不過她猜自己肯定是遲到了一會兒。

不過奇怪的是，一向時間觀念很嚴的羌然，居然沒叫人去催她。

她很不好意思地坐到車內，裡面的羌然扭過頭來，視線落在她臉上。

劉婭楠挺感激他又把明蘭她們找回來，笑著說了一聲：「謝謝你。」

羌然很輕地嗯了一聲，然後他就伸手準備給劉婭楠的耳朵貼個什麼。

劉婭楠納悶地看著他。

羌然的動作很輕，不過貼到她耳朵的時候，劉婭楠還是覺得耳朵疼了下。

看她皺眉的樣子，羌然這時才聲音很輕地解釋道：「這是防止眩暈的，地上車開太快的話，妳會受不了。」

「喔。」上次他們出訪西聯盟的時候，她就因為坐地上車不舒服，只是劉婭楠沒想到，都那麼久之前的事了，羌然仍記得，還給她準備了這種東西……

羌然的手指在摸到她臉的時候，剛剛化過妝的劉婭楠忽然起了促狹的心思，忽然側頭對他說了一句，「我這個樣子還算漂亮吧？」

羌然輕點了下頭。

劉婭楠就揚起脖子來，附在他耳邊小聲說了一句：「其實之前的那些衣服也不難看吧，以後我只穿給你看，好嗎？」

她縮回脖子的時候，故意眨了眨眼睛。

不過羌然的臉上沒有出現她預期的表情，這個男人到了這個地步，居然還能表情未變地點了點頭。

劉婭楠忍不住歪頭盯著他的表情，心裡忍不住琢磨著，這個人……就不能坦白地說句話嗎？

地上車的行駛速度很快，不過有那個防眩暈的耳貼，劉婭楠倒是好了很多。

時間過得很快，在行駛了三個小時後，地上車早已經駛出城市的範圍，兩邊的景色也變得越來越不同。

只是在行駛了一段路後，地上車漸漸停了下來。

長長的車隊就那麼統一地停在了不知道是哪兒的路旁。

劉婭楠很納悶，就聽羌然對她說：「休息一會兒，跟我下車看看。」

劉婭楠沒有多想，她也正好想下車活動一下四肢。

只是這個地方看著滿荒涼的，而且不知道羌然是怎麼回事，特別喜歡往草叢裡走。

劉婭楠的裙子有點長，這裡的野草很高，她提著裙襬小心地跟在他身邊。

開始那些保安人員也亦步亦趨的，不過很快羌然就下令，讓那些人不要再跟過來。

劉婭楠覺得很奇怪，而且看樣子羌然好像還要帶她走一段路。

足足走了有五六分鐘，劉婭楠才跟著羌然到了一小片樹林。

羌然終於停下腳步。

「地理雜誌介紹說這兒的風景很好。」他指給她看。

劉婭楠原本還不知道要看哪裡，在他的指點下，她終於透過那片樹林看到了一片花海。

她立刻被驚呆了，那麼多的花，而且因為地形的原因，那些花隨著那些坡度自然地分布著，形成了天然的彩色地毯。

她奇怪地問著他：「你怎麼知道的？」

羌然這種大男人是不可能注意這種花海景色，要說是什麼壯觀的落日還是什麼大海奔騰還能理解，這種花海估計對他來說，一點欣賞的價值都沒有……

可是她看著卻喜歡死了，簡直想跑進去打個滾！

「昨天晚上就跟妳說過。」羌然低頭看著她，目光倒不是指責，只是有些無奈：「我們要經過的地方，有什麼特色風景，我都有跟妳講了兩遍。」

劉婭楠不好意思地笑了笑，她昨天光顧著不高興，都沒有好好聽。

現在看來羌然是真的動了心思的，那麼這次的出巡，也不光是為了做做樣子，也是要帶她看這些漂亮風景的嘛！

兩個人第一站要去紅色山脈那裡的基地。

那個基地也才一百多年的歷史，當年還是因為需要攻擊西聯盟才特意建造的，然後羌大戰爭狂發現此地的地理位置絕佳，進可攻退可守，雖然被西聯盟抗議無數次，不過羌然還是毅然地把此地劃為他的軍事據點。

等他們到了地方後，劉婭楠看到的再也不是荒山野嶺，而是一個依山而建的超級漂亮的小山城。

只是很多地貌都改變了，早些年她跟羌然曾經用來度假的那個地方，也都被改了樣子，曾經唯一的建築物，此時成了小山城邊的一處小小的紀念性建築物，而且年久失修。經過的時候，劉婭楠看見那個小別墅還被圍欄圍了起來，顯眼的地方還掛了牌子，寫著修復中。

劉婭楠原本還想進去看看，一看到那行字，她就露出了失望的表情。

那個充滿回憶的溫泉也不知道怎麼樣了？

羌然倒像是知道劉婭楠的心事兒似地，很快地說了一句：「等整修好，咱們再帶寶寶一起過來度假。」

劉婭楠馬上就笑了，對耶，到時候可以帶寶寶一起來的嘛！

她開心地看向羌然，只是羌然自從帶她看過風景後，只要跟她對視後，就會很快地別過頭去。

劉婭楠覺得很好玩，她簡直都要懷疑他是在害羞了。

只是劉婭楠自從到了這個地界後，就有點緊張，因為這個地方不光是紅色山脈，可還緊挨著西聯盟。

畢竟羌家軍當年可是跟西聯盟有過大過節，那場戰爭的影像資料可都保存著。鐵證如山，劉婭楠很怕會有西聯盟那的人權組織過來抗議。

結果沒等到抗議，在她剛到基地的時候，倒是接到了一封邀請信。

那時候劉婭楠正在房間裡休憩，羌然則要為晚些的活動做準備。

然後就有專門的人過來請示她說，有西聯盟的官員要見她。

劉婭楠一下就緊張起來，還以為真是討債的來了，趕緊收拾妥當，努力地做出體貼明白的樣子，想著盡量做和事佬。當初在宴會的時候，那些人權派份子可差點沒把他們罵死。

結果等她出去後，卻驚訝地發現，來的人並不是代表政府聲討他們的，而是給她遞送邀請函的。

寫信人是是西聯盟最高長官，劉婭楠接到後，看見上面蓋著非常正式的印章，裡面的字句也恭敬到了極點。

過來送信的人更是微微地鞠躬，望著她的眼睛解釋：「我們西聯盟的前女王殿下非常喜歡您，她一直聽父親說起您的事，在去世前，還特意下了這道命令，如果有機會，一定要請您到西聯盟作客。」

劉婭楠張了張嘴巴，一下就想通了，雖然西聯盟的人很恨羌然，可是西聯盟是小田七的地方，小田七跟她卻不是仇人。

看過那封信後，劉婭楠就有點心動，這個時候離晚上的慶典還有段時間。

他們這個地方離西聯盟那麼近，快去快回，壓根不會耽誤什麼。

劉婭楠就想去看看田七住過的地方，畢竟以後再找機會出來，挺不容易的。

而且這次可是有正式邀請函呢。

不過她估計羌然一聽見這個，肯定會皺著眉頭。

可是一百年都過去了，滿大街都是女人，哪裡還會再出現搶人的事。

劉婭楠想著不管怎麼樣，都要試試看。

如果是以前，她一定小心翼翼、惴惴不安地跟羌然請示，這次劉婭楠卻長了個心眼，特意讓人領她去了趟廚房，在廚房裡，她趕緊挽起袖子做了一盤水果拼盤，很用心地弄成漂亮的形狀，看著就覺得可愛。

然後端著給羌然送去，這個悶熱的天氣吃點解暑的東西是最好不過的了。

而且劉婭楠去得也是時候，剛好羌然處理完一部分的公務，等她到時，臨時辦公室內恰好沒有人。

劉婭楠把自己準備的水果端了過去，討好地對他說：「羌然，我剛做的果盤，漂亮吧，來，嘗嘗看喜歡嗎？」

羌然其實挺容易討好，劉婭楠發現，只要自己用點心，他就會變得心情很好。

果然一看到這個，羌然的表情就放鬆下來，她更是討好地拿著特製的水果叉子，把果肉叉起來餵給他吃。

只是羌然這麼高高大大的男人低頭吃她餵過去的果肉，總有點不協調似的。

而且羌然吃東西的表情很怪，很不自然。

主要是劉婭楠很少這麼做，兩人都有點不適應，很快地表情都變得怪怪的了。

劉婭楠更是只餵了一塊，就不好意思再餵了，把水果叉子放下。

不過趁著他心情不錯，劉婭楠倒是趕緊說：「羌然，能麻煩你件事嗎？」

羌然聞言就瞟了她一眼。

劉婭楠嚥了口口水，心裡猶豫著，自己這樣獻殷勤，也不知道羌然會不會鬆口。

不過看他那一臉戒備的樣子，估計希望不大。

她還沒說，羌然就已經要繃起面孔了……

如果是以前，碰釘子就碰釘子，她頂多就是端著果盤蔫蔫地回去。

可這次劉婭楠卻膽子大了一些，在準備說出要求前，先是轉到了羌然的身後，一下摟住了他的脖子，然後才跟撒嬌一樣地說道：「羌然，西聯盟的在邀請我過去……就讓我去嘛，你要不放心，就讓觀止他們跟著我好了。再說都和平了這麼多年了，何況那是田七的地方，他不會害我的，我只是過去看看……」

劉婭楠這麼做的時候，都覺得身上要起滿雞皮疙瘩了。

不過很神奇的是，雖然羌然還是那樣慢條斯理的樣子，不過在吃完果盤裡的水果後，終歸是鬆了點口風，最後只叮囑她不要去得太久，還設定了特別苛刻的時間限制。

不光讓觀止跟著她，還把楚靈也叫了過來。

劉婭楠卻滿意到了極點，因為真的是太太太難得了！

羌然以前做過的決定幾時修改過啊！

這可是頭次她能求他答應改變主意，而且是連著兩次，一次把婚禮策劃的人叫了回來，這次也算是絕對的法外開恩了！

只是等她跑出去準備坐車去西聯盟的時候，劉婭楠卻被跟隨的人給嚇到了。

那長長的車隊……

劉婭楠都覺得特不能理解，這又不是去攻打西聯盟，只是去拜訪下老朋友的家而已啊，值得弄這麼多車啊人的嗎！

幸好一直等著她的西聯盟官員什麼都沒說，反倒一直很和氣地為他們當嚮導，還配合車隊的前行，跟西聯盟的交通部門打了招呼。

所以等他們駛入西聯盟後，街面上乾乾淨淨的，也沒有發生堵車的情況。雖說沒有很隆重的歡迎儀式，不過等劉婭楠抵達後，還是受到了西聯盟政府機關非常周詳的接待。

劉婭楠一直開心地看著四周的建築，大概因為都是石頭建築，發現很多建築物還跟她記憶裡的一樣。

而且在見到對方的長官後，劉婭楠甚至在那人的臉上找到了小田七的影子，尤其是眉眼的地方。等知道對方算是小田七的重外孫後，劉婭楠都覺得特別親切了。

只是當她問起對方，小田七有沒有給她留言，得知都沒有後，劉婭楠多少有點小失落。

劉婭楠跟著小田七的後人叫做菲爾特田梓閒聊了一會兒，看得出這個人繼承了小田七的善解人意，一直跟在她身邊跟她講解田七的生平。

在聽完那些事的時候，劉婭楠開始覺得這個地方特別不一樣了，她好像能感覺到生活在這裡的田七似的。

不過在說到歷代族長的事情時，劉婭楠忽然想起什麼，趁機把前任的菲爾特族長的事兒說了一通，那個菲爾特前族長一直被人遺忘，不過她可不敢忘，那個人討厭是討厭，可畢竟是自己帶走的。

這個菲爾特田梓聽到後，居然很快地微笑說道：「沒問題，遺留的問題我們都會妥善處理的，關於這位前族長，我們會按照舊時貴族的規格來接收他的。」

說話間兩人已經走到長長的走廊，觀止跟幾個保安人員亦步亦趨地跟在他們身邊。

劉婭楠抬頭看著那些畫像，上次來還是跟羌然一起。

他們也曾經在這個走廊裡散步聊天……

那些過往苦樂參半，可是現在回憶起來，卻覺得分外親切。

而且牆上新增了許多畫像，有田七跟他妻子的，還有女兒們的。

她一幅一幅慢慢地看著，每次走到田七畫像面前，她就會停下仔細端詳。

然後劉婭楠忽然聽見有人在喚她的名字。

她詫異地回過頭去，見到不遠處的走廊口站著一個人。

她脫口叫了出來：「野獸！」

野獸怎麼在這裡？

她詫異地走到他的面前。

野獸站在原地沒動，只安靜地等她跑到自己面前，他定定地看著她，臉上也沒有意外的表情，只是安靜地望著她，在她靠近後，才終於開口說道：「聽說您結婚了？」

「啊……」劉婭楠這才想起，都沒來得及通知野獸，她趕緊解釋說：「對不起，因為很倉促決定的，我現在還……還跟做夢似的呢！」

「那……您幸福嗎？」

「不要叫我您了。」劉婭楠覺得怪怪的，野獸幹麼對她這麼客氣？她笑著對他說：「叫妳就好了。其實還好啦，反正我每天也都是那樣生活的，結婚不結婚好像也沒什麼差別……」

野獸不動聲色，又問：「還記得您曾經對我說過，如果遇到了喜歡的女孩，就要尊重她、愛護她……那他有那麼對您嗎？」

劉婭楠有點遲疑，今天的野獸真的怪怪的，而且這個問題也挺難為她的，羌然那樣的人向來是上位者的思維模式，要說尊重愛護那些……不能說沒有，但也絕對不能說是情人間的那種濃情蜜意。

最後劉婭楠輕聲回道：「有吧……羌然那個人，其實慢慢相處還是不錯的，慢慢來就好了，真的……」

「那過去這麼久了，您現在可以隨意去您想去的地方了嗎？」

野獸表情平靜地又問了一句。

劉婭楠下意識地看了眼旁邊的觀止他們，不知道該怎麼說。

其實……還是不可以……

雖然世界上不是只有她一個女人了，不過羌然還是要求她想去哪裡的時候，務必跟他報備、等他批准。

而且就連需要出去的時間都要標注好了，一旦超過時間的話，身邊的保安人員就會趕緊提醒她，超過太多了，她還要詳細地同羌然解釋，為什麼會浪費那麼多時間。

而且也不總是會被批准的……

野獸望著她的臉，什麼都沒說。

因為就跟要印證野獸的話一樣，觀止已經急匆匆地過來催促她了，「不好意思，夫人，時間已經要超過了……」

劉婭楠還有很多話想跟野獸說，現在一被觀止打斷，無奈地看向野獸，最後為難地笑了笑說：「有空去找我吧，或者給我打電話……」

等她往外走的時候，野獸並沒有送出來，而是難得地一直站在原地，望著她遠去的身影，一動不動地站在那裡。

劉婭楠回來的時候其實時間還不晚，觀止是提前叫她的。

不過等她坐著地上車穿過小城街道的時候，還是被兩邊的布置給驚豔到了，這個地方因為是山城，所以建築物看著古色古香的，路邊的小房子跟袖珍的一樣，遠遠地看還不覺得什麼，身臨其境後，就覺得特別好玩。

不過她沒有太多時間看那些，等車子抵達後，她就被明蘭她們一窩蜂地拽了進去。

又是梳頭髮又是化妝的，一直要到慶典開始前，明蘭她們還在不斷地幫她看哪裡有不合適的地方，終於到了最後幾分鐘前，那幾個女伴才一路陪著她款款走了出去。

蓋住膝蓋的長裙，帶有流蘇的上衣。

羌然穿著一身軍裝，在她走近後，他微微俯下身，把胳膊給她。

她心跳很快地把手搭在他的小臂上。

深吸口氣，她跟著他走到了萬眾矚目的露臺上。

場面很大，從他們露面起，煙花就不斷地燃放，整個天空都被映紅了。

盛典很隆重，只是有點像檢閱軍隊。

明蘭她們探頭探腦的，也都被這樣嚴肅的場面給驚住了，作為設計婚禮的人，不是沒見過大場面，但是……這個婚禮慶典不是該喜慶點嗎？

明蘭看了直吐舌頭，等劉婭楠回到裡面補妝的時候，幾個女孩就湊在一起，小聲地說：「哇噢，軍人的婚禮都要這樣嗎？」

劉婭楠也不知道該說什麼。

「場面是好大，不過真叫人緊張啊……也沒有結婚誓言、新人祝詞嗎？」一向喜歡別出心裁的明蘭都忍不住嘀咕：「這也能叫婚禮慶典，這邊管事的人腦袋進水了吧？」

劉婭楠趕緊說：「各地風俗不一樣吧！」

不過說真的，這樣的婚禮慶典，劉婭楠沒覺得感動喜悅什麼的，只覺得挺累的，每一刻都要小心謹慎，不要出差錯，她的壓力很大。

而且她習慣每天要跟孩子待一會兒，今天忙了一天，還沒有給孩子打通電話呢。

在等待宴會的時候，劉婭楠偷偷地躲在角落，忍不住給育兒部門打了電話。

不過小寶貝還小，不會說話，只會對著電話吱吱呀呀的，劉婭楠的心都要融化掉了，當初她就想帶孩子出來的，不過不管是育兒部門還是明蘭她們都勸她，這麼遠的路程對孩子不好，而且她也辦不好慶典……

如果都是這樣的慶典，劉婭楠的心情就很複雜。

她正愣神，倒是羌然找到了坐在角落裡的她，低頭看了她一眼。

劉婭楠趕緊正襟危坐，因為剛給孩子打完電話，她眼睛還酸酸的，鼻音濃濃地解釋：「不好意思，我不是故意躲起來的，我是想孩子了，給那邊打了電話問了問情況……」

「還好嗎？」羌然倒是一點責備她的意思都沒有。

劉婭楠喔了一聲，「挺好的，今天喝了奶，還吃了一點副食品，也沒有哭鬧，估計一會兒就會睡了吧。」

羌然把手遞到她面前，看樣子應該是想拉她出去見這個基地的負責人。

其實之前已經打過照面了，被介紹的時候，因為人太多了，劉婭楠聽得腦袋都大了。

這次估計是除了那些在編的軍人外，還有些當地的商家、一些望族需要見吧。

劉婭楠伸手的時候遲疑了下。

羌然回頭看著她，跟詢問一樣地看著她的臉。

劉婭楠其實挺吃力的，她早已經不是當年那個被萬人擁戴的女王了，自從被打回原形後，她就很想做點普通人做的事，這樣的場合她總覺得很不適應。

見羌然看自己，劉婭楠猶豫了一下終於鼓起勇氣，慢慢地說：「羌然……我、我跟不上你的腳步……」

羌然的手依舊遞向她，「我知道了，我會慢一些。」

劉婭楠遲疑了下，終於伸手握住羌然的手。

有一些男人深情款款，把女人視為唯一，可是也有這樣的男人，從來不會停下留意什麼。

劉婭楠低著頭跟他走了幾步，「不是走路的問題，只是咱們好像不是一個世界的……就跟歌裡唱的一樣，你是那種天上飛的鷹，我呢，就喜歡在小水窪裡游一游就好了。所以有時候老鷹想要巡視地盤的話，挺好的，可是要拽著小金魚去就會……」

羌然停下腳步皺著眉頭看向她。

劉婭楠深吸口氣，不知道別的妻子在面對丈夫的時候是什麼樣的，她每次跟他講話的時候簡直都跟要玩命一樣。

她鼓起勇氣，繼續說道：「其實跟剛才那種外事活動，還有馬上要進行的宴會相比，我倒是更喜歡這個古城裡的小吃街，還有這裡的風土人情，特色的小點心……」

剛才明蘭她們給她化妝的時候，她聽到那些人的討論，在她去西聯盟拜訪田七後人的時候，明蘭她們跑去逛了圈，還說因為有這個慶典，這次的特色小吃街也是百年一遇的，更主要的是還有什麼嘉年華會呢……

劉婭楠聽後也很喜歡，還讓明蘭她們不用一直跟著她，想玩就去玩吧。

只是等明蘭她們一走，劉婭楠才覺出寂寞來，像是別人都在休閒，偏偏自己要加班一樣。

「我是那種會被小吃街吸引的女人，你吧，是偉人級的，我呢……小魚小蝦而已，只是有孩子了很麻煩……」劉婭楠也不知道自己想表達什麼，她絮絮叨叨地說著。

對羌然來說，聽劉婭楠的絮叨要比分析戰況難一百倍，因為沒有重點。

這個女人說話從來都是想到什麼說什麼，千頭萬緒，每一條線裡又能抽出更多的線來……

不過他還是在那些繁複的信息中，終於抓到了一點點好像是重點的東西。

他這次沒把她帶到宴會廳，而是把她往之前的臥室。

劉婭楠就聽羌然一邊走一邊跟觀止打著電話，好像是吩咐觀止去應酬，然後又叫來楚靈。

等楚靈來的時候，羌然已經在催促劉婭楠換上普通的衣服，他則脫下軍服，拿起楚靈帶來的衣服換上。

等都弄好後，羌然又取了女士面具。

劉婭楠知道這個地方慶典很多，也的確有很多戴著面具狂歡的人，而且這個面具很簡潔，只擋住了上半部分的臉而已。

這是要幹麼？

而且她那麼漂亮的裙子，羌然忽然讓她換個樸素點的，又是什麼意思？

有一個念頭就萌生了出來，劉婭楠都被那個念頭嚇到了。

羌然不會是想扔下這一批人，帶她出去逛什麼小吃街吧？

她轉念一想又覺得不可能，可衣服都換好了，羌然還向楚靈要了一些兌好的現金。

等楚靈出去後，劉婭楠就一臉緊張地問道：「羌然，你這是要幹麼？」

羌然為她檢查著頭上戴的面具。

「帶妳去逛夜市。」

劉婭楠被這個答案嚇了一跳，趕緊說：「可是可是……」

她緊張地指著宴會廳的位置，那麼多人還在等著呢！

「我的任務不是討他們開心。」羌然上下打量了下劉婭楠的衣著鞋子，然後皺了下眉頭催促她：「再去換雙鞋，這個地方石子路很多，不小心會傷到腳踝。」

劉婭楠捂著胸口換了雙鞋子，就跟受到多麼大的驚嚇一樣地琢磨著那句「我的任務不是討他們開心」，是不是潛臺詞就是……他的任務是要討她開心？

有楚靈一路跟著，兩人神不知鬼不覺地從後門走了出去。

只是保安人員還是沒少，羌然給他們下了命令，都在外圍保護，不用太近身。

而且在他們換衣服的時候，那些保安人員也換了衣服，要是走在路上，劉婭楠也不見得能認出來。

劉婭楠覺得心口怦怦直跳。

夜市離這個地方還有段距離，而且因為禁區的原因，那些民間的慶典都在一百公尺之外。

不過趁著夜色，兩人很快地找到了那些小牌坊似的地方。

跟那些軍方的慶典比，民間的活動要有趣得多，劉婭楠發現一個奇怪的現象，很多地方都會在房頂點上蠟燭。

一兩家自然不顯得什麼，可是那麼多戶，家家戶戶都有，就太神奇了。

他們戴著面具混到人群裡。

劉婭楠總有點不真實的感覺，人頭攢動的，到處都是熱鬧的聲音。

有燒烤的香味飄過來。

為了穿漂亮的衣服，不破壞臉上的妝容，劉婭楠晚上的時候都沒敢怎麼吃東西，抿了幾口水，這個時候一聞到這個味道就胃口大開。

不過在買那些串烤類的東西前，她被旁邊的一家特色小吃店給吸引住目光。

那地方不少人圍著，廣告牌上更是寫著什麼特色只此一家。

只是過去後，劉婭楠聞著那味道怪怪的，有點像臭豆腐，她擠過去買了一串出來，小口地嘗了嘗，然後她臉就變了，這玩意可真難吃……

吃到嘴裡火辣辣的味道還特別奇怪，不過在那一刻，劉婭楠倒是忽然興起了促狹的心思。

她舉著那串東西逗羌然：「喂，要吃嗎？」

羌然居然都沒遲疑，表情未變地低頭吃了下去。

劉婭楠這才想起來，此人在野外生存訓練的時候，別說臭豆腐了，生肉都吃的……

雖然這個地方到處都是特色食品，不過在被蹂躪了幾次後，劉婭楠發現自己已經被羌家軍的大廚慣壞了胃口，偶爾吃點特色食品還好，一旦吃多了，肚子跟味覺就會緊跟著抗議。

劉婭楠湊合著跟羌然吃了些口味淡的東西填肚子。

不過在吃過那些後，劉婭楠還想再去嘗嘗甜品，她聽明蘭她們說，這個地方有一種甜品很有趣，吃起來甜甜糯糯的。

找到一家差不多的店後，劉婭楠選了一張桌子剛要坐下，羌然就問她想吃什麼。

只是劉婭楠也是初次來，也不知道能點什麼，她自告奮勇地把羌然按在椅子上說：「我去買吧，我正好可以看看這兒的特色，對了，你吃什麼？」

「隨意。」羌然的視線一直留在她身上。

劉婭楠走過去的時候，看著那些甜品的介紹，肚子有限，好吃的是吃不完的，她就在紅豆口味的還有芒果口味之間猶豫了起來……

那個負責收銀的女孩卻湊了過去，笑咪咪地手捧著臉，一臉誇張地跟她說：「欸，妳男朋友很喜歡妳嗎？自從妳過來他就一直在看著妳。姐姐教教祕訣吧，怎麼把男人迷成這樣的？而且妳男朋友個子好高啊！身材也棒。現在這個世道，這樣的男人不好找了……」

劉婭楠這才回頭看了一眼，果然就見羌然在看著她這邊。

她一下臉就紅紅的了。

她坐下慢慢地吃著甜品，不知道是因為特色還是因為心情，只覺得嘴裡的甜品特別好吃、特別糯，她吃得臉紅紅的。

不知道從什麼時候開始，她不那麼怕羌然了。

其實以前也不能叫做怕，只是在那個環境下，看著別人都對他恭恭敬敬的，下意識就會有一種從眾心理，好像矮了半個頭一樣，在他面前一下就顯出服從的樣子。

可是等他脫下那身軍服，這麼隨意地跟她吃著甜品的時候，吹著涼涼的風，劉婭楠就覺得這個人其實只是一個男人。

一個會陪著她吃甜品，會把她不喜歡吃的東西都吃下去、讓她覺得感動的男人……

兩人出了冷飲店，劉婭楠又看到路邊一攤做糕點的，看著五顏六色的糕點怎麼被人用手工做出來，劉婭楠看得眼睛都直了。

她最喜歡烹飪類的東西了，她看了好久。

羌然也不去催促她，只安靜地陪著她。

倒是回去的路上，劉婭楠他們經過露天遊樂場。

這個地方人聲鼎沸，到處都是年輕人的呼叫聲、尖叫聲。

劉婭楠也被其中一樣東西吸引住了，那是個鬼屋似的東西，在入口排了好多年輕人。

她只在上學的時候玩過一次鬼屋，可是這個世界的鬼屋該是什麼樣的？

她真的沒見過，很好奇。

劉婭楠有點躍躍欲試，她拉扯著羌然的衣角，撒嬌：「我能去玩嗎？羌然，讓我玩吧！很有意思的……」

羌然那表情已經是無語的代名詞了。

不過在羌然要陪她進去的時候，劉婭楠卻阻止了他，開什麼玩笑，玩鬼屋的時候帶這麼個世界第一好戰男進去，她怕他就夠了，她還有什麼好玩的啊？

劉婭楠擺手說道：「沒事兒，我很快就出來了……」

很快劉婭楠坐的小車就啟動了，開始延著軌道向裡面駛去，劉婭楠不斷地對著外面的羌然揮著手臂。

不過才進去了一小段路，劉婭楠就發現自己的小車毫無徵兆地停了下來，她趕緊屏住呼吸，心說這是有嚇人的東西要出來了。

她緊張得脖子都僵硬了，然後就看見幾個黑影向她走來，她嚇得叫了出來：「你們不要太過分啊！我知道你們都是人扮的……」

結果那些人卻沒有停下動作，而是非常快速地跳到她的車內，就在她想著這是不是太過分的時候，劉婭楠就覺得自己的嘴上一緊，有什麼堵住了她的嘴，她的四肢也隨後被人按住。

劉婭楠到這個時候終於反應了過來，這些人不是鬼屋的工作人員！

她用力地掙扎，然後就聽見了雜亂的聲音，那些人沒有絲毫猶豫地扒起了她的衣服，劉婭楠的恐懼在那一刻升到了頂峰。

可是在很近的距離下，劉婭楠終於看清楚了那些人的長相，那不是什麼窮凶極惡的匪徒，反倒是一批長相很漂亮的妹子。

那些妹子更壓低了聲音，對她解釋：「夫人，我們是來解放您的！得罪了……」

隨後劉婭楠就覺得有什麼噴霧似的東西噴到她臉上，很快地，眼前一黑就暈了過去。

不知過了多久，劉婭楠從昏迷中醒來，她慢慢坐起身，在腦子還沒有完全清醒前，就看見了坐在對面的野獸。

野獸的表情很平靜，看姿勢好像是坐了很久一樣。

劉婭楠當下就欸了一聲，不知道這是什麼情況，只記得她在鬼屋，然後有人過來脫她的衣服，還把她弄昏迷了……

一想到衣服，她嚇得趕緊摸了摸自己的身上，發現自己身上倒是穿著衣服，只是那些衣服都很陌生。

她一聲不吭地從床上起來，然後又打量了這個房間，很大的窗戶，還有漂亮的窗簾……房間的布置非常女性化。

可是在印象裡，這個地方她絕對一次都沒來過。她幾步走到窗前，往外看了一眼，就看見窗戶外面居然是一片如碧玉般的湖水。

湖水的兩邊還有很多垂柳一樣的樹木，綠地青草……

她被眼前的景象弄迷糊了，扭過頭去，充滿疑問地看向野獸。

她不敢去想那種可能，她視為親人一樣的野獸綁架了她？

兩個人都沉默著，沒有人想打破這種靜默。

劉婭楠找了一把椅子，離野獸遠遠地坐下。

喔，對了，現在這個人不再是野獸了，大家都稱呼他青侯。

遲疑了很久後，劉婭楠終於忍不下去，就算逃避也沒有用了，現在這種情況，只能硬著頭皮去面對這一切，雖然一想明白這些後，她就會很尷尬。

野獸是因為愛慕自己才做出這種糊塗事兒的……

這麼一想，劉婭楠的心情可就複雜了。

「野獸，我知道你的心情，可是你不該是這樣的人……」劉婭楠覺得自己好像掉進了什麼狗血的電視電影裡了，這事還能再白癡點嗎？

她說話的時候嗓音是緊巴巴的，都不知道該怎麼開口了，這也太尷尬了些，她這種小白菜似的笨蛋，也值得這麼多人惦記啊？

又不像當年世界只有她一個女人了，對吧？

「劉婭楠，我帶妳去看樣東西。」野獸很快地打斷她的話，他站了起來，彬彬有禮地做了個請的動作。

劉婭楠心裡納悶，不知道他要給自己看什麼。

這是要給她驚喜，然後表白嗎？

在穿過陽光明媚的走廊後，劉婭楠跟著野獸到了一個放映廳似的地方，裡面的東西都已經準備妥當了。

野獸示意她坐在螢幕的對面。

劉婭楠深吸口氣坐下。

然後在野獸的一番操作之下，螢幕漸漸有了光影，在片頭的幾秒雜訊及停頓後，一個畫面顯現了出來。

那是蒼老的田七，他在螢幕上直直地望著坐在對面的劉婭楠。

那一瞬間劉婭楠的心都揪緊了，她一下就站了起來，幾步就坐到螢幕前，可觸手所及的只有冰涼的螢幕……

她的田七已經是個老人了，他站在那一頭，用蒼老的聲音，他的眼神就好像能穿透螢幕一樣看著她，他微笑地喚著她：「姐姐，您還好嗎？我很想念您，一直想為您做些什麼，作為我離開這個世界後留給您的禮物，漂亮的衣服首飾，可以永遠流傳下去的藝術品，還有財產土地，我想了很多，一直在想，一直到我的妻子去世後，我才忽然明白我該送給您什麼。您所需要的不是那些財產土地，作為女人的您，最好的禮物就是幫您找一個可以呵護您、愛護您的男人，還有給您一直夢想的自由。所以姐姐，我做了這一切，我把這些事交給了我的後代去執行，我想野獸哥哥應該是最合適您的人了，那麼請您接受我的這份禮物吧，這是我能送給您最好的禮物……」

劉婭楠努力地壓抑住眼淚。

她坐在椅子上，半天說不出話來，所謂好心辦壞事人概就是這樣的吧！

這個熊孩子啊！

要是他還活著……

劉婭楠眼睛酸疼得很，她一直都納悶，為什麼田七會一句話都不留給她，她現在明白了，這個傢伙把自己後代的命都豁出去，就為了給她幸福、給她自由，他難道不知道那些人要面對的是戰爭狂羌然嗎？

這個就是她的小田七啊！

這個熊孩子啊！怎麼即使老了，還這麼……

劉婭楠什麼都想不下去了……

她的心口像是被什麼溢滿，眼睛酸得都睜不開了。

野獸望著她的眼睛，終於把螢幕關上。

然後他走到她面前，俯下身同她說：「劉婭楠，我們這麼做沒有任何私心，我承認我喜歡妳，但我還不會這麼沒品地去綁架妳。妳告訴我要尊重愛護女性，我都有記在心裡，今天所有的一切都是因為田七，我只是作為他的朋友，幫助他滿足心願而已。」

劉婭楠沉默了一會兒，她抬起頭來，「可是野獸，羌然的情況你知道的，你們這些人在出訪的時候綁走我，他會……」

「這個您放心。」野獸很快地又打開了螢幕，不過這次他直接把螢幕轉換到電視頻道。於是螢幕上就出現了新聞的畫面。

劉婭楠就看見一片混亂的場景，記者隨著搖晃的鏡頭不斷跟進著。

畫面很亂，氣喘吁吁的記者，對著鏡頭大聲地播報：「不知道出現了什麼情況，現在現場一片混亂，之前的露天遊樂場已經被緊急封鎖，大家應該已經聽到了不少抗議聲。從我現在所處的位置，已經能聽到抗議的聲音了……裡面好像使用了水槍……已經有人權組織，還有政府部門提出嚴正聲明，希望羌家軍做出解釋，但是目前為止沒有任何羌家軍的成員出來解釋這次的事件因何而起。」

就在這個時候，記者注意到已經有通過審核的女孩從裡面被放了出來，他快速地採訪那個女孩。她看到鏡頭，怕怕地回憶著剛才的一幕：「幾個小時前吧，我跟朋友正在玩投擲類遊戲，然後就聽說鬼屋那好像出了什麼事故，說有人被裡面的什麼怪獸壓死了，反正據說場面很恐怖……因為鬼屋麼，肯定有這種噱頭的，我跟朋友都沒在意，以為是商家故意弄的宣傳。然後沒多久那些當兵的就來了，等我們要走的時候，他們已經把路都封鎖了……」

女孩身邊的朋友也跟著插嘴說：「嗯，而且聽說這次的事跟鬼屋有關係，好像是什麼大人物死在裡面了，不知道是被暗殺的還是真的發生事故……反正很恐怖的樣子。我們每個人的身分都要核實，然後記錄在案……據說鬼屋附近的人都直接被叫去調查了。對了，就在我們等待的時候，我看見有很多軍銜很高的人往鬼屋那個方向跑，那麼一排，嚇死人了……」

「不過在封鎖露天遊樂場後，那些當兵的態度倒是還好，沒有用到水槍，只是場面太嚇人了，不知道出了什麼事兒……」

劉婭楠嚥了口口水，心裡跟打鼓一樣，肯定是羌然知道自己被人綁了。

正想說什麼，畫面一轉，現場的畫面很快變成了棚內了，就見主持人非常激動地對鏡頭說道：「剛剛接到消息，在封鎖了五個小時後，羌家軍發言人已經正式對外發言了。此次婚禮慶典全部取消，羌家軍的發言人剛剛發表了沉重的聲明，羌家軍首領羌然的新婚妻子在此次鬼屋事故中已被確認死亡……」

劉婭楠詫異得嘴巴都合不攏了。

我靠！這是什麼神展開啊？

野獸知道她的疑問，不緊不慢地解釋道：「還記得妳給過我的頭髮嗎？我用它做了再生人，只是試驗失敗，那個再生人壓根就沒有意識，只有身體是可以正常生長的……不過我一直沒有捨棄它，就那麼培養著，當時並不知道可以做什麼，只當做一個紀念品，在我休眠的時候也讓它一同休眠了。這次還是田七的後人聯繫我，才提醒了我，可以用那個做出這個局。」

所以就用她的那根頭髮弄的再生人代替她……在鬼屋裡被壓成肉餅，怪不得當時還要脫她的衣服，是為了弄得跟真的一樣吧？

脫得乾乾淨淨，連鞋子都不放過！

劉婭楠真的挺難接受的，她以前最喜歡的兩個人，現在合夥幫她製造了死亡的假象，就為了讓她離開恐怖大王？

可問題是對方不光是恐怖大王，還是她孩子的爹……她的丈夫好嗎！

就跟猜著她的想法一樣，野獸寬慰著她：「羌然是很恐怖的男人，他占有的東西地盤從不主動退讓，只會不斷地進攻奪取，同樣的，想通過和平手段讓妳回復自由也是不可能的，所以只好採取了這樣極端的手段，關於您的孩子，過後我們會想辦法的，等事情過去後，羌然肯定會去結識其他的女性，到時候他對孩子的控制力就會減弱，我們再伺機而動。」

劉婭楠看著電視發呆，大腦一片空白。

這種情況總不能去踹田七的棺材吧？

人家可是穿越了時空來幫她！

雖然是幫了倒忙！

可這事兒有地說理去嗎？

而且野獸這副「我為妳著想」的表情啊……

劉婭楠簡直就跟吞了苦膽一樣，還不如田七只送她條裙子當禮物呢！

壞蛋，這叫什麼破事啊！

她動了動嘴巴，終於無力地說道：「可是你們想過沒有，我、我壓根不需要你們這麼做，我並沒有覺得不幸福……羌然那個人看著是很強勢，可是我跟他關係還算融洽，你們一路跟蹤的話應該也看到了，他對我也不全然都是不好，也有很多關心我、在乎我的時候，夫妻間的很多事情外界是無法瞭解的，你們做這個真的是多此一舉，在事態還沒擴大前，野獸你們別再犯錯了，趕緊讓我回去吧！」

就在她想著繼續勸野獸改變心思的時候，電視畫面一轉，她死亡的消息傳播出去後，社會各界都開始發表言論了。

而且大家的反應速度都很快，首先是那些輕視過她、逼她退位的政府官員們，居然很快就在電視上表示了哀悼，並深切地追思，希望能有紀念活動……呼籲大家捐款，修建紀念館、還有慈善基金……

發言的官員更是跟死了親娘似的，眼圈紅紅的，不斷說著什麼人類之母、修建養育院的聖人，一直被世人所輕視的非常重要的女人、當之無愧的女王……

劉婭楠聽了都覺得害臊得慌，雖然她是做了不少事，可也沒偉大成那樣吧？

何許有錢集團也不甘示弱，很快地就發表了一番聲明，表明何許有錢家族準備推出一系列紀念冊來追憶人類母親的偉大生平，而且紀念冊是限量版的，有鑲鑽石版、白金版還有黃金版……絕對是世界絕無僅有，可以流傳的超級紀念品。這麼偉大的女性，全世界在歷史上也獨此一份了，不買就虧了喔！

各種民間組織也都紛紛發言，各種溢美之詞都把劉婭楠捧傻了。

那些女權組織更打出了「我們偉大的啟明燈」這樣的標語。

更讓劉婭楠覺得不可思議的是，就連之前發表過誓死不嫁，還登報連署的那些女演員、女明星、白富美閨秀什麼的，這次也紛紛發表言論，不能說全部，但高達百分之七十的人，都在第一時間表達了對羌然的同情……

那個號稱娛樂界第一美女的什麼肖菲菲，更是對著鏡頭哭得梨花帶雨，不斷說：「孩子還那麼小，又是新婚，我一想起來都覺得那是人間悲劇，作為剛失去妻子的男人來說，羌然該是多麼需要有人支持安慰他啊……」

【第七章】

野獸的逆襲

她小心翼翼地走到羌然的身邊，緊張地握著拳頭，結果不小心牽動到傷口，疼得倒吸了口冷氣。

羌然大概是聽到了聲響，抬頭看了她一眼。

劉婭楠趕緊檢討：「對不起，羌然……我太蠢了……」

「我習慣了。」羌然說完，拍了拍自己身邊的位子，示意她坐下。

觀止是在事發十分鐘後，才知道夫人去世的消息。

羌然並沒有即時告訴他情況，所有的一切都是由外圍的那些保安人員通知他的。

等觀止趕去時，也沒有見到羌然本人。

場面混亂得很，許多保安人員聚集在一起，跟著那些鬼屋的工作人員移動著掉下來的巨大裝飾道具。

那是一個露著獠牙的猙獰鬼臉，一般只會在小車路過的時候，忽然探出頭來嚇人一下。

只是很遺憾的是，在劉婭楠的車經過時，那個鬼臉探頭了之後還緊跟著掉了下來，那重重的一塊金屬道具，正砸在劉婭楠的車上……

於是等那些工作人員終於緊急調來了工具，把巨大的鬼臉移開後，看到的就是那樣慘不忍睹的現場。

血早已經流乾淨了，那地上癱軟的一灘，正是之前還見過的活蹦亂跳的夫人。

饒是見慣生死的觀止，都被眼前的一幕驚得倒退了一步。

他很快別過臉去，不舒服的感覺到了極點。

他甚至有些反胃，那血淋淋的一幕對他的刺激太大了。

他帶來的那些醫療人員早已經沒有作用，在那裡站了幾秒後，都紛紛苦著臉地蹲下去，最後做了幾個搶救的姿勢後，又無奈地抬起頭來。

觀止沒想到現場會慘烈成這樣，連忙揮手示意那些醫療組的人離開。

其實早在過來前，他就預料到情況不樂觀，不然保安人員也不會等他過來處理……

觀止臉色鐵青地走了出去。

鬼屋的經營者也被五花大綁地綁到他的面前，觀止恨不得把他一腳踹死。

這都是什麼事啊，這要不要人命啊？

花好月圓的，硬是出了這樣的事故……

那個鬼屋老闆也嚇得腿都站不直了，不斷地叫著饒命，一見了觀止更是告饒似地解釋道：

「我們每天都會做檢查，真的沒想到會這樣……而且也、也太巧了！」

觀止懶得理他，一揮手讓保安人員把這倒楣的小子帶了下去。

鬼屋外本地的高官都被臨時請了過來，整齊地排了一排，等觀止出去的時候，那些人嚇得臉都白了。

所有人都在等著羌然的雷霆之怒。

這個傳聞中的恐怖戰神，誰也不知道當他震怒的時候會是什麼樣。

不過等來的卻不是羌然，而是觀止這個被叫來的倒楣辦事員。

他精疲力盡地做著處置，封鎖現場，還找人過來檢查鬼屋內部，連夜提審鬼屋老闆……很快地場面就被穩住了。

對於戰場來說，這實在是小得不值得一提的小事件。

可是觀止的心臟卻被壓得沉沉的，因為自從他到達現場後，就沒有見到頭兒。

本該在第一現場的頭兒，自從出事兒後就再也沒有出現過。

這件事怎麼想都讓人頭皮發麻！

可是大家都是見慣生死的人，觀止也不敢想別的。

畢竟那不是別人，那是羌然，是他們所有人都敬重的頭兒！

不過為了保險起見，在參謀部的提醒下，觀止最終還是匆忙地給育兒部的人打了通電話，讓他們把頭兒在這個世上唯一的親人，那個還沒有起名的小傢伙趕緊抱過來。

萬一真有那種狗血雷人的事情發生，有這個小傢伙在場，總能讓頭兒冷靜冷靜。

在觀止忙完了這一切後，終於知道頭兒的具體情況，據說頭兒在事發後沒多久就回到寢室。

這個情況怎麼想都反常得讓人膽戰心驚。

觀止大著膽子過去敲門，結果敲了半天都沒個回音。

觀止正琢磨著要不要召開緊急小組，研究研究怎麼安慰頭兒的事兒。

倒是醫療組的一個成員過來跟他報備了一句，頭兒在進到寢室前曾經向醫療組要了麻醉類的藥物。

觀止聽後嚇得臉都白了。

幸好那個人一五一十地解釋說：「是在安全劑量範圍內的，只會讓人沉睡一到兩天，真的，再大的劑量我也不敢給，我知道那個安全條例……所以放心，不會出事的。」

觀止長吁了口氣。

他又急急地跟楚靈那頭聯繫了下，兩人都是愁眉苦臉的，楚靈那小子更是差點沒哭出來。

觀止也是唉聲嘆氣，兩個人都不知道該怎麼辦了。

連女朋友都沒固定下來的兩大光棍，壓根沒有安慰鰥夫的經驗。

觀止、楚靈他們唯一能做的，是趕緊把事情都處理好。

接下來的事情，包括弔喪委員會什麼的，觀止都不知道自己是怎麼熬過來的。

而且就在新聞發言人說完那些沉痛的聲明後，羌家軍差點沒被弔唁的人給淹沒了。

生前沒被人重視過的夫人，此時卻忽然成了這個世界最偉大的女性，什麼溢美之詞都用在了夫人的身上。

而且很詭異的是，那些跟夫人絕對沒有一丁點交際的什麼演藝圈的女演員、什麼女人修養協會的，包括養生協會的代表們，都紛紛對羌然的情況表示了關心，甚至提出願意過來陪伴羌然，希望能夠安慰他，陪伴他度過這個讓人傷心的難關。

甚至還有幾位極有地位的女性，提出要給孩子當乾媽的……

觀止真是一個頭兩個大，找人打發走那些人後，他也是犯愁，很多事他能處理的就處理了，可是有些事他實在是沒辦法處理啊！

例如該把墓地選在哪裡就是個棘手的問題，在頭兒在房內閉關的時候，他只能按部就班地處理手邊的事。

幸好過了一天後，羌然終於從寢室裡走了出來。

觀止一聽到這個，二話不說就給育兒部門打了電話，讓他們務必趕緊把孩子抱過來。

其實最近小傢伙也跟有心電感應似的，以往劉婭楠都會給孩子打一通電話，在電話裡跟孩子講故事唱兒歌，可昨天大概是沒有按時聽到媽媽的聲音，小傢伙哭得可厲害了。

育兒部門的人玩命地哄、玩命地逗，也逗不好。

所以等孩子過來後，小傢伙雖然沒哇哇大哭，可也絕對是眼圈紅紅的，小腿小胳膊揮舞得就跟要抓住什麼似的，還咧嘴哭了幾下。

羌然看到孩子的時候，臉上什麼表情都沒有。

他就那麼愣愣地看著孩子。

在沉默了五六秒後，羌然終於動了。

他從口袋裡拿出一件東西，那是劉婭楠用來綁頭髮的髮帶。

這次出行的時候，劉婭楠在外面都被打扮得漂漂亮亮，可只要進到寢室內，她就會把頭髮鬆下來，換上這條髮帶，穿著家居的衣服，蹦蹦跳跳得跟兔子一樣。

所以等他回到寢室，第一眼看到的就是這個放在桌子上的髮帶。淺藍色的，也沒有什麼裝飾。

羌然把手裡的髮帶小心翼翼地塞到小傢伙的手心裡。

小傢伙的手心軟軟的，很快就緊緊握住了媽媽留下來的髮帶。

大概是嗅到了熟悉的氣味，小傢伙很快地咯咯地笑了起來，甚至小手揮舞著那根髮帶，自娛自樂起來。

在那一刻，所有的人都屏住了呼吸。

在讓人壓抑的沉默後，羌然很快地轉過臉來，聲音平緩地吩咐：「帶我去停屍間……」

觀止大氣都不敢喘一聲，他也不敢多看頭兒的表情一眼，就跟受到了莫大的驚嚇一樣，他快速地帶路。

在等待頭兒出來的時候，他提審過鬼屋老闆兩次，那老闆一副嚇到尿褲子的德行，不過觀止倒是知道了一些細節。

比如剛出事後，頭兒就跑了進去。

然後在其他的人試圖挪動那個鬼臉的時候，頭兒也上前挪動過，其實那個分量的東西對頭兒來說真不算什麼，就算再重一些，頭兒只要有技巧地挪動，還是可以挪開的。

不過剛挪開了一點，大概是看到了被砸在裡面的夫人……

按老闆的形容，那個闖進來的人忽然就跟沒了力氣一樣，倒退了一步……

後面的場面太混亂了，老闆也沒再注意那個人去了哪裡，他還當那個人是搬不動了，忙著找人調來大型機械。

而此時他帶頭兒去的停屍房，裡面擺放的正是夫人被砸成那樣的屍體。

觀止很怕看到頭兒崩潰的場面……

果然在要進門的時候，觀止就看到頭兒遲疑了下，在門口停下腳步。

觀止也不敢催促，他緊張地低頭，等著頭兒的下一步動作。

幸好頭兒很快地就往裡走去。

裡面的氣溫驟然降低了很多度。

而且後面的情形有些出乎觀止的預料。

羌然按部就班地戴著無菌手套，在戴好後就走了過去。

空曠的地方只有一張手術臺孤零零地擺在那裡。

一個已經不能稱之為人形的東西被白色的布蓋著。

羌然走過去時，在場的人都下意識地繃住了臉孔，每一個人看上去都是那麼嚴肅。

這個場面太詭異了。

不知道是燈光照的，還是羌然的臉色本來就是這麼蒼白，他的動作就跟慢鏡頭一樣。

所有的目光都循著他的手指看了過去，羌然平靜地掀開白色的蓋布。

白布下面是讓人目不忍睹的一具屍體。

觀止都不敢看，可是羌然就這麼看了過去。

不光是看，他的目光還在那具屍體上停留了很久。

他平靜地做著這一切，羌然不是法醫，可有專業人士在旁陪同，他中間會詢問幾個問題。

剩下的時間裡，羌然不斷檢查著屍體，他的動作非常精準快速。

在翻動屍體時，手指也平穩得沒有一絲顫抖。

不知道是不是裡面冷氣太冷，觀止都覺得心臟不舒服了。

羌然卻能一直語調平穩地詢問著問題。

觀止也不知道頭兒這麼做，到底是要幹什麼。

而就在此時，本來該被屍檢的劉婭楠，也正在面對著一場深入心靈的解剖呢。

大概是鑑於劉婭楠中毒很深，這次田七的後人們給她請來的可不是簡單人物，而是特別權威的心理學專家，對斯德哥爾摩症候群更是有著極其豐富的經驗。

這個專家從外表上看倒是和氣得很，是一個上了歲數的知識女性，她的口吻也很友善。只是每一句話都是別有目的。

在跟劉婭楠閒聊了幾句後，這個心理學專家就話鋒一轉地問道：「妳平時有自由嗎？當然自由有很多種，比如妳可以自由地呼吸，可以自由地安排自己的時間，但大一點的自由應該是思想上的，就是如果妳跟羌然有意見分歧的時候，你們都會怎麼處理？會吵架嗎？他允許妳有不同的意見嗎？」

劉婭楠遲疑了下，不得不回道：「我們不怎麼吵架……」

主要是她不敢，別說吵架了，偶爾看著羌然的眼睛提點建議，她都跟豁出去似地，要真吵起來，那得什麼樣啊！

那個專家並不下論斷，只和藹地笑了下，繼續問道：「那平時你們有矛盾的時候會怎麼處理？妳跟羌然不管是從外在還是內在來說，都不是同一種類型的人，起初的磨擦很多吧？」

「喔……」劉婭楠也不知道該怎麼說了。

好像出現問題的時候，都是她先妥協的。

「那妳對他的認識與看法呢？」對方用鼓勵的眼神看著她。

劉婭楠猶豫了下，小心翼翼地回答：「他啊……滿厲害的，有點小潔癖，做事很勤快，然後就是做事的時候很利索，衣服服服帖帖的，頭髮也是一絲不苟的，給人的感覺永遠都是不出錯的那種。反正比我厲害多了，很果斷、很有頭腦……」

「那在其他的方面呢？」對面的心理學專家提醒著她：「比如他平時對人的態度那些，妳有什麼感覺？」

「喔，因為他是軍人嘛，又是在軍隊裡，所以他從來都是說一不二的，在羌家軍裡也沒有人能反駁他，反正從我認識他開始，他就是那個樣子的，對了，其實在他不知道我是女孩的時候，我們的關係倒是還好。我記得我們一起被困在很危險的樹林時，那時候他還會跟我開玩笑，也沒那麼嚴肅，後來讓我進他的軍隊保護我的時候，他還會偷偷地帶我出去玩，讓我看好多有意思的事兒，還會請我吃好吃的，不過等他一知道我是女人後……」

劉婭楠的聲音弱了下去，她想起了那些不愉快的回憶。

她沉默了片刻，才繼續說道：「我知道妳是怎麼看我們的關係的，我知道我們跟普通的情侶是不大一樣，可是……」

除了那些不好的回憶外，也有一些很好玩的回憶，她慢慢地回憶著，小聲不自信地解釋：「其實我們也沒你們想的那麼不好，真的，像是晚上睡覺，我挺喜歡踢被子的，他就會常常起來幫我蓋被子，還有，我們住的地方室溫是可以調節的，其實羌然不喜歡太熱的環境，但是……因為我很怕冷，他發現我在屋裡還穿很厚的衣服後，就主動把溫度調高了一些……他還很照顧我的口味，午飯、晚飯吃什麼，都是讓我選的，不管我選什麼食材，他都會跟著吃，哪怕他不怎麼喜歡，也不抱怨。有時候我生他的氣了，我就會故意選他不喜歡吃的東西，使點小壞，可是他從不往心裡去，也從沒說過我什麼……」

劉婭楠說話時看了眼那個專家的臉色。

那個人沒有打斷她的意思。

劉婭楠的膽子大了一些，她想起了很多小事情，因為兩個人生活在一起就是由那些小事情組成的，「有一次我泡熱水澡，結果泡到睡著，估計是那時候著了涼，肚子很不舒服，他就會幫我輕輕地揉，他的手心很熱，揉的時候就很舒服，我稀里糊塗就被他揉睡著了，然後等我醒來的時候，我發現他居然一直都沒有停，就那麼給我揉了好久……」

劉婭楠不好意思地壓低了聲音說：「雖然有時候我挺怕他的，可是仔細想起來，他一個手指頭都沒有碰過我。在夏宮的時候，其實他白天需要處理很多事的，可是回來的時候還會堅持做家務，收拾房間，把被子疊成豆腐塊那種……雖然主要原因是我做的那些他看不上眼，不過他真的滿好的，作為一個男人、作為一個丈夫來說，他真的很好了……」

當劉婭楠說完這些話後，她忽然就跟福至心靈一樣，了悟了一個事實。

她一直都不怎麼自信，一直也不敢往那個方向想，可是現在說出這些話後，她卻忽然明白了一個道理：羌然應該是喜歡她的吧，因為他是羌然，當他不愛她的時候，他是做不出那些事的。

所以她不用那麼自卑，因為……不管對方是什麼樣的人，地位怎麼樣，其實他們已經互相喜歡上對方了？

在聽了劉婭楠的那番話後，一直還算和藹的心理學專家，很快地在本子上刷刷地寫下了診斷：病得不輕。

從那之後這個專家就開始系統地為劉婭楠進行治療了。

絕對是精心為劉婭楠安排的治療方案，中間還加上野獸他們親友團的輔助治療。

不斷地聊天談話，進行各種輔導，比如要正確認識炮友關係、要明白平等自由的重要性。

小田七的後人們也非常出力，在這個事上簡直就是苦口婆心地想要拯救她這個失足婦女。

而且這還不算，為了讓她能夠明白這個世界的殘酷性，野獸他們還特意讓她時不時地看點電視，瞭解些這個世界正在發生的事情。

鋪天蓋地的追悼活動倒是進行得如火如荼。

劉婭楠對那些倒是不怎麼在意，不過只要電視一開，她就會聚精會神地跟著看，看得眼睛都酸疼了，她不肯放過哪怕一小點的機會，努力地在電視上尋找羌然的身影。

可是她找遍了所有頻道，都沒有找到羌然的影子。

她特別想知道羌然到底怎麼樣了，在知道她假死的時候羌然會是什麼反應？

她一想都心疼死了。

到這個世界以後，自從被發現是女人，她就一直在羌然的身邊，除了那僅有的幾次綁架外，她每天的行蹤都要跟羌然說的。

結果不管她怎麼努力地看、玩命地找，始終看不到一丁點關於羌然的消息。

更別提有關羌然的畫面了。

倒是社會各界對這件事越來越關注，在紛紛表達了哀悼和惋惜後，那些很不合時宜的八卦也都出現了。

劉婭楠沒多久，就在電視上看見了長長的女性名單，她的嘴角就有點抽抽。

名單上的人名都是民間臆測的，可是架不住名人的八卦是民間最喜聞樂見、也最能推高收視率的東西。

於是很快就有新聞媒體邀請了一些裝模作樣的專家，在那裡跟消遣一樣地說道：「大家都知道這個事情很微妙，羌然現還不到三十歲，正是不能沒有女人的年紀，而且他手裡的選擇權還沒使用過。不管怎麼想，他下一位娶的夫人也是萬眾矚目的，只是他會更傾向美貌還是才學？這個很難講了……

「不過就目前的調查顯示，羌然的人氣很高，自從他本人在公眾場合露面後，不得不說當世第一美男子的稱號羌然還真是當之無愧，而且他本身又是很強悍的男人。所以怎麼想，他的下一任妻子也是萬裡挑一，不，估計要千萬裡挑一了……」

而且就跟起哄似的，在鋪天蓋地的哀悼後，很快就有不同的聲音出來了。

也不知道是怎麼開始的，起先還是一些女人在電視上表示哀悼，然後就是過去弔唁，再然後就有八卦無良記者跟著追拍，隨後就是各式的謠言……

一直靠電視來瞭解外界情況的劉婭楠，在聽到這些亂七八糟的消息後很難不生氣。

那感覺簡直就跟她費勁力氣找來了各種食材，酸甜苦辣都嘗試了一遍，最後終於大汗淋漓，冒著各種煙薰火燎、被菜刀割傷的危險，終於做好了一桌子的佳餚，正要坐下來品嘗品嘗，結果轉身去取盤子的工夫，就有批無良的傢伙把她的椅子搬走了……還嚷嚷著要換人吃！

有這麼坑爹的沒有啊！

哪怕把她墳頭的土踩實了再上手好嗎？

不過不管那些人怎麼嚷嚷，劉婭楠生氣歸生氣，心裡倒不著急也不擔心。

她太清楚羌然是什麼樣的人了，就那個羌然，別說什麼大美女、什麼聰明優雅的女性了，他那個人估計都懶得看那些人一眼。

那個面對世界唯一女人都不曾低頭的男人，現在老婆屍骨未寒，怎麼想他也不會這麼快就變心的。

不過讓劉婭楠覺得奇怪的是，沒兩天，電視裡的口風就變了，一直不肯公布情況的羌家軍新聞發言人，更是主動開了記者會，甚至還在會上宣布羌然想要重新來過的意思。

那話說得可冠冕堂皇了，不過意思卻是明明白白地擺了出來，舊人換新人啊，從頭開始的，希望再啟航程啊……

劉婭楠在看電視的時候，並不只是她一個人，還有野獸他們陪著呢。

她第一個反應先是嘴巴張了張，身邊的那些人都用同情的目光看著她。

野獸更是在那些人走出去後，走到她面前，安慰地俯下身同她說：「劉婭楠，我知道妳長期被他控制著，並不能真正釋放自己的情緒，可現在不管是什麼樣的情緒，妳都可以盡情發洩出來……而且妳只要看看我就明白了，這個世界還是有很多關心妳的人。」

劉婭楠靜靜地等他說完。

她一眨不眨地看著螢幕，腦子裡想的卻是別的事。

她最後遲疑了下，才說道：「野獸，這個事兒很不對，真的！你不知道羌然是什麼樣的人，他不是那種沒有女人就活不下去的人，他是很理性的人，現在羌家軍有這個發言太怪了！他肯定不會這麼幹的，除非是……」

野獸嘆了口氣。

劉婭楠卻已經想到了什麼，羌然一定是察覺了什麼，她緊張地握緊雙手，著急地說道：「障眼法！肯定是這個！他做這個肯定是為了讓你們放鬆警惕！他這個人很可怕的……」

劉婭楠對羌然喜歡歸喜歡，可在這點上卻是清楚得很，那個羌然別說打擊報復敵人了，他不惹事就算好的……

劉婭楠急急地同野獸說道：「他肯定察覺到了什麼，野獸，你們現在懸崖勒馬還來得及，真要等他殺過來，到時候就很麻煩了，他那個人不知道什麼叫手下留情的！」

野獸他們噁心是噁心了點，可罪不至死啊，最近一段日子不管是治療她的心理疾病，還是照顧她的飲食起居，這些人都特別用心，野獸就更不用說了，一直都對她噓寒問暖的。

到時候羌然過來了，搞不好一個炮彈扔過來把他們都炸成灰了啊！

他們可是野獸跟田七的後代啊！

只是野獸聽後卻不為所動，大概是太自信了，野獸同她解釋著這個地方的防禦系統還有各種防衛措施。

劉婭楠知道野獸的實力也不弱，可是問題是野獸打過幾次仗？再說從小到大，羌然受的是什麼教育……成長的環境不一樣，就算基因再強悍，生活在和平年代，跟一路戰鬥過來的暴力份子也是不同的啊！

可是不管劉婭楠怎麼說，野獸他們都不肯聽她的。

劉婭楠原本還想著經過治療什麼的，讓這些人能接受她跟羌然沒問題，可現在她真怕事態發展得不可收拾了，急得想找出點對策出來。

等再吃飯的時候，劉婭楠的態度就變得果決起來。

她繃著臉對送飯的人說：「對不起，如果你們還不肯放我出去的話，我就絕食。」

然後劉婭楠就擺出了一副很堅決，絕對不回頭的樣子。

那個送飯的人勸了好半天都勸不動，只好端著飯菜出去了。

不過沒多會兒，野獸就又重新走了進來。

劉婭楠看了眼他手裡的飯菜，其實她肚子早餓得咕嚕咕嚕叫了。

她自從發現那個情況後，就一直沒吃飯也沒喝水，現在嘴唇都裂開了。

野獸走到她面前，劉婭楠努力心平氣和地同他商量：「野獸，不，青侯，我不是故意對你們耍脾氣，你們真別這樣了，你要再囚禁我，我可就真餓著自己了，你要真為我好的話，就請你放了我吧，你一直說要尊重我，可你現在做的事，跟以前的羌然有什麼區別啊？」

野獸把飯菜放在一邊的桌子上，紳士般地走到她面前。

劉婭楠還以為他要勸自己。

她繃著面孔，不知道自己最近在治療的時候，野獸有沒有聽到她說的那些話，但凡聽過的人就不會武斷地認為她跟羌然沒有感情……

可就在她想著怎麼去辯駁野獸的話時，野獸卻沒有勸她，而是忽然低頭吻住了她的脖子，劉婭楠當下沒反應過來，嚇得就往後退了一步。

只是房間很小，她只退了一步，小腿就碰到了床腿上。

她嚇得想轉方向往外走，可是很快地青侯就抱住了她，幾乎把她按到了床上。

劉婭楠嚇壞了，用力掙扎，可是她的掙扎壓根不夠看。

她激動地叫：「不要……」

野獸不緊不慢地抬起頭來，並沒有別的動作，他的身體也沒有太緊密地貼近她。

他只是斯文地提醒她：「麻煩您還是吃飯吧，您不吃的話，我只能這樣一口一口地餵給您吃，您要這樣嗎？」

劉婭楠一直對他沒有防備，等野獸一放開她，她就嚇得縮在床尾，緊緊抱住枕頭縮成了一團。野獸也沒別的動作，他把桌子上的飯菜重新端過來遞到她面前。

劉婭楠這下可不敢嚷嚷著絕食了。

她趕緊把碗筷拿過去，不管不顧地大口吃著東西。

她吃得很快也很狼狽，開始的時候吃得太快還噎住了，最後野獸給她倒了水，壓了壓才好的。一直看著她吃完，青侯才滿意地點點頭。

他看上去一直都是這麼彬彬有禮的樣子，劉婭楠都有點忘記他曾經在地下拳擊場上猙獰的樣子了……

這個人因為面孔太多了，此時在歲月的磨礪下，就變成了這樣一副不動聲色的樣子。

等青侯走後，劉婭楠更是趕緊關上房門。

她的身體都在瑟瑟發抖，自從知道被綁架後，一直只是生氣鬱悶，可是還沒有害怕過，因為綁架的都是她的親人，也都是為她好的，於是一點都不擔心自己的生命安危，可是現在……她開始害怕了……

劉婭楠心緒不寧，晚上也不敢睡覺，總是想起那一幕來，陌生的男人壓在自己身上，自己卻一點辦法都沒有，還有他的唇舌在自己脖子上做的那些事，她竟然還會覺得酥酥麻麻的！她都覺得丟臉死了！

在夜深人靜的時候，一直都不敢睡下的劉婭楠，忽然就聽見有什麼響了一下。

黑暗中她緊張地瞪大了眼睛，用力瞪著門口的位置，果然是門口那傳來的聲響。

似乎有什麼在外面扭動著，試圖打開她反鎖的門！

劉婭楠的心都要跳出來了，這是野獸要化身「野獸」進來嗎？

她嚇得握起了桌邊的檯燈。

等對方進來後，她深吸口氣，在對方靠近的瞬間，她舉起那個檯燈使出全力砸了下去，而且更高聲地喊了出來：「野獸！你別趁人之危！」

然後劉婭楠就看見燈光一閃，那人應該是按開了她房內的燈。

在一片光亮中，劉婭楠就看到了最不可思議的一幕。

她日思夜想簡直都以為再也不會見到的羌然，此時就全身全影地站在她面前，只是他的樣子顯得有些狼狽，四周都是破碎的玻璃碎片不說，大概是沒想到自己會被人突襲，或者是太心急了，以至於都忘記了防禦。

反正最後的結果就是，這個英明神武、戰無不勝的羌大魔王，此時頭上就頂了這麼一個搞笑的粉色燈罩……

劉婭楠手上還握著那個檯燈的底座……

她嘴巴張了張。

她很快就注意到羌然頭髮上的玻璃碎屑了，趕緊從床上跳下去，急急地幫羌然清理頭髮上的玻璃碎屑，清理完後，又小心翼翼地分開他的頭髮，想要幫他檢查有沒有受傷。

不過在檢查過後，劉婭楠終於鬆了口氣，羌然還真是結實，她那麼重重的打下去，玻璃都碎了一片，他居然什麼事都沒有。

她剛剛可真的要被嚇死了！

不過她還是挺心疼的，她剛才可是吃奶的力氣都使出來了，後悔地直說：「打疼你了嗎？我不知道進來的是你……」

劉婭楠一邊說一邊幫羌然拿下頭上的燈罩。

只是羌然的反應怪怪的，他並沒有見到她後的喜悅。

劉婭楠在靠近他的時候，他也沒有動，一直等她把燈罩拿下來後，羌然才終於動了。

只是那動作也不正常，他忽然捧起她的頭來，望著她的眼睛就跟確認一樣地看著她。

劉婭楠被他抓得很疼，他的視線在她的身上巡視著，不斷看著。

劉婭楠被他嚇到了。

可是很快地這個古怪的羌然就停下了，好像已經確認這個人就是他要找的那個一樣，他用力地抱住了她。

劉婭楠覺得自己就跟被鉗子鉗住了一樣，半天都動不了分毫。

她唯一能感覺到的只有羌然有力的心跳。

在這樣詭異地重逢後，劉婭楠終於在渾渾噩噩中清醒了起來，她的心也跟著怦怦直跳。

她努力地從他的懷抱掙脫出來，回望著他，伸出手去摸著羌然的臉。

只一下劉婭楠就知道他身上的變化，他瘦了。

自從兩人在一起後，羌然不能說胖吧，可是臉上的氣色一直很好，摸起來也是軟軟的，現在的羌然氣色很不好，人也看著清瘦了很多。

劉婭楠這下更心疼了，她回抱著他，把頭靠在他的胸口，她讓他擔心了。

她呢喃一樣地說：「能再見到你真好……我可想你跟孩子了，我都要想死你們了！」

就在這個時候，劉婭楠忽然聽見外面傳來很嘈雜的腳步聲，隱約還有一些人的尖叫，她一下就緊張起來。

幸好中間沒有槍聲，不然她一定都要擔心死了。

她趕緊從羌然的懷裡掙脫出來，急急地對羌然解釋：「不過羌然，事情沒你想得那麼嚴重，那些人也不是壞人，他們沒想傷害我……」

羌然沒有開口說話，他沉默地盯著她脖子上的一處，眉頭微微挑了一下，隨後表情又恢復了那副樣子。

劉婭楠太瞭解他這個不動聲色就把人整得哭爹喊娘的個性了。

她急急地求：「這事兒你真的別衝動！我也是生他們的氣，可你看！」說著劉婭楠就倒退了一步，在他面前左右地擺動了下身體，然後舉起胳膊來又做了個動作，還拉著他的手摸了摸自己的臉，「你看我沒事兒吧！其實他們一直好吃好喝地招待我，沒有一點難為我，而且他們所做的一切也不是為了威脅你，也不是為了謀取他們自己的私利。」

「我知道了。」羌然並沒有回覆她的話，就跟不耐煩一樣的，他忽然扯過她來，把她公主抱了起來。

雙腳猛地離開地面，劉婭楠整個人都驚住了，她下意識就摟緊了羌然的脖子。

羌然的動作很快，抱著劉婭楠大步地走出了臥室，穿過外面的走廊，然後很快地來到恍如白晝的大廳。

此時的大廳已經一片狼藉，不管是白天輔導過她的心理學專家，還是那些照顧過她吃飯的大媽們，還有一些愛管閒事的田七後人們，也都被紮堆地綁到了一起。

大概是有過打鬥，在被羌然抱著經過大廳的時候，劉婭楠看見好幾個人臉上都掛了彩。

只是那些人沒有一個求饒的。

地面上有被打碎的裝飾品，有破碎的桌椅。

所有人都在沉默著等待著恐怖魔王的報復。

早在他們決定做這個的時候，就知道自己會面臨什麼，可他們依然為了先人的遺願豁出性命去做……為了解放那個幫助過他們祖先的女人，這是他們田七家族的道義！

劉婭楠卻不能眼睜睜地看著這些人倒血楣啊，她的確不喜歡這些人愛管閒事，可是羌然手段太黑了。於是劉婭楠不斷地求著羌然：「羌然，你別生氣了，你也別衝動，這個事其實是小田七做的，他以為我不幸福，所以找他的後人幫幫我而已，挺烏龍的一件事，細想起來還會覺得可笑……他們那些人真不值得你這樣打打殺殺的！」

羌然一直沒有回答她，等他走到外面後，劉婭楠就看見之前的平坦草坪上早已經停滿了那些戰鬥機。

羌然抱著她走到最近的一架戰鬥機面前，一直在外面等候的觀止看到後，立刻跑過去打開了駕駛艙門。

羌然走路雖然很快，不過放下劉婭楠的動作卻很輕，他小心地把她放在副駕駛的座位上。

在他抽出胳膊的時候，劉婭楠趕緊握住了他的手，急得都要哭出來地哀求：「羌然，你別衝動，別誤傷了那些人……」

羌然沉默地抽出了自己的手。

劉婭楠看著他又轉身往大廳走去，她的心都揪緊了。

她趕緊詢問身邊的觀止，「觀止，羌然不會是去槍斃那些人吧？」

一旁的觀止表情嚴肅地回道：「不會的，夫人。」

就在劉婭楠要鬆口氣的時候，觀止已經說了出來：「頭兒特意吩咐的，不能槍斃這些人，他要用鬼屋的那種死法處死他們，為了這個，頭兒還特意把重型錘弄來了。」

劉婭楠腦袋當下就嗡了一聲，嚇得臉都白了，心慌意亂地就要往戰鬥機外跳，嘴裡更是激動地喊：「我、我得去阻止羌然……」

觀止的任務是好好看著夫人，他正想攔劉婭楠，觀止就覺得身邊有人靠近，只是他的視線都在劉婭楠身上呢，反應終歸是慢了半拍。

等反應過來的時候，那人也已經一個劈手把他劈暈了。

劉婭楠也被這個意外給嚇住了，趕緊看向那個人。

很快就認出了那個人，在那身軍服軍帽下，露出的是一張熟悉的面孔。

剛才她還納悶，怎麼沒在人群裡看見野獸，原來野獸這麼機靈，已經換上羌家軍的軍服潛伏進來了。

劉婭楠很慶幸，她正想讓他趕緊跑。

只聽野獸壓低了聲音同她說道：「殿下，不好意思，我想麻煩您一下，用您來跟羌然交換那些人……」

看野獸掏出刀子的樣子，劉婭楠一下就明白了，這是野獸想用她當人質去解救那些人。

她也想要救那些人呢，劉婭楠立刻就說道：「沒問題，我會幫你的……」

到了這個時候，有些外圍的人已經察覺到他們這裡不對了，野獸也沒有多餘的時間做什麼，只把刀架在劉婭楠的脖子前。

這麼一來，那些人誰也不敢靠前了。

只是野獸半摟著她往裡走的時候，劉婭楠心裡挺沒底的，誰都知道羌然是從不妥協的人，那個男人壓根就不知道什麼是妥協吧？

更別提被人威脅了……

可是眼前情勢緊急，壓根不容她多想，劉婭楠只能配合著野獸，一路跟被挾持著似的，動作彆扭地往裡面走去。

進到大廳後，劉婭楠緊張得都不知道怎麼走路了。

而且羌然他們顯然也已經知道了消息，他們才剛進到裡面，羌然他們就迎了出來。

一等對上羌然的表情，劉婭楠的心就咯噔了一聲。

羌然可以偽裝成滿不在乎的樣子……可是現在的樣子絕對不是能偽裝出來的，跟羌然一對上眼睛，劉婭楠就覺得心口拔涼拔涼的。

羌然的表情別說關切緊張了，他此時的臉上甚至還帶上了不悅，在見到他們後，羌然更皺著眉頭看著她跟她身後的野獸。

野獸倒是挺專業的，到了這個節骨眼，野獸不緊不慢地用刀子在她脖子邊比劃著，語氣更是彬彬有禮客氣得不得了：「麻煩您放人好嗎？這樣我也會放開她。」

劉婭楠也趕緊配合地喊：「羌然，一夜夫妻百日恩，你看在小寶貝的份上……」

羌然平靜地看著他們，劉婭楠就覺得他好像還抽了下嘴角。

這可太意外了，劉婭楠沒指望他會緊張痛苦，而且她有過經驗，這個男人遇到威脅的時候，反倒是你動一下試試的態度……可是這樣的羌然總讓她覺得怪怪的。

她看了眼羌然手邊的人，還有那些恐怖的大錘。

劉婭楠又看了看被捆著的那些倒楣蛋們，這些田七的後人討厭是討厭，可是遇到這事兒，怎麼想她也覺得挺過意不去。

這麼一想，劉婭楠豁出去了，忽然就激動起來，伸手就去搆刀的位置，她知道野獸不會傷她，可是如果不見點血，羌然才不會輕易妥協呢……

她只能假裝反抗，果然她剛摸過去，鋒利的刀刃很快就劃破了她的手。

她身後的野獸肯定也被她的動作驚到了，動作頓了一下。

劉婭楠用力地抓了下刀刃後，也怕打擾野獸的動作，她很快又放開了，只是手上還是流出不少血來，滴落在地上，很快就紅了一小片。

而且剛才她動作太劇烈了，就連她的臉頰、脖子都被那些血給染到了……

器上。

就在這個時候，一直沉默的羌然終於出聲了，他很快地喊了一聲：「夠了！」

他轉過頭去，快速地吩咐著下屬：「把人放開，給他們安排飛行器。」

然後羌然連看都沒有看她一眼，就頭也不回地走了。

後面的事情，就是田七的後人、那些幫忙的人都陸續地被鬆開了，然後大家都被安排到飛行器上。

最後野獸放開她……

只是等劉婭楠按照互換原則，被換回來後，羌然也沒有過來看她。

在被醫療組的人簡單地包紮後，劉婭楠難過地縮在角落裡。

倒是沒多會兒，觀止走到她身邊，欲言又止地看著她。

劉婭楠心裡也很不舒服，為了救那些人，野獸還把觀止打暈了。

一想到劉婭楠就滿懷歉意地說道：「你剛才沒事兒吧？」

觀止欲言又止地看了她一會兒，終於忍不住提醒道：「夫人，這次出動的機型是C57型，您知道這種戰鬥機的一個功能嗎？」

劉婭楠納悶地看向觀止，怎麼好好地跟她科普起這些東西了。

「那就是這種戰鬥機是電腦控制的，可以監視監聽飛行器方圓五百公尺內的任何聲音及畫面，還可以自動過濾任何危險情況，所以……」

見劉婭楠還沒明白過來，觀止只得用簡潔的話說道：「所以您跟對方聯合著哄騙頭兒，威脅頭兒放人的事，其實頭兒在屋內的時候，就已經知道了。」

劉婭楠欸了一聲。

她不敢相信地回道：「可是羌然……還是……」放人了啊！

他知道是假的還給放了？

觀止望著她，遲疑著，最後終於說了出來：「我聽屋內的士官說，其實頭兒再進到大廳後，已經改變了最初的計劃，只想嚇嚇那些人就撤退，結果您……」

劉婭楠愣愣地看著觀止。

觀止也沒再多說什麼。

劉婭楠跟呆掉一樣地看著自己的腳。

飛行器很平穩，她知道羌然就在隔壁的房間內。

這個飛行器再大也是有限的，她只要走過去幾步就可以看到羌然……

她猶豫著，終於站了起來。

他在知道她騙他的情況下，還放了那些人一馬，就為這個，她也要過去……道歉……

劉婭楠低頭走過去的時候，羌然正望著外面的景色發呆。

此時天色已暗，原來不管是在陸地還是在天上，看到的星星都是這樣的。

劉婭楠側過頭去也跟著看了一會兒，她真不知道該說點什麼好，實在是羞愧得無地自容。

她小心翼翼地走到羌然的身邊，緊張地握著拳頭，結果卻不小心牽動到手上的傷口，疼得倒吸了口冷氣。

羌然大概是聽到了聲響，抬頭看了她一眼。

劉婭楠趕緊檢討：「對不起，羌然……我太蠢了……」

「我習慣了。」羌然說完，拍了拍自己身邊的位子，示意她坐下。

劉婭楠老實地坐在他身邊，低頭認錯：「我不知道……」

羌然沒有聽她講話，他沉默地把手放到她的臉上。

劉婭楠立刻被他的手涼了一下，吃驚地趕緊握住他的手，他的手也太涼了吧？

她嚇得趕緊摸了摸他的額頭，還好，他額頭的溫度是正常的。

劉婭楠長吁口氣，把羌然的手握在自己的手心，只是他的手怎麼這麼涼啊？簡直就跟剛摸過冰塊一樣。

她低著頭，正想好好懺悔，就聽見羌然淡淡地開口道：「不知道為什麼，看到妳身上沾染鮮血後，我的手就變得很涼。」

他低頭望著她的臉龐，大概是明白了什麼一樣，低聲說道：「我不想再幫妳驗屍，也不想再看到妳的屍體……」

他看著她的眼睛拜託地說道：「別再嚇我了，好嗎？」

【第八章】深情

過了足足兩秒，羌然才表情古怪地說道：「其實我不喜歡妳叫我然然。」

劉姬楠有些尷尬，她覺得那樣很親密的，因為這個世界只有她能這麼叫他。

劉姬楠尷尬地嘀咕：「我以為你喜歡，每次叫你，你好像都在害羞……」

「我是在尷尬。」

「喔。」劉姬楠低頭想，他們真的一直都溝通不良地生活在一起……

「羌然……」劉婭楠以前不敢這麼跟他說話的。

過了好久好久，劉婭楠才小聲地回道：「我一直以為你沒那麼喜歡我，不過我現在有點感覺了，你是不是也像我喜歡你一樣地喜歡著我……」

只是在劉婭楠說完這些話，再抬頭的時候，就見羌然已經頭靠在躺椅上睡熟了。

劉婭楠不死心地推了推他，結果羌然還是那副樣子。

劉婭楠難得想打開心扉，要跟他來次深入心靈地交流，一時間千言萬語都被堵到了心口。

這個時候觀止推門走了進來。

大概是想報告什麼事情，不過一看羌然睡熟了，觀止就想離開。

劉婭楠真的擔心羌然的身體，說著話就能睡過去，羌然最近幾天都怎麼過來的啊？

她趕緊壓低了聲音問觀止：「觀止，羌然最近是不是很辛苦？」

觀止被叫得停下了腳步，回過頭來，如實地告訴她：「夫人，頭兒一直很擔心妳的情況，自從驗屍後，他一直沒有好好休息，現在應該是見到夫人後忽然放鬆下來……」

劉婭楠心裡更是過意不去了，趕緊找了毯子，小心地為羌然蓋上。

其實她一直有個小疑問。

趁羌然熟睡了，劉婭楠問道：「觀止，你知道羌然是怎麼知道那個屍體不是我嗎？」

「夫人，頭兒親自驗屍，而且在此之前，他就已經發現不對勁的地方了。」

看著劉婭楠一副不明白的樣子。

觀止把視線放在她的手指上。

劉婭楠莫名其妙地低頭看了一眼，她還真沒覺得有什麼不對勁的。

最後觀止沒辦法了，伸手指了指她無名指上的戒指。

劉婭楠這才恍然大悟，嘴巴更是感到不可思議地張了張。

這也太無厘頭了！

她手指上一直都戴著那個小素圈的戒指。

不過不特別留意的話，一般人是注意不到這枚戒指的，主要是這枚戒指太不顯眼了，那些人在脫她衣服、鞋子的時候，也忽略了。

甚至她在那些人面前來來去去的，那些人也都沒有注意到這個戒指！

可是自從她戴上這枚戒指後，就算是洗澡、洗臉，她都沒有摘下過。

就算這個戒指再簡單、再樸實，當初怎麼像是應付似地戴在她的手上，她還是很寶貝地一直戴著，因為這個戒指是貨真價實的結婚戒指……

「這個戒指是頭兒親自做的。」觀止比劃了一下，「所以頭兒印象很深。」

劉婭楠欸了一聲，她真的不知道，因為羌然一直沒跟她說過，當初這個結婚戒指那麼隨便地戴在她的手上，樣子又這麼簡單，現在劉婭楠才想到一件事，這種樸素簡單的款式，不正是羌然喜歡的嗎？

他那只跟她這個是配套的，不喜歡身上有多餘配飾的羌然自從戴上那枚戒指後，就跟她一樣一直戴著了。

那麼多的細節她都忽視了……

倒是在說話間，觀止看到了什麼，忽然用手指了指劉婭楠脖子的地方。

劉婭楠一時間沒有反應過來。

觀止忙找了一面鏡子給她照了照。

等劉婭楠看到鏡子裡的自己後，瞬時臉就白了。

她脖子上有一個非常明顯的吻痕。

她尷尬死了，連忙手忙腳亂地解釋：「這是野獸……」

可是好像更亂乎了，她又急急地想說點什麼。

觀止卻小聲地告訴她：「頭兒已經知道了，放走的那些人發了信息給頭兒。」

劉婭楠詫異地欸了一聲。

觀止笑了笑：「大概是那些人看見頭兒布置在外圍的遠程炮，反應過來頭兒這是要放了他們一馬，所以作為回報解釋一句，據說裡面有一個心理治療師還把您的診斷情況及治療結果也發了過來，希望頭兒不要放棄對您的治療。」

劉婭楠嘴角就有點抽搐。

等觀止走後，劉婭楠無聲地坐在那裡，看著自己的戒指發了一會兒呆後，她又把自己的頭埋在羌然的懷裡，聽了一會兒羌然的心跳。

她有好多的話想對羌然說，不過其實這樣挺好的，當他清醒的時候，劉婭楠懷疑自己還有沒有勇氣說這些。

她肯定會害臊的，現在她就可以毫無負擔地說這些話了。

對方不是清醒的，有些話反倒能說出口。

她想了一會兒，終於小聲地說了出來：「我總是不敢相信你會喜歡我，因為那時候我是世界上唯一的女人，我估計就算我是母豬變的，你也會要我。可是現在就不一樣了，不管你脾氣怎麼樣，光靠這張臉，你就可以把我秒殺得跟渣一樣了，我就不敢想那些事……其實我很早的時候應該就喜歡上你了，只是我不敢承認，心裡總想著你不會喜歡上我這個人的，我現在好像還在做夢一樣，只是以後咱們能好好地溝通就好了，我知道你不習慣跟人說你的想法及情緒，可是那樣會出現很多誤會，而且你跟我好好溝通的話，我才敢跟你分享我的想法情緒……」

劉婭楠一口氣說了好多，她的不安、她的猶豫，還有她對羌然的喜歡。

最後她紅著臉偷偷親了羌然一口。

路上很順利，終於回到了基地，早已經有育兒部門的人等在艙門外。

一等飛行器落地，劉婭楠就急急地跑到窗口向外看，想要在人群裡找到小寶貝的影子。

一直沒睜開眼睛的羌然，也被飛行器降落的聲音弄醒了，從座位上抬起頭來，在看到那個把臉貼在窗口上的劉婭楠後，羌然的嘴角不自覺地勾了一下。

他從座椅上站起來，走到她身後，輕輕攬著她的腰提醒道：「跟我出去吧。」

劉婭楠趕緊擺正姿勢跟在羌然身邊，被羌然扶著腰地往外走。

外面夜色更濃了，不過小傢伙卻興奮得一直沒有睡，大概是知道媽媽要回來了，一直在外面手舞足蹈地等待著。

一到了外面劉婭楠就撲向了小寶貝，把孩子緊緊摟在懷裡。

小傢伙也感覺到媽媽回來了，高興得咯咯笑著。

劉婭楠看見小傢伙的手腕上居然綁著她最喜歡的一條髮帶，她把頭埋在小傢伙的身上，嗅著小傢伙的奶香，她眼睛都酸酸的，這才幾天啊，她做夢都在想孩子了。

劉婭楠抱著小傢伙親來親去的，簡直都捨不得分開一下。

只是羌然很快就以劉婭楠還需要休息為由，讓那些育兒部門的人把孩子抱走了。

劉婭楠挺鬱悶的，她還想晚上抱著小傢伙睡呢。

不過等兩人重新回到夏宮時，沒多會兒劉婭楠就明白過來了。

看著羌然熟練地放水要沐浴的樣子，她一下就猜到這個傢伙想要做什麼。

估計就是小別勝新婚那些吧。

劉婭楠想到那些就有些羞澀，不過在準備換上家居服的時候，她還是甜甜地叫了羌然一句：

「然然。」

然後在幫劉婭楠掛衣服的羌然，忽然表情就頓了一下。

他就跟想起什麼般地轉過頭來。

已經換好家居服的劉婭楠納悶地看著他那副被噎到的表情。

過了足足兩秒，羌然才表情古怪地說道：「其實我不喜歡妳叫我然然。」

劉婭楠有些尷尬，她覺得那樣很親密，因為這個世界只有她能這麼叫他。

在劉婭楠試圖說什麼前，羌然已經把胳膊舉給她看了，他的語調也是怪怪的，主要是他還不大習慣，這種說話方式就好像抱怨似的，可他從不需要抱怨什麼，這次他的話裡卻帶上了這層意思，他說起來也是分外艱難：「每次聽妳那麼叫，我都會起雞皮疙瘩。」

劉婭楠尷尬地嘀咕：「我以為你喜歡，每次叫你，你好像都在害羞……」

「我是在尷尬。」

「喔。」劉婭楠低著頭想了下，所以他們真的一直都溝通不良地生活在一起。

不過從來不會跟人說情緒、也不會跟人商量事情的羌然，怎麼現在知道跟她說他的感受了？

劉婭楠覺得很奇怪，下一刻就疑惑地抬起頭來，望著羌然問道：「不過你以前為什麼不跟我說，現在卻能跟我說了呢？」

「不是妳要求的嗎？」羌然倒是一副理所當然的樣子。

劉婭楠欸了一聲，然後很快就想到了什麼，那副樣子簡直就跟不敢相信般，她追著羌然到了浴室內。

在回來的路上，她是有趴在他身邊，趁他睡覺的時候說過很多話，什麼溝通啊、什麼她想知道他的想法啊……

可是當時他在睡覺啊！

看著羌然放熱水的樣子，劉婭楠終於把她的疑惑問了出來：「那個……回來的時候，你不是睡熟了嗎？」

「沒有。」羌然表情無比正經地回答她：「我在閉目養神。」

劉婭楠瞬時臉紅得跟煮熟的蝦子一樣，都不知道該說什麼好了……

她簡直都不敢去看羌然。

倒是已經放好水的羌然，走到了她的面前，笑著把她抱了起來……

短篇番外集

【番外一】小魔王

最近一段時間，不光是觀止他們，就連其他部門的人也發覺不對勁了。

一向臉上表情很少的頭兒，現在臉上的表情雖不能說有什麼太大的變化，但明顯柔和了一些。而且每天都要見面的兩人，現在電話打得也比以前勤快了很多。

以前頭兒雖然也會給夫人打通電話什麼的，可大部分都是像例行工作似的，說的話也都是公事公辦的。

哪怕是要問晚上想吃什麼，頭兒在電話裡也絕對是那副妳想晚上怎麼款待我的樣子。

可現在就大大的不一樣了。

觀止已經不止一次聽到頭兒用很輕的口吻跟電話那頭的夫人說話，那副溫柔口吻簡直都要把觀止嚇到了。

不過大部分時間羌然都是很注意的，也盡量避開他的這些下屬們。

只是不知道是巧合還是天意，自從救回夫人後，沒多久醫療組在做例行的身體檢查時，就發現夫人又懷孕的事實。

所以每次被綁架，每次救回來都會懷孕什麼的……

也因為這個，羌家軍沒有把這個消息對外公布，反倒是很低調地保密，主要是怕有人會有什麼不好的聯想。

不過羌家軍低調歸低調，劉婭楠這次回來後，卻比以往高調了很多，以前她都是得過且過，被政府人員鄙視，被人說什麼不配當女王，她都沒往心裡去地算了。

可是她不跟人計較，不代表就可以讓人隨便利用。

所以一等她回來後，劉婭楠立刻就找人召開記者會，那情景簡直就跟看見死人復活一樣，甭管她是什麼身分，瞬時所有的八卦都被點燃了。

劉婭楠輕描淡寫地回答了記者的提問，隨後她的箭頭一轉，就開始揪住政府裡的什麼慈善基金還有什麼她的紀念館的問題，開始質詢了。

她以前還是女王的時候可沒少找那些議員們的毛病，只是大部分的人都忘記了，她曾經也是這樣的一個女人。

在政府機構手忙腳亂準備推託責任的時候，劉婭楠二話不說就拿出當年對付那些政治流氓們的勁頭，盯住就不鬆開！

不過何許有錢是真機靈，一看這架式，還沒等劉婭楠張嘴，就已經主動地上繳了那些紀念幣的收入，還對劉婭楠的回歸表示熱烈歡迎，並在可視電話裡熱淚盈眶地說道：「謝天謝地，幸好您平安無事，在知道您去世的消息後，我是夜夜以淚洗面……」

劉婭楠也真是服了這個人了。

要不是自己懷孕，她是真想親自找到這錢串子好好給他幾下。

劉婭楠忙著處理這些事，她倒是有經驗了，那些挖出來的錢，她也沒留下，既然是當初大家捐出來的善款，她又放在之前她跟野獸弄的那些養育院慈善基金會裡。

在處理這些事務的時候，劉婭楠還要小心自己的身體……

其實懷孕這件事，她開心是開心，只是多少有些鬱悶，她聽說生完孩子後不會那麼快懷孕的，結果沒想到自己又懷上了，她跟羌然現在感情可好了，她原本還打算有空出去度個蜜月什麼的，現在看來什麼計劃都泡湯了。

不過這次懷孕倒是比上次好多了，上次她妊娠反應很大，又是吐又是手腳腫脹的，這次她頂多是噁心，都沒怎麼正經地吐過。

羌然還是那副八風不動的樣子，不管怎麼樣都是一副淡淡的表情。

不過劉婭楠能感覺到，他最近心情很好，看她的時候也比以往愛笑了一些。

兩人依舊每天飯後散散步什麼的。

以往兩人都是挨在一起走就好了，現在劉婭楠會特意握住羌然的手。

到了後來，大概是很習慣了手牽著手一起散步，在她偶爾忘記握的時候，羌然還會主動牽著她的手。

其實羌然是很愛害羞的一個人，他只是不表現出來，劉婭楠一直對上次羌然假裝睡覺的事耿耿於懷，不過後來有一天，她忽然想到一種可能……

也許當時的羌然並不是想裝睡覺騙她，他是在不好意思吧？

因為他對她說了那句不要嚇他的話，所以羌然害羞了，就裝著熟睡的樣子？

劉婭楠自從這麼猜想後，就很喜歡三不五時說點甜蜜的情話逗羌然，不過大部分時間羌然表情都是淡淡的，頂多就是勾起嘴角笑笑。

不過他的眼睛還是洩露了他的情緒。

劉婭楠能感覺到他在努力維持自己的形象，可其實這樣的羌然已經是以前沒有過的了。

兩人在散步的時候，又商量起他們第一個孩子的姓名。

羌然沒給人取過名字，劉婭楠也不敢隨便取，她總想取一個既好聽又了不起的名字。因為名字就等於是人的標記。

兩人商量來商量去的，其實大部分時間都是劉婭楠在嘀嘀咕咕，自言自語般地說著。

「你覺得羌強怎麼樣？還是羌卓，羌不凡？」劉婭楠說出幾個後，還沒等羌然回答，她已經搖著頭先否定了，「都不好聽，總感覺怪怪的……」

「你覺得呢？」她眼巴巴地瞅著羌然。

羌然如實地告訴她：「難聽。」

劉婭楠就知道他會這麼說，她悶悶地挽著他的胳膊，這次很努力很努力地想了好久後，她才說道：「那羌然，咱們不取那些了不起的名字了，我想不出偉人的名字，而且……」

她遲疑了下，以前羌家軍都是再生人，所有的位置都是固定的，因為基因代表了一切。可是現在的世界不一樣了，這不是個用基因就決定一切的世界，他們的孩子未來也未必會成為一名軍人……

「其實只要孩子健健康康、平平安安的就好了，就是叫羌安、羌壯壯、羌健康這樣的，會不會太簡單、太俗氣了？」

「妳喜歡就好。」羌然從容地看著她，一副隨她的樣子，劉婭楠估計自己給孩子取名叫羌狗剩他都能泰然處之。

劉婭楠抿嘴笑了笑，倒是忽然想起什麼來，趕緊抓著羌然往育兒室走去，其實取名這事兒很簡單的，她幹麼不讓小傢伙自己選呢？

她很快找到了小傢伙。

其實最近一段時間她挺想親自帶孩子的，可因為她又懷孕了，大概是怕她身體不方便，羌然給育兒部的人安排了非常詳細的看護時間。

不過羌然在安排這些的時候，也讓人把育兒室挪到了夏宮附近，這樣劉婭楠想看孩子的話，隨時都可以看到。

劉婭楠不好跟羌然再提什麼了。

現在見到小傢伙後，劉婭楠就試圖抱起嬰兒床上的小寶貝。

只是她剛俯下身還沒抱起來，羌然已經走過去，替她抱了起來。

劉婭楠鬱悶地看他一眼，其實抱一下孩子又不會導致流產的。

不過看羌然那麼笨拙地抱著孩子，劉婭楠還是心軟了起來，她摸著小傢伙肉肉的小手，問小傢伙：「喂，寶貝，媽媽給你取了幾個名字喔，你是喜歡羌壯壯呢，還是喜歡羌安呢，還是想要做羌一凡呢？」

小傢伙就跟遇到很大的問題一樣，已經能發出單音節的小傢伙，嘴裡嘟噥著什麼。

劉婭楠側耳聽著，她知道小傢伙還處於模仿階段，還不能說出什麼話，據說小孩子怎樣也要十個月後才能發出差不多的音來。

不過在那些稀里糊塗的發音中，劉婭楠忽然聽到了什麼，當下就驚住了。

她抬起頭來不可思議地說：「羌然，是我耳鳴了嗎？我好像聽到寶貝在叫我媽媽？」

羌然聽得很清楚，他點點頭，提醒著她：「小心肚子。」

跟他的淡定相比，劉婭楠就太激動了，要不是羌然在旁提醒她，她差點就要跳起來了，她捂著嘴巴耶耶地叫了兩聲，笑得嘴都合不攏了。

最後劉婭楠又問了問小傢伙，這次終於選了一個名字。

因為小傢伙在聽到那個名字後，會特別開心。

劉婭楠不管俗不俗氣，最後就給她跟羌然的第一個孩子取名叫羌安。

劉婭楠每天不是安胎就是看小傢伙。

小傢伙肉乎乎的，不知道是不是羌然的基因太好了，小傢伙很快就能坐起來了，看著白白嫩嫩的孩子，就是不知道哪來的那麼大力氣。

隔天再去看小傢伙的時候，劉婭楠隨手拿了一個玩具逗孩子，結果這小傢伙幾下就把那個玩具拆壞了。

看她那麼目瞪口呆的樣子，育兒室裡的工作人員很快地找來那些金屬的玩具遞給小傢伙，同時笑著對劉婭楠說道：「夫人，遺傳真是有趣的東西，據說頭兒小時候就是這樣的。」

「這樣的？」劉婭楠腦子一時間沒轉過來，她納悶地看著對方。

那人估計也是聽別人說起的，見劉婭楠感興趣，立刻解釋道：「聽說頭兒小時候也是這個樣子……」

「這個樣子？」她家寶貝可是很愛笑、很可愛，怎麼可能會跟羌然像呢？她忍不住嘀咕道：「可是我的小傢伙很喜歡笑啊！」

「小孩子都是喜歡笑的。」

劉婭楠這下真是被驚住了，「可是……我記得你們當年的那些再生人，小時候都會被水沖，然後……還要……」

基本上那些童年都是淒慘得不能再淒慘……

「頭兒天生膽子就大，被水沖的時候還以為在玩水，聽說他笑的時候還把當時的養育員嚇壞了，以為他精神有問題……」

劉婭楠驚訝得嘴巴都要合不攏了，她低頭看了看這個同樣愛笑的小傢伙，雖然這小傢伙是她肚子裡出來的，不過這個白白嫩嫩、可以被怪阿姨圍著抹紅臉蛋的小傢伙，難道也是個恐怖大王的苗子？

可是看著小傢伙大大的眼睛，粉嫩的臉孔，可愛得讓人都想尖叫的樣子，劉婭楠趕緊把那些念頭拋出腦外。

她家小寶貝可是又乖又可愛的！

在她的愛心澆灌下，是絕對絕對不會成為大魔王的！

【番外二】夫妻購物

日子一天天過去，劉婭楠的肚子也一天比一天大了起來。

一開始劉婭楠還在羌家軍內的醫療組做檢查，不過隨著月份增大，一切都穩定後，劉婭楠就有了別的想法。

主要是羌家軍的醫療組厲害歸厲害，缺胳膊斷腿的都能給修補好，可是呢……

說真的，一群大老爺們圍著她檢查肚子，偶爾還得那什麼的檢查下，劉婭楠就覺得彆扭，而且婦科這玩意兒不是羌家軍的強項啊，於是劉婭楠把自己的想法跟羌然提了提。

羌然倒是沒意見，馬上就要找人安排在羌家軍內設立專門的醫院。

劉婭楠嚇了一跳，她真的就只是想像普通的女人一樣，出去做產檢，然後順便逛個街什麼的，雖然逛街才是主要目的……

劉婭楠趕緊攔住了羌然，把自己的想法和盤托出。

她算是發現了，面對羌然的時候，真不能說一半留一半。那怕她有一點點的小心思，可只要有個隱瞞，這個傢伙立刻就會弄得南轅北轍的。

羌然這才明白怎麼回事，原來劉婭楠這傢伙想要出去體檢是假，打著旗號逛街倒是真啊。

他沒說什麼，反倒很快地把工作時間壓縮，準備抽出一天時間，親自陪著她去。

劉婭楠挺怕勞師動眾的，到時候觀止啊還有保安人員排一隊，還有那些車隊什麼的，又把交通弄堵塞了。

於是羌然又把那些保安都撤換掉，最後親自開車載她。

劉婭楠好久沒出過羌家軍的基地了，她這次出來，見到什麼都覺得有趣。

哪裡有要產檢的樣子，她趴在車窗上不斷往外看。

羌然倒是一直表情平平的，產檢的事觀止已經都安排好了，兩人這次很低調地出行，羌然還特意戴上墨鏡，劉婭楠也把自己稍微修飾了一下，不過她估計自己這張路人臉，也未必有人會注意到她。

到了地方，劉婭楠很快地進去檢查身體。

等劉婭楠產檢完出來後，就看到了很意外的一幕。

穿著一身便裝的羌然，此時正跟這個世界上的丈夫一樣，在妻子做產檢的時候，就老實地坐在等候席上耐心地等著。

神奇的是，他坐的地方左右兩邊都各自空了兩三個位置。

可明明其他的地方都坐滿了人，而且這時正巧來了一對新人，那人大概沒留意到羌然的情況，看到有空位就擠了進去，準備坐到羌然身邊。

然後等那人坐下後，神奇的一幕出現了。

那人剛坐穩，結果一抬頭就看到了身邊戴著墨鏡的羌然，那人緊接著就跟被驚到一樣，迅速刷的一下就站了起來，然後就又擠出去了。

寧願站著，都不肯坐在羌然身邊……

劉婭楠懷疑是不是羌然曝光了，被人發現了身分。

她走了過去，神情緊張地跟羌然低聲說：「羌然，你是不是被人認出來了，你沒發現大家都躲著你嗎？」

羌然奇怪地往身邊瞄了一眼，習以為常地搖頭道：「妳多心了。」

劉婭楠心裡怪怪的，不過見羌然這麼淡定，她沒說什麼，依舊按照原訂計劃，去了附近的購物中心。

那個購物中心是劉婭楠親自挑選的，裡面不光是衣服服飾，還有很多特色的餐飲店。

劉婭楠早就對裡面的一款小糕點動心了，因為耳聞很久，拉著羌然特意找到了那間店準備品嘗看看。

只是坐下沒多久，劉婭楠就想要去上廁所。

羌然習慣地站起來要陪她去，不過這個特色店很小，地方本來就不大，劉婭楠不好意思讓羌然這麼個大男人在女洗手間門口等著，她快速地擺手，讓他原地等著。

結果等劉婭楠再回來的時候，那神奇的一幕又出現了。

靠近他們的位置不知道怎麼的，忽然就空了，而且進門時還算熱情的服務生，居然都沒有招呼羌然。

劉婭楠這下可緊張了，她又一次壓低了聲音說：「你確定沒有被認出來？」

羌然很肯定地告訴她：「確定，認出我的話，不會是這種反應。」

劉婭楠還是嘀嘀咕咕的。

羌然也沒理她，只招手叫來一位服務生，點了劉婭楠一直想吃的小點心。

劉婭楠很疑惑，就跟做賊心虛似的。

走到店裡，劉婭楠總覺得好像有無數的眼睛在看著他們一樣，而且大部分的視線都是落在羌然身上。

可是她左瞄右看，也不覺得羌然會曝光，他那個墨鏡可是把半張臉都嚴嚴實實地遮住。在她看來，此時的羌然只是個看上去很有型的墨鏡帥哥而已……

劉婭楠逛了一會兒，在到休息廳的時候，劉婭楠忽然想體貼下羌然。

主要是羌然不大喜歡買衣服，對逛街更是沒有任何興趣，她總讓他乾陪著也是過意不去，於是劉婭楠讓羌然在休息廳裡坐一坐，一邊休息一邊等她，反正那地方等著不少男士，而且她要逛的嬰兒用品就在附近。

當初他們有第一個孩子的時候，什麼都是現做的，東西質量雖然好，可是哪有現在商店裡的花樣多、種類齊全，哪怕是孩子用的奶瓶都有許多種類可選。

劉婭楠低頭細細地挑選著，羌然就坐在休息廳裡一直觀察著她的動向。

等劉婭楠挑好了東西再過去的時候，所謂事不過三，此時在休息廳原本可以坐下七八個人的長條沙發上，此時早已經空蕩蕩的只剩下羌然一個人了。

之前還坐在那個沙發上的那些男士們，都統一擠在了一個個小轉角沙發裡……

劉婭楠走過去的時候，特別肯定地對羌然說道：「你肯定是被人認出來了。」

羌然也不辯解什麼，在劉婭楠說完後，他沉默地把自己的墨鏡摘了下來。

瞬時，不用羌然說什麼，劉婭楠就感覺到，大廳在那一刻沒有了任何聲響，就好像被按了靜止鍵的電視螢幕一樣，所有人的動作都停了下來。

倒是始作俑者，那個摘下墨鏡的羌大魔王，在周遭的人們還沒反應過來前，已經把墨鏡重新戴好了。

然後他很自然地站起來，伸手接過劉婭楠手上的購物袋，自從她懷孕後，他就習慣在走路的時候扶著她的腰。

在兩人出門時，劉婭楠懵懵懂懂的，迷惑地問：「那些人好像很怕你的樣子，你明明都沒被認出來……」

羌然也不知道該怎麼解釋，他沒有那種意識，因為從他有記憶起，這種現象就是常態。

此時的他倒是對劉婭楠買的那些東西挺感興趣，在啟動車子後，就問了她一句。

劉婭楠正想跟他說，見他問，就笑咪咪地把自己買的東西一一告訴他：「我買了好多小孩子用的東西，有小孩子睡覺穿的睡衣，還有專用的小枕頭。對了，還有小孩子用的碗筷，都是特製的，我看著很可愛就買了，還有這個……」

劉婭楠說著就拿出一隻可愛的兔子來，因為車子是自動駕駛的，她顯擺一樣地在羌然面前晃了晃。

在晃動後，她還得意地按了按兔子的鼻子。

很快地那隻玩偶兔子就嘴巴一動一動的，發出了很甜蜜的聲音：「小朋友，我叫小兔乖乖喔，很高興能跟你做朋友，我們一起來聽故事吧！從前……」

劉婭楠得意地說：「這是最新型的學習機，可以訓練孩子的反應速度，還可以講故事……」

羌然淡淡地告訴她：「他有專門的訓練課程。」

劉婭楠第一次聽羌然提起這件事，她啊了一聲，趕緊追問：「你給小寶貝安排課程了，都教什麼的，我怎麼沒聽你說過？」

是不是按摩後背、教小孩子說話、幼兒開發智力那些？她倒是一直想做的，據說那些活動不僅可以增進親子關係，還可以讓小孩子心情很好。

「都是一些最基礎的訓練，身體協調能力、韌性、野外生存那些……」

「……」劉婭楠張了張嘴巴，在確認羌然不是在開玩笑後，她不敢相信地問道：「你說的那個野外生存……是……字面上的那個野外生存嗎？」

羌然淡淡地回道：「就是字面上的意思。」

劉婭楠抱緊了懷裡的兔子，所以說最近她去見小寶貝，發現小傢伙越來越活潑，手腳動作越來越多，還喜歡撲啊抓的。

不是因為孩子大了、活潑了，而是因為孩子他爸在把孩子當野孩子訓練？

劉婭楠動了動嘴巴，她巴巴地看著羌然的面孔，不過心裡多少還存了一絲僥倖，不可能真是那樣吧，孩子還不會走路，怎麼可能被帶去弄什麼野外生存。估計所謂字面的意思，就是給孩子搭個草棚子玩，或者讓孩子在草地上爬一爬什麼的……

等再回去的時候，劉婭楠就直奔著小傢伙去了，不過見到自家的可愛寶貝，劉婭楠忽然就覺得自己剛才真是太傻了，這麼可愛的孩子，哪裡會像小野人啊。

這麼可愛、愛笑、對什麼都有好奇心的可愛寶寶，對吧！

劉婭楠用手裡的小兔子逗著孩子。

結果小兔子玩偶被孩子接過去以後，他並沒有被憨憨的兔子造型逗笑，反倒是疑惑地研究了一番。

看著小短胳膊、小短腿的孩子在那擺弄著玩具兔子，那副表情真是要有多可愛就有多可愛。

劉婭楠心裡也是甜甜的，她就知道自己家的小寶貝是天下最最可愛的小傢伙了，怎麼可能會成野孩子呢！

羌然那傢伙真是嚇死她了，她就知道所謂的野外生存那些，都是噱頭啦！多半孩子只是被帶去爬了爬草地而已。

就在劉婭楠以為孩子已經要找到兔子開關的時候，小傢伙大概也認出了這東西是個兔子了。於是等著可愛寶寶逗弄兔子、按開兔子開關的劉婭楠，就看到可愛寶寶很快地用小小的粉嫩的手抓住了兔子的耳朵，然後就跟確認一樣地準備去啃兔子耳朵。

劉婭楠看到這幕後，趕緊勸著自己，小孩子嘛，估計還以為這個東西可以咬呢，都說了小孩子喜歡用手跟嘴巴去感覺這個世界的嘛！

可等一向乖巧可愛的小寶貝準備襲擊兔子的肚子，給兔子開膛破肚的時候，劉婭楠終於明白了過來，這野孩子算是被教出來了啊！

然後很快地，在辦公區值班的觀止，就看見了抱著兔子、臉色很不好看的夫人，步態狂暴地走了過來。

她一邊激動地抱著兔子，一邊詢問：「羌然沒在開會吧？」

觀止嚇了一跳，趕緊說：「頭兒沒在開會，不過……夫人，您有什麼事情嗎？」

「有！」劉婭楠高舉著兔子，一字一句地說道：「我要跟羌然好、好、談、談、孩、子！」

【番外三】幼兒教育

劉婭楠氣沖沖地走了進去，一見到羌然，立刻就鼓足勇氣地說道：「我不允許你這麼對我的孩子！」

說完她就把手裡的玩偶兔子扔到了羌然的辦公桌上。

羌然的桌子一向被整理得整整齊齊，現在劉婭楠這麼氣呼呼地一扔，很快地羌然放在桌角的一疊文件，就被甩得七零八落，還有他的水杯也被波及到了，雖然沒有被碰倒，卻也晃了幾晃，灑了一些水出來。

羌然的表情沒什麼變化，即使在劉婭楠把玩偶兔子扔到他面前的時候，他也沒有顯露出什麼情緒來，反倒低頭收拾著桌面，也不開口說什麼。

等擦拭乾淨後，他才抬起頭來，眉頭微挑地反問了一句：「妳不允許？」

一對上大魔王的眼睛，原本還氣呼呼的劉婭楠，瞬時氣勢就弱了一半，簡直就跟條件反射似的，她就想往後縮。

不過她是孩子的媽媽，她今天就算豁出命去，也不能讓羌然那麼對她的寶貝！

她一邊給自己打著氣，一邊說道：「是，我不允許！你要再那樣對我的寶貝，我就……」

她捂著肚子，努力地想著威脅的話。

只是羌然太有威懾力了，在他面前很難保持氣勢，她緊張得手心都在出汗了。

羌然倒是表情平靜得很，看著她的眼睛，只淡淡地問了一句：「妳想要威脅我？」

劉婭楠瞬時腿肚子就有點抽筋。

明明他的臉上都沒有震怒的表情，可她就是嚇得大氣都不敢喘一聲。

不過隔了一會兒後，她還是鼓起勇氣瞪了回去：「我、我就威脅你怎麼了？」

從未被人直面威脅過的羌然，此事並沒有因為劉婭楠的話而表現出什麼不同來，他把雙手交握在一起，用拇指點著下巴，表情依舊是那副漫不經心的樣子。

他的動作也沒有什麼太大的變化，他依舊坐在自己的辦公桌前，到了此時，語氣反倒比以往都要客氣許多：「妳可以試試。」

劉婭楠卻要被嚇死了。

羌然就是有這個轉眼間就把人嚇得心臟病發的本事，他這麼客氣，還不如直接吼她幾句呢！

劉婭楠一下就弱了下去，因為她知道，在這個地方，羌然是羌家軍核心的核心，他隨口的一句話就能讓她舉步維艱、寸步難行。哪怕她鬧著要出去，可有他羌大魔王攔著呢，又有選擇權擋著，她依舊什麼也做不了……

劉婭楠遲疑了下，委屈得眼淚直在眼眶裡轉，這麼久以來，她一直努力不跟羌然起爭執，可現在她卻邁不過去了，她是做媽媽的，怎麼可能讓孩子被那麼教育。

她眼圈紅紅的，努力平穩著自己的情緒，試圖跟他溝通：「可是孩子還那麼小，正是愛玩的年紀，他懂什麼啊。而且那樣的訓練方式對他有什麼好處，難道你想把孩子也教育得跟你一樣嗎？就不能用更有愛心的方式去教育咱們的孩子嗎？」

「教他用愛心拯救世界？」羌然此時的語氣已經明顯帶上了譏諷。

劉婭楠知道他嘴巴很毒，雖然他話很少，可她跟他有分歧的時候，哪次不是被他句句誅心！

她一想起來都覺得頭皮發麻，困難地嚥了口口水，試圖辯解：「我也……不是那個意思，只是現在是和平年代嘛，你有必要教孩子打打殺殺的東西嗎？」

「現在不是和平年代。」羌然毫不留情地打斷她的話，告訴她：「從來沒有和平年代，只有休戰期。」

他的目光沉沉的，看向她的時候更是無比銳利。

劉婭楠被他的目光看得無所遁形，很少有人能在這樣的眼睛下堅持主見。

劉婭楠努力地不去妥協，試圖跟他講道理，「可是教孩子愛心體貼並不是錯誤吧？我不否認我們需要力量去保護自己，可是我想一個人擁有愛心善意那些，也不應該是被譴責鄙視的吧？而且你也在慢慢改變啊……你以前總喜歡打打殺殺的，我記得我被西聯盟綁架的時候，你還不管青紅皂白的，就對著西聯盟狂轟濫炸呢，別說平民了，就連在西聯盟的我，都差點被你炸死……可是這次你去救我的時候，你就變得溫和了許多，別說殺掉那些人了，你還放過野獸他們一馬，我真的覺得……」

「我不是被感化，我只是喜歡妳。」

「欸？」劉婭楠原本正沉浸在自己的話裡呢，此時猛然聽見這個，她就頓了一下，因為似乎有什麼了不得的話被羌然說了出來……

她眨巴眼睛，然後努力地回憶著，她應該沒有聽錯吧，她好像聽見羌然說什麼喜歡她？

她簡直都不敢相信自己的耳朵了！

因為自從認識羌然後，羌然從沒跟她說過這樣的話，這樣可以算是表白嗎？

就在劉婭楠心花怒放的時候，羌然卻跟失言一樣的，原本還氣定神閒地坐著，這下他很快就站了起來，手忙腳亂地整理著井井有條的辦公桌，很快地整潔的辦公桌被他整理得亂乎了。

然後他就跟在急著翻找什麼東西一樣，快速地低頭整理著手邊的東西，像是有多麼重要的事情需要處理，他隨後更是無比嚴肅地對劉婭楠說道：「要是沒事的話，妳可以出去了。」

劉婭楠懵懵懂懂的，她站在原地並沒有立刻走開。

她已經不會傻乎乎的，以為羌然這是在生氣……

其實這傢伙是在害羞吧？

劉婭楠覺得這太不可思議了！

從沒在她面前吃過癟的羌然啊，這可是羌然啊！

她大著膽子走了過去。

羌然一直在低頭忙碌著。

劉婭楠看著他的樣子就很想笑。

他之前在飛行器的時候，肯定就是在裝睡……

這次是沒辦法用裝睡擋了吧，所以就裝著在忙工作？

她彎下腰，把頭壓得低低的，故意去看羌然的表情。

不過讓她失望的是，羌然的表情還是那個樣子，並沒有尷尬或不好意思的表情。

劉婭楠就有些遲疑，她自卑慣了，下意識就懷疑是不是自己又在自作多情了……

不過看著原本整整齊齊的辦公桌，此時被羌然翻得跟地震現場似地混亂，劉婭楠忽然明白了什麼。

她也沒有繼續留下來，她轉身走到門口，隨後她故意停了下來，扶著門邊對羌然說道：「我覺得不管是被愛心感化，還是被愛情感化，其實都是一樣的喔！」

在羌然回話前，劉婭楠已經跟得勝一樣，抱著肚子大踏步走了出去。

只是晚上在夏宮的時候，劉婭楠還以為羌然會害羞得不敢回來了，結果到了時間後，羌然就跟沒發生過任何事似地回來了。

兩人都沒有提孩子教育的事兒，自然都沒提羌然的那句喜歡的話。

兩個人吃飯，然後散步……

劉婭楠真是佩服死這個人的城府了，真是羌然的心思你別猜，猜也猜不出來……

不過在臨睡前，羌然卻出乎意料地主動提起了白天的事。

劉婭楠還以為他要說什麼冠冕堂皇的話，把白天的事抹過去呢。

結果羌然卻破天荒地跟她剖析了下自己的想法，只是他在說話的時候，顯得太嚴肅了，嚴肅得劉婭楠都跟著緊張起來。

「其實我想過即使炸死妳，也不將妳拱手送人……」

劉婭楠木訥地聽著，不過羌然的話還是多少有點打擊到她了，雖然心裡隱約明白，羌然這是在解釋之前的事，而且她也早有心理準備，不過心裡還是多多少少難受了一下……

「可在那次之後，我卻很慶幸我的衝動沒有傷到妳……」羌然看著她的臉孔。

兩個人的視線焦灼在一起，劉婭楠很專心地看著他的眼睛，聽著他的話。

她把他每一個動作、每一個表情都記在心裡，這是無比珍貴的一刻，一向不會跟人解釋什麼的羌然，此時正在對她解釋著……

「我討厭被人威脅，可妳應該是個例外。」羌然頓了下，在下一刻他露出了讓劉婭楠都為之動容的笑意。

「那麼妳有什麼想威脅我嗎？」他的口吻到此時已經變成了調侃。

劉婭楠知道他這是在向她妥協，她可以趁機提出白天的事兒的，關於孩子教育那些……

劉婭楠伸出手去，快速地握住了羌然的手，她激動得半天說不出話來。

可她也沒有全然否定羌然的那些教育方式，遲疑了下，低著頭仔細想了片刻後，她終於搖了搖頭，手指輕輕地勾著他的手指，她的語氣早已經軟軟的了，「羌然……我、我沒有要威脅你的意思……我只有想同你商量關於孩子的教育，我不是不能接受你的方式，只是希望在你的方式裡，是不是也可以加上一些我的方式……」

【番外四】小公主

自從跟羌然談好了教育孩子的問題後，劉娅楠算是放下了心裡的一塊石頭。

只是看來小寶貝註定是要吃點苦頭了，不過慈母多敗兒，劉娅楠也知道羌然的教育方式看似野蠻，其實還是很實用的。

她只要多注意小傢伙的心理健康就好了。

倒是隨著時間的流逝，她的肚子一天比一天大起來，眼看著預產期就要到了。

跟第一次比，這次的生產可真是簡單容易多了，劉娅楠早有了豐富的經驗，再來不管是助產士還是相關的專業人員，也比她那時候多，經驗也更豐富。

所以到了生產那天，沒怎麼折騰劉娅楠，很快就順順利利地生下了一個女兒。

只是跟羌安比，這個剛生出來的女兒，看上去卻沒有當初羌安那麼好看，不管是皮膚還是毛毛的頭髮，總體都跟一隻小貓似的，就連哭的聲音都沒有羌安洪亮，只是ㄚㄚ的兩聲，然後就是睜著大大的眼睛，一副被嚇到的樣子。

打呵欠的時候小嘴也是鼓鼓的，就跟受了委屈一樣。

而且看上去皺巴巴的，還有點黑。

不過不管小寶貝的外表怎麼樣，對於羌家軍來說，這個小女孩所代表的意義也都是非同尋常的，這真的是貨真價實的第一位小公主。

尤其在羌家軍大部分人只是剛剛談婚論嫁，還沒正式有孩子的時候，小公主的降生，好像在瞬間柔化了這個純男人的世界。

而對羌大魔王來說，這個孩子的降臨也跟他的第一個孩子有著截然不同的意義，這個可愛的女兒不再是他要苦心栽培的繼承人，而是需要呵護寵愛的小女孩。

只是看著全軍上下這麼寶貝小女兒，簡直都要當做掌上寶了，可對自己的兒子卻又是另一個態度。

按說應該心滿意足的劉婭楠，卻想到了什麼，原本還笑著的劉婭楠，表情也跟著變得嚴肅起來，她更是對羌然說道：「羌然！為什麼男孩子就是繼承人，可我們的女兒就不會是？」

她是吃過重男輕女的苦頭，對這些事要敏感很多，雖然女孩被寵看著不錯，可是這種寵卻是被建立在妳不可以成為繼承人的基礎上，怎麼想劉婭楠都覺得這樣的事很彆扭！

女孩子又不是什麼玩偶跟花瓶！

羌然卻直截了當地問出了很實際的問題：「難道妳想要我們的女兒學習那些生存技能，還有殺人的技巧？」

劉婭楠遲疑了下，她哪裡會捨得，她忍不住嘀咕：「我當然不想，可是，用性別來區分孩子的未來……」

其實對於小羌安來說她都不願意，可是沒辦法，惡魔爸爸在這裡擺著，不學好像也不安全，可是……

「萬一咱們女兒的夢想就是當一名軍人呢，萬一她也有這樣的野心呢，你不能因為她是女孩就剝奪她的理想吧？」劉婭楠現在不管有什麼想法，都會跟羌然溝通。

羌然定定地看著她，那樣子應該是在思考，過了片刻後，他才點頭回道：「我答應妳，在孩子們長大後，他們可以自由選擇自己想走的路。」

劉婭楠還以為他會拒絕或者跟她爭吵呢，沒想到在這點上，羌然卻是出乎意料地好說話。

她一下就笑了出來，玩著他的胳膊，看著嬰兒床裡的小傢伙。

已經學會走路的小哥哥羌安，雖然還在被各種軍事化地教育著，可大概是劉婭楠教導的一些基本禮儀起了作用。

所以在小哥哥靠近妹妹的時候，並沒有表現得像個小野人，反倒是探頭探腦的，想看又不敢看的樣子。

那副樣子像極了羌然，他第一次看到他們的孩子時就是這樣的，既欣喜又有點不知所措。

劉婭楠湊過去，一手抱著小娃娃，一手摟著自己的大寶貝。

懷裡的小娃娃被她抱得扭動了身體，然後就睜開了眼睛，大大的懵懂眼睛眨巴了眨巴，跟羌安不同的是，懷裡的小娃娃雖然外表沒有哥哥讓人驚豔，可是劉婭楠卻發現這個小女兒的眼睛跟羌然可像了。

不是那種外形上的相似，而是那種神態感覺，那種淡淡的樣子，雖然在小傢伙嘟起嘴巴時有點嬌嬌的，可是那副樣子還真像是小小版羌然。

然後就在劉婭楠仔細地打量小女兒的時候，對面的小哥哥羌安好像看到了什麼似的，湊了過去，用小小的、胖胖的手指去碰觸妹妹的臉蛋，然後個性開朗的小羌安就咯咯地笑了起來……

自從生了女兒後，劉婭楠變得比以往更忙碌，她收到了很多祝賀的禮物。

不光是羌家軍內部的人對她的小女兒寵愛無比，就連之前那些婚禮策劃的姑娘們，也都嚷嚷著要過來看超級可愛的寶寶。

劉婭楠不得不安排了專門的看寶寶時間，明蘭這些怪阿姨們這次可過足了癮頭，盡情把小傢伙打扮成粉色的小公主，不管是漂亮的裙子還是各種髮飾，還有一個怪阿姨給小傢伙戴了漂亮的假髮……

然後就是何許有錢那個狡猾狡猾的傢伙，雖然劉婭楠不大喜歡他，可也沒有多討厭他，這個何許有錢實在是太會做人了，剛知道她生了女兒，立刻就找人送了她精美的禮物，還附贈了各種好聽的祝福。

在五花八門的禮物祝福中，劉婭楠也接到了一些來自小田七後人的禮物。那些人大概也察覺到之前做的事太過分了，此時藉著這個機會，就跟補償一樣，送來了各種各樣的禮品。

劉婭楠本來就不討厭那些人，再說又有小田七在呢，她挨個地給那些人回話表示謝意，甚至還送了回禮。

倒是在被禮品包圍的時候，劉婭楠拆開其中一個禮品盒的瞬間，就屏住了呼吸。

那禮物讓她眼前一亮，倒不是那東西多麼名貴，而是因為那是一串純手工做的項鍊。

那項鍊的價值也並沒有多高，光項鍊的外表來看也不是最漂亮的，可是等她拿出自己珍藏的那串手鏈後，很快就認出這串項鍊，跟她的手鏈明顯出自於同一個人的手工。

這是野獸送給她的禮品，雖然她有段時間挺討厭野獸的，不過她還是當寶貝似地把那串項鍊收了起來，她沒有辦法真的討厭野獸。

從小田七後人的嘴裡，她已經知道當初野獸不斷地休眠甦醒，其實都是為了尋找她，跟她重新開始……

對這樣的野獸，她沒有辦法去討厭，自從上次分別後，劉婭楠也不知道野獸現在怎麼樣了，前段時間她還曾經偷偷詢問過何許有錢，只是他什麼都不肯告訴她。

此時看到這串項鍊，劉婭楠一下變得輕鬆起來，這麼看來，野獸一定在這個世界的某個角落裡生活得好好的。

他們之間需要的只是時間，等野獸重新找到喜歡的女人，到那時候興許他們就會再相逢的，沒準還會成為很親的一家人……劉婭楠這樣期待著，把那些野獸送給她的禮物，都小心地放在最底下的抽屜內，她小心翼翼地合上抽屜，告訴自己，一切都會好起來的。

隨著這個世界的影響，羌家軍也在逐漸變化著，之前絕對純男人的世界，自從重新甦醒後，也漸漸地被這個世界同化著，雖然現在羌家軍還不對外招收女性軍人，不過劉婭楠聽說已經有些文職部門提出要吸收一些優秀的女性進入軍營了。

軍隊的婚戀狀況也在改變著，越來越多人選擇了婚姻，包括楚靈那些騎士團的傢伙們，那些看似吊兒郎當的傢伙、兵痞子們，居然是最早提請婚姻審查的一批，看他們那副被幸福沖暈頭腦的樣子，劉婭楠都覺得好笑。

倒是看似沉穩的觀止挺出人意料的，看著那麼可靠成熟的一個人，不知道是太挑剔還是怎麼的，一直都沒有正式安定下來，不過聽說他在外面的紅顏知己倒是很多，甚至因為他的選擇太多了，導致外面的那些女人因為爭風吃醋還大打出手，最後讓觀止左右為難，那場面劉婭楠聽楚靈他們描述得口沫橫飛，簡直就跟影視劇似地狗血誇張。

於此同時，羌然也需要不斷修正軍隊的規矩，不管是婚嫁還是出行，甚至還需要借鑑政府軍的一些情況，為此羌然還特意找了機會，去參觀政府軍新建的軍營。

劉婭楠也幫不了他什麼，跟羌然的工作比，劉婭楠發現自己也在被這個世界影響著，因為她身邊的女性越來越多了，以前都是純男性的育兒部門，此時吸收了一批專業的女性保姆。

跟之前羌然要求的所謂軍事化育兒要求比，劉婭楠自有一套婆婆媽媽的育兒方式。反正他們是典型的嚴父慈母嘛。

小羌安被帶去訓練的時候，劉婭楠就會偷偷給他送上那些小衣服、小點心。還有在羌安回來的時候，劉婭楠知道他有被教育怎麼徒手狩獵，不過沒關係，狩獵和跟小動物交朋友也不矛盾吧，劉婭楠偷偷地幫他養了一隻小狗、小貓，盡量讓孩子在有能力的時候，也要有愛心。

其實羌然一直都知道她的那些小動作，可是鑑於兩人的協議，羌然始終都是睜一隻眼閉一隻眼，當做什麼都沒看到。

劉婭楠用當媽媽的小心思行動著，每天除了忙碌小寶貝們的事情外，她還想做好多有意思的事兒，像是監督她跟野獸做的那些慈善基金，也還想再學習一些新的食材食譜，還有就是環遊世界……如果行的話，跟羌然好好地出去看看這個世界，幸福地生活在一起……

【番外五】追憶

劉娅楠長年奮戰在帶孩子的第一線，不管是準備被訓練成羌家軍未來繼承人的羌安，還是她後來生的小女兒。

在這樣的情況下，一年一度東聯盟的盛會就變成了她可以喘息的一個機會。

那個盛會規模很大，之前羌然並沒有在意，即便有請柬，也從來沒去過。

現在大概是想帶她出來散散心，這次安排了時間。

只是這個活動很盛大，劉娅楠一進到會場就有些暈頭轉向的。

而且與這些非富即貴的女人們在一起，劉娅楠忽然就覺得壓力山大，這些女人跟她以往接觸的那些人都不一樣。不管是開朗的婚禮策劃師，還是羌家軍裡那些勤快的後勤大媽們，每一個都那麼和氣簡單。

劉娅楠也是簡單的人，只要一參加這個年度盛會，她就發現自己跟這些貴族圈裡的女人好像不是一路的。

光從動作表情來看，劉娅楠就覺得自己笑得不如那些人好看，那些人的笑簡直就跟演出來似的，她笑起來是怎麼看怎麼傻，而且還會把牙齒露出來。

而且那些人談論的話題她也聽不懂。

其中一個高個子的貴婦人，也不知道怎麼的，情緒很壞地抱怨：「我以後再也不要去帕耳度假村了，那度假村號稱用的是藍雅得的深海泥，結果我從別處知道，居然是火山灰泥。」

另一個貴婦人簡直跟被嚇到了一樣，當下就捂著嘴巴喊了出來：「天啊！火山灰泥？」其他幾個更是跟著叫了出來，「怪不得我做了療養後什麼效果都沒有呢！」

劉婭楠茫然地問道：「兩者有什麼區別嗎？」

那些人馬上表情就變了，統一閉上了嘴巴，皺著眉頭地瞥她一眼，而且所有人沒有一個要給她科普，頂多就是勾勾嘴角好像要表示什麼意思似的，眼角間也是意有所指的笑容。

而且偏巧就在這個時候，有侍應生走了過來，非常恭敬地問道：「夫人們想喝什麼飲料？我們這裡有特萊尼莊園出產的絕世名酒，或是卡迪爾地區的陳釀……」

那些貴婦人們很快都點出了她們想要的飲品。

輪到劉婭楠的時候，她有點遲疑。

她不懂這些，雖然她很喜歡烹飪，也專門學習過一些酒的知識，不過這些她還真沒什麼涉獵和認識。

她附和地點了一個什麼據說很有名氣的酒。

結果那個侍應生很快就提醒道：「夫人，您剛才要了口味很甜的點心，一般來說這種酒是要避免跟甜味的食品一起食用的。」

劉婭楠臉就紅了，她沒想到自己這麼小心翼翼，還是露了怯，明明她連調酒都研究過，只是她喜歡研究學習那些常見的酒類，所有知識都以實用性為第一。

現在她紅著臉，問那個侍應生說：「那麻煩您給我推薦一款吧？」

對方很快地推薦了一種，她也不敢多問，就點頭要了。

只是等酒端上來後，劉婭楠就發現那些酒都被放在專門的托盤內，而且酒的顏色也都不一樣，因為她的位子比較靠外邊，她都不知道要去拿哪一杯。

最後還是在侍應生的提示下，她才端了起來。

於是劉婭楠就感覺到其他人對她的態度從開始的好奇，變成了冷淡。

那些人也不再跟她談論什麼。

劉婭楠覺得自己好像是闖入天鵝群的醜小鴨一樣，半天說不出一句話來。

倒是在這個時候，忽然有個穿著很講究的男人走了過來，低聲問道：「請問劉女士在嗎？」

劉婭楠覺得奇怪，連忙看向那個人，對方一認出劉婭楠來，立刻語氣溫和地說道：「夫人，我們找您很久了……」

說著，那人很快就命人端上一些漂亮的瓶子。

劉婭楠納悶地看著那個人，不過那些瓶子好漂亮啊！

劉婭楠被那些瓶子的造型給迷住了，玻璃製品能做到這種程度真的很難得，最主要的是裡面還盛著什麼液體似的。

在那些酒瓶被端過來的時候，那些液體晃動著，在玻璃瓶子本身的裝飾下，就有一種流光溢彩的感覺。

就在她奇怪這些人要做什麼的時候，對方已經解釋道：「夫人，這是田七先生的後人要送給您的禮物。」

劉婭楠當下就站了起來，連忙左右看著，之前她收到那麼多祝賀的禮物，還沒有機會親自跟對方道謝呢。

不過那人很快地說道：「夫人，他們現在不方便過來，還有這些酒並不是他們本人所有的，他們只是代表田七先生特意為您送來而已……」

劉婭楠知道田七的後人肯定被羌然嚇到了，羌然那傢伙直接拿了重錘過去要把這些人錘死，換作是她，肯定也要跟老鼠避貓似地避著羌然。

不過這是田七給她的嗎？

看著劉婭楠那詫異的表情，那人趕緊解釋：「這是當年田七先生特意為您釀造封存的酒，希望您能喜歡。」

劉婭楠張了張嘴巴，其實她不怎麼喜歡喝酒的。

可是這是田七送給她的，跨越了時空，田七當初做這個的時候肯定也考慮到了這點，有些酒是越陳越香的。

果然在打開其中一瓶酒的時候，劉婭楠這種不大懂酒的人，都被那股香氣給迷住了。

她嘗了一小口，喝到嘴裡劉婭楠立刻就明白了，這絕對是田七特意為她準備的，因為這個味道正是她喜歡的。

口感醇厚順口，香得也不過分，更主要的是雖然微辣但並不會嗆到喉嚨，而且越到後面越有回甘的感覺。

她感動地看向那個人。

那個田七家族的代表人在告辭的時候，也微笑地告訴她：「夫人，其實田七先生還留了很多東西給您，不過他有遺言，這些都是他為您準備的驚喜，所以請您耐心等待，作為田七家族的代理人，我們會陸續為您送上那些不一樣的禮物……」

劉婭楠的眼圈都有點紅了，當年她努力保護的孩子，居然為她做了那麼多，明明當時她只是舉手之勞而已……

等羌然應酬完過來的時候，就看見在角落裡，對著一瓶酒眼圈紅紅的劉婭楠。

他走到她身邊，微微俯身去。

一直在劉婭楠身邊，把她當做外來人士的那幾個貴婦人，都被這突如其來的一幕給驚呆了。

原本還暗淡無光的宴會，忽然就走出這麼一位豐神俊朗的男人。

那些夫人下意識都屏住了呼吸。

只是誰也不敢說話，也不敢過去攀談。

劉婭楠卻沒留意到那些，她還沉浸在剛才的事情裡，嘴裡明明喝著那麼美味的酒，可是心裡卻是難過的，她非常地想念田七……

一見到羌然，劉婭楠也不等他問，就把自己的想法說了，她還把酒倒給羌然，讓他一起喝。

羌然迎著她的目光看向她，在對上她跟兔子一樣的紅眼睛後，表情很快地柔和下來，他在外面時一向都是撲克臉的。

此時這麼溫柔的樣子，劉婭楠都不好意思了，她輕輕握住他的手。

羌然沒怎麼安撫她，也不再去應酬，反而很快地帶著劉婭楠往外走去。

上車走了一段路後，劉婭楠開始感到奇怪，車子行駛得越來越偏僻，她不知道羌然要帶她到哪兒去。

他不是要帶她回基地嗎？

她納悶地問了羌然一句，羌然倒是平靜地告訴她：「順道帶妳去個地方。」

劉婭楠奇怪看著外面，不知道羌然這是怎麼了。

不過幸好沒過多久，車子就停了下來。

只是那地方怎麼看怎麼古怪，黑漆漆的，都沒什麼路燈似的。

她發現這個地方寂靜得詭異。

羌然下車後，並沒有讓保安人員跟過來，他只拉著劉婭楠的手，一路小心地帶路。

其實路面很平整，只是這個地方怎麼看怎麼古怪。

終於劉婭楠到了目的地。

乘著夜色，劉婭楠終於知道為什麼她會覺得古怪了。

因為這個地方居然是墓地，而且不知道是誰的墓地，建得特別好，占地大不說，就連墓碑都超級氣派。

羌然並不解釋什麼，他那個樣子好像她還會感激他似的。

其實劉婭楠都要嚇死了，她最怕這種地方了，尤其是三更半夜過來，可等看清楚墓碑上的字跡後，她的眼睛漸漸濕潤了。

她深吸口氣，終於找回了自己的聲音。

她沒想到羌然會帶她來看田七的墓地。

羌然沒有一直跟在她身邊，在她認出那是誰的墓碑後，羌然就主動避讓到了一邊，特意把空間讓給她和田七。

劉婭楠的心情很複雜。

在羌然走開後，劉婭楠過了好久，才終於小聲地說道：「田七，我收到你送給我的酒了，謝謝你對我的關心，你一直在為我著想，哪怕死後還要為我準備那些東西。我現在想告訴你一件事，當初我總在你面前抱怨，大概給了你一種錯覺，覺得我跟羌然不是那麼合適，其實……感情的事真的很難說的，我現在想對你說的是，田七，我現在很幸福，真的，因為我找到了我愛的男人，那個男人也同樣地喜歡我，雖然我跟他的關係有些奇怪，甚至我們都不像普通的男女那樣，可是我們還是彼此相愛著，請你放心吧，不要再擔心我了……」

她一直想找機會說的，她親口告訴過野獸，現在又親口告訴小田七。

她斷斷續續地說著……

她哭得眼睛紅紅的，等她出去的時候，羌然看到了並沒有說什麼安慰的話，他只是如以往的每一次一樣，在她哭泣的時候，安靜地守護著她，把她小心地抱在懷裡……

【獨家番外】

億萬光年的愛戀

巨大的航艦在浩瀚的太空中飛行著。

流線型的航艦，在超音速的行駛下如同一道閃電，巨大的黑色炮口聚集著驚人的能量，在路過隕石區時，黑色炮口發射出一道光束，在星雲間拖出一道弧形的軌跡，數以萬計的隕石在瞬間被擊毀，成為粉塵，在漫無邊際的宇宙中飄散。

此時整個艦隊的總指揮官——羌家軍的首領羌然，正準備去航艦最頂端的泳池。

他赤裸著上身，微長的頭髮垂落耳邊，一雙如黑曜石般精亮的眼睛，在仿日光燈的照射下耀耀生輝。

此行的目的，原本是要帶他的妻子劉婭楠參觀瑞亞這個久負盛名的觀光星系。

自從知道這個世界是屬於多維空間後，劉婭楠便興起了要回地球看看的念頭。

知道她心神不寧的羌然，為了減輕妻子的思鄉情懷，難得地親自帶著劉婭楠四處遊玩。

瑞亞星系不光是景色優美，更重要的是整個星系都給人一種心曠神怡的感覺，綠色的星球表面，藍色的天幕，還有不時閃現的七色極光，所有的一切都如夢似幻，讓人目不暇給。

這次的旅程夫妻兩人遊玩得非常開心，只是在回程中，不知道是誰先提起來的，劉婭楠忽然注意到一個問題：這位強大無比、號稱還算喜歡自己的偉大羌頭兒，似乎一次都沒有向自己深情表白過！

再回想起自己那段慘不忍睹的委屈日子，曾經被迫對他說過的無數情話，一想起那些，劉婭楠頓時覺得自己好吃虧，因此趁著這次遊玩，劉婭楠略帶羞澀地對羌然提出了一個小小的、可以理解的要求。

「羌然……」她眨著眼睛，表情如同一隻等著別人垂青的小貓咪般無辜，「你能不能偶爾對我說說情話？」

正坐在航艦內玩室內遊戲的羌然便是一愣，略帶詫異地看了她一眼，似乎不明白她說這句話的意圖。

劉婭楠已經紅著臉，一臉親昵地湊過去，輕輕拉著他的胳膊說：「羌然，你不覺得你在感情的表達上缺點什麼嗎？」

以前還能因為他沒接觸過女人體諒他，可是現在整個世界都恢復成正常的樣子，電視劇、小說，甚至包括生活各方面，都在向他們強力放送正常的兩性相處之道，他不需要還保持以前的樣子吧？

再說兩個人也不是沒甜蜜過，曾經在她最失落、最難過的時候，他一直在她背後呵護著、愛護著她。

她便小心翼翼地說道：「你沒發現自己沒怎麼跟我說過甜蜜的情話嗎？像電視、小說裡都是這麼演的啊，覺得對方很可愛便要說出來，覺得對方很漂亮、讓自己很喜歡，也可以說的啊！你難道就沒有覺得我很好的時候？」

沒料到羌然的眉頭皺了一下，很快地把頭轉向室內遊戲的巨大螢幕回道：「我對戲劇化的表演不感興趣。」

這句話簡直可以把劉婭楠噎死。

劉婭楠原本帶著羞澀期待的面孔，立刻跟冰霜打了一樣蔫了下去，她眼圈都紅了，很受傷地說道：「你、你，表達感情怎麼會是戲劇化表演，那我呢？既然你不喜歡這麼做，那麼幹麼又很享受我對你說的這些話？」

即便是現在，她都會時不時地跟他說些自己的感動與喜歡，在瑞亞星系的時候，她更是看到什麼好看的都拽著他的胳膊，高興的時候還會忍不住親親他的臉頰！

難道自己一輩子都不可能偶爾聽到他說說情話了嗎？

劉婭楠當時沒再說什麼，可是很快地所有人都知道這位不輕易發脾氣的女主人，現在正大發雷霆。

主要的表現便是她幾乎看都不看羌然一眼，即便視線偶爾對在一起，她也會很快撇開頭。

缺少語言與眼神交流的兩人，使整個航艦都如同低氣壓掠過一般，整個航艦的人都不敢有任何動靜，生怕會掃到羌然的颱風尾。

這位戰爭狂人，現在可是被他最在意的人深深刺激著。

在羌然要去航艦最頂端的游泳池時，劉婭楠並不知道羌然也要過來，最近大家情緒都不好，為了與他少碰面，她便想來這種地方躲躲，省得兩個人見到的時候又話不投機半句多。

她換了一件紫色的連身泳衣，從航艦的休息區乘坐電梯到這個巨大的游泳池。

航艦行駛得很平穩，這個頂層的游泳池有個與其他游泳池最大的不同之處，便是整個穹頂可以看到外面的景色。

游泳池如同透明玻璃般的穹頂，每次在她仰泳的時候，都會讓她有種好像自己是在星際間遨遊的錯覺。

其實這不是玻璃頂，用超音速飛行的航艦怎麼可能會安裝高強度玻璃做泳池的頂部，所謂的透明玻璃不過是一種專隙投影，整個頂部是密合度非常高的大型螢幕，通過航艦外的導航攝影機，隨時隨地把外面的畫面傳到室內的巨大螢幕上，乍看之下就如同整個穹頂都是透明的一般。

這是室內溫水游泳池，水溫不冷也不熱。

為了營造舒適的環境，泳池四周都栽種了一些熱帶植物，那些植物枝繁葉茂，非常漂亮，還有一些花朵點綴著，游累了還有白色的躺椅可以隨時休息。

最近幾天，每到這個時候她都會過來游泳，等進到水裡時，她往水面看去，巨大的泳池，呈現出碧藍色的光澤。

這裡的浴池很特別，像是碧藍的寶石般，水的浮力要比一般海水的浮力大很多，人進到裡面完全不會有被淹沒的危險。

聽觀止說，這種水質是羌然特意從外星系找來的，用特殊的航艦運過來。

自從有了這麼好的水質後，劉婭楠都不知道自己竟然這麼愛游泳，而且很有自己是游泳健將的成就感，每次進到水裡，她都會把腦袋放空，整個身心都很安靜平和。

室內溫度適宜，她先在淺水區游了一會兒，才逐漸往深水區去。

即便是深水區，因為水的浮力很大，也完全不用擔心任何安全問題，她來回游了兩個回合。

準備再游一圈的時候，她忽然聽見身後有水聲，趕緊回頭一看，就見不知道什麼時候羌然過來了，他上身赤裸著，穿著黑色的泳褲。

進到水裡的動作非常優雅。

只是還在冷戰中的劉婭楠，不大想看到他。

她的表情暫時僵硬了一下，之前她跟羌然一起游過一兩次，知道他身體素質好，不管是在陸地還是在水裡，這個人都是體能的佼佼者，動作敏捷到嚇人一跳，只是現在的自己一點都不想看到他。

就在她這麼想的時候，幾乎才剛進到水裡的羌然，便已游到她的面前，而且等他再從水裡出來時，他的雙手已經緊緊鉗住了她的腰，把她從水裡抱起來。

劉婭楠被他突如其來的動作嚇了一跳，趕緊抓緊他的手來平衡自己。

知道這是羌然在逗弄自己，只是她很不喜歡他這樣做！

等他鬆開她的時候，劉婭楠便表情難看地趕緊划開水面想要躲離他一些。

只是羌然的速度比她快多了，他也不出聲，很快追上她，幾乎是一點難度都沒有地便封死了她的去路。

劉婭楠忙又往後退開了些，還故意做了一個後仰的動作，用腳輕輕踢了他一下，想要藉著反作用力，讓自己更快地遠離他。

沒想到這下可是惹到大老虎了，幾乎在瞬間，她的腳便被他握住，他表情淡淡地把她重新拽回來，在鬆開她腳的同時，他又一次固執地托住了她的身體。

劉婭楠這次不得不面對羌然的臉，她努力淡定地說道：「你過來幹什麼？你不是不想跟我說話嗎？」

「不是的。」羌然淡淡說完，他的頭髮濕漉漉的，黑色的頭髮此時順服地貼在他的臉頰旁，不知是否被水潤濕的關係，他的目光有些柔柔的，其實劉婭楠不知道見過多少次他這樣欲語還休的表情，她總覺得下一刻他便會同自己說出綿綿情話了，可是她卻每一次都失望。

他這次也是如此，在這麼否認後，他手拄著泳池的邊緣，非常靈巧地從水中一躍而起，隨後坐到了泳池邊，居高臨下地看著她。

劉婭楠不喜歡這種感覺，她也藉著水的浮力坐了上去。

泳池邊備了一些東西，白色的休閒椅，綠色的大葉片，還有讓人精神舒緩的淡淡花香。

等兩人坐上去後，羌然便打了個響指，很快便有航艦內的機械僕人為劉婭楠拿了條毯子過來，淡綠色的毯子很柔軟，蓋在身上暖融融的，貼著肌膚感覺無比舒服。

在她低頭休息的時候，他則安靜地看著她的側臉。

劉婭楠原本戴著泳帽，羌然看了一會兒後，忽然伸手摘了她頭上的泳帽。

幾乎是瞬間，劉婭楠的頭髮便披散下來。

因為戴著泳帽，所以劉婭楠的頭髮還是乾燥的，更主要的是她的頭髮長了很多，都要垂到腰際了。

經過精心保養的長髮，此時柔順得不可思議。

他握起她的頭髮，著迷似地把玩著。

髮絲在他指尖劃過，這頭髮同她的人一樣讓他著迷。

之後他便想低頭吻她，只是劉婭楠不想被他吻到。

她避開了下，嘴裡說著：「我還要游泳呢……」

說完她便要轉身進到泳池內，可還沒躲開，她已經被他從背後抱住。

他的手很快地透過泳衣摸到她的身體。

劉婭楠便有些緊張，她欸了一聲，想要掙扎，可羌然已經禁錮住她。

劉婭楠掙扎不了，只好任他牽制著自己的脖頸，細細地吻著她。

他捧著她的頭，吻了好久，那些吻很細碎、很纏綿，他一定是饑渴了很久，以前他便喜歡早晚吻她，現在因為禁慾了幾天，越發地不可抑制。

接著劉婭楠覺得身體一歪，她竟然被羌然輕輕一抱，抱到了水裡。

就算水性再好，這個時候遇到這樣的突發事件都會手忙腳亂，劉婭楠還沒找回游泳的節奏呢，倒是很快地有人勾住了她的身體。

劉婭楠跟羌然的身體糾纏著，水充滿浮力，她的身體很快便漂浮起來，她漸漸放鬆下來，面對著他。

他的動作不算快，所有的動作表情都可以看清楚，他輕輕抱著她的腰，如同面對著無價珍寶般，慢條斯理地撫摸她。

倒是劉婭楠的身體繃得緊緊的，手更是不由自主地扶著羌然寬闊結實的肩背。

她知道自己身上的衣服越來越少，他的手已經靈巧地為她脫下連身泳衣，而且他們面對面的姿勢有些害羞，尤其當意識到自己正一絲不掛地浸泡在泳池中時，劉婭楠都覺得尷尬。

而且在他做這些動作時，水不斷拍打著她的身體。

她的身體很纖細，在水中越發顯得嬌小。

她還不夠適應他，在他的攻勢下，她緊皺著眉、咬著唇，緊握著他的手泛著蒼白。

在他的極速攻伐下，她渾身打著顫，兩腿懸空，在他身側不斷地晃著，無意識地摟著他，把頭埋在他頸窩處哀叫著，「我不……」

「嗯？不要什麼？」羌然的聲音充滿慾望，同時身下的力度更大了，水花在兩人之間飛濺。

劉婭楠幾乎承受不住，她的身體蜷曲著，眼圈泛紅，極力鎮定自己，不知道是被水激的，還是透支太多，她身體軟成一團，可還被他強制地抱在懷裡。

水在身下晃動著，她有一種眩暈的感覺，他的力氣太大了，她幾乎要被他帶到天堂去。

明明她不想這樣的，可是他的目光、溫柔地撫摸都讓她丟盔棄甲。

等結束的時候，她渾身都跟散了架似的，最後她被他抱進臥室內。

在那之後羌然又在臥室要了她一次。

劉婭楠累得要命，整個人都軟在床上，幾乎連手指都抬不起來。

隨後，她昏昏沉沉地在房間內睡著了，隱約聽到浴室傳來的聲音。

他應該是在沐浴吧？她半睡半醒地想著……

果然等了片刻，羌然從浴室裡出來，手上拿個球狀的吹風機，他的頭髮還濕漉漉的，這個時候他卻還惦記著要給她先吹吹頭髮。

主要是前幾次游泳的時候，劉婭楠偷懶，游完泳隨便沖個澡，也懶得吹頭髮，有一次險些感冒，那時候羌然應該是特意找了這個便捷式球狀吹風機過來。

起初劉婭楠用這個吹風機的時候很不適應，總覺著球狀吹風機的熱度很怪異，竟然有吹風機是常溫的，既不會著涼也不會覺得熱，通常就算是常溫的吹風機，可一旦有風吹過的話，也會覺得涼涼的，偏偏這個球狀吹風機的溫度就是這樣精確，可以做到不管怎麼吹，她都不會覺得太涼或太熱。

而且球狀吹風機的造型很奇怪，握在手裡跟拿個小圓球一樣，可等用習慣了，卻發現這個東西既可愛還很有趣。

等羌然到了床邊的時候，他便把床上的劉婭楠重新扶起來，讓她靠在自己的懷裡，然後慢慢為她吹頭髮。

劉婭楠被他這麼照顧著，有點不好意思，忙要從他手裡拿過那個圓形的吹風機自己吹，只是羌然沒有給她。

他霸道地禁錮著她，像是頑固的小男孩在保護自己的寶貝一樣，他打開球狀吹風機的開關。

劉婭楠能感覺到風吹著自己的頭髮，這種風很柔和，十分舒爽，偶爾還會有風會掃過她的脖子與臉頰，癢癢的。

在吹完頭髮後，羌然又脫下自己身上的浴袍，兩個人很自然地貼在一起，羌然習慣性地摟著她，讓她緊緊靠在自己的胸口。

在倦意來襲前，劉婭楠已經打著呵欠睡著了。

雖然知道他大概不會時不時對她說情話了，可她還是心軟了，轉過身，終於還是忍不住抱住了他的腰。

那是很自然默契的一個動作，他們不知道如此擁抱著睡過多少次。

羌然低下頭，在床上輕啄著她的嘴唇，吻了吻她。

劉婭楠也知道自己跟他冷戰得有點沒必要，反正他就是這樣的人，要他說甜言蜜語難到家了，他壓根不會懂得那些的。

只是隨著這個吻漸漸深入，劉婭楠立刻覺得不妙，她身上的浴袍果然被他解開。

他的手在撫摸著她，兩人的身體緊緊貼在一起，劉婭楠都能知道他有多激動。

才做過兩次的身體還有些不適應呢，可兩個人都有點急切了，可在急切中又有些過度的小心翼翼。

在他進入的時候，劉婭楠忽然疼了下。

大概是她皺眉的動作被羌然看到了，很快地羌然就頓住，看著她的臉，無聲詢問著她。

劉婭楠深吸口氣，她望著他的眼睛。

他很快吻了下來，起初還跟試探似的，到了最後，劉婭楠都快要呼吸不上來了。

他的力氣逐漸加大，身體的感覺也漸漸復甦……

種種感覺混雜在一起，劉婭楠覺得一陣暈眩……

「羌然、羌然……」情潮來襲，她顫抖著喊著他的名字，陣陣快感將她捲入無止境的情慾深淵，不可自拔。

不知道過了多久，她被他摟在懷裡親吻著，室內一片寂靜昏暗。

她枕著他的胳膊，身體一點力氣都使不出來。

在臨睡前，羌然才跟想起什麼似的，在她耳邊小聲地說了句：「晚安。」

雖然有點小小的失落，可劉婭楠還是默默地點了點頭，然後把頭靠向了他。

以後的日子，一切又都恢復了正常，劉婭楠似乎也放棄了讓他對著自己吐露心意的念頭，畢竟他不是不喜歡自己的，也曾經為了自己發狂發瘋，在最關鍵的時候還破天荒地說過愛她。

只是這個男人，只會在生死關頭才會對她說「愛」這個字吧？

就如同接受他是戰爭狂人一樣，劉婭楠知道自己要接受的便是這樣一個高高在上、不肯輕易表白的男人。

等航艦回到基地後，兩人又按部就班地生活了幾天，倒是那天基地忽然要做一次慶祝活動。

這個世界在很久以前沒有所謂的祭奠，畢竟很多人都是複製人，祭奠還不就是祭奠同樣基因的擁有者。

可是等舊世界被打破，新世界來臨後，這一切都不大相同了，此時基地如同被病菌感染一般，出現了所謂的對舊基因擁有者的種種祭奠。

羌然自然不會免俗，畢竟他是歷任羌然基因擁有者中生活最幸福、最圓滿的人。

大概也是為了緬懷那些歷代的基因擁有者們，到了那日，他親自帶著劉婭楠去新建的羌家軍紀念館。

那裡放了幾次戰役中去世的羌家軍成員，其中有一個單獨的紀念館擺放著歷任羌然基因擁有者的雕像與照片。

劉婭楠早早便準備妥當了，還讓人為她預備了掃墓要用的鮮花。

只是準備了那麼多，可真到達那個地方時，劉婭楠還是意外了一下，因為整個紀念館跟她印象中的紀念館不大一樣。

地上車剛抵達時，劉婭楠便覺得這裡氣溫有些偏低。

在進到紀念館前能看到周圍的樹木。

這些樹木很多已經長成了參天大樹，人走過的地方都被樹蔭遮著，感覺特別陰涼，而且這些樹代表了歷史、代表了羌家軍在戰爭年代時的戰無不勝、代表了無數的腥風血雨，可現在這一切都顯得如此寧靜。

因為地方特殊，地上車不能開太近，在行駛到林蔭走廊時便停了下來，剩下還有很長一段路需要走路進去。

劉婭楠下車後，拿著她準備好的那些鮮花。

鮮花是掃墓常見的百合、菊花等，中間還有一枝很小巧、很不出眾，但又被她小心翼翼藏在花束中的紅玫瑰。

這個世界沒有燒紙錢的習慣，鮮花是她唯一能獻給那些人的禮物了。

等進到紀念館的時候，劉婭楠便發現這個紀念館真是她見過最莊嚴肅穆的地方，整個地方都是純白色的，擺放著各種紀念品的地方反倒是用黑色裝飾，兩個色系呈現出強烈對比。

等到了羌然基因擁有者的室外，她表情嚴肅地往裡走去。

腳步落到地上會發出很沉悶的聲音，劉婭楠的心如同被什麼東西壓住，沉甸甸的。

隨後她便看到了那些照片，那些照片裡的臉孔都是一模一樣的，區分的只有擺放的位置跟上面的名字。

望著那些照片，這樣的肅靜，讓劉婭楠都被感染了，她心口沉沉的，整個人也嚴肅了幾分。

整個場地都很空曠，這個地方安靜得就好像是另一個世界，而他們才是打擾了這片地方的外來者。

羌然的表情有些嚴肅，在靜默了幾分鐘後，他很自然地回過身，把她拉了過去，讓她跟自己並排站在那裡。

因為那些人都是一樣的面孔，在對上羌然面孔的時候，劉婭楠便會產生一種錯覺，好像那些人只是羌然的轉世，而她正跟這一世的羌然面對面地站著。

她正在發呆的時候，他純粹的目光凝望著她的臉頰，口吻一如每一天一樣的平靜，沒有任何起伏，可又無比堅定，充滿權威地說道：「婭楠，在這裡，我要告訴這些人，他們的等待沒有落空，因為我終於等到妳做我的新娘。所以不要問我愛不愛妳，因為愛無法表達我對妳的感情，妳是這裡許多人畢生都在追求的一種可能，因為這種可能，那些人曾經歷經艱難，曾經飛行到最遙遠的宇宙另一邊，曾經在最不可能存在生命的沙漠中尋找，無數戰鬥、無數妳想像不到的危險，可現在……」

羌然在她耳邊輕語著：「現在妳是我的妻子，妳問我愛不愛妳？我只能說，我對妳的感情超越了愛情，超越了我對生命的定義，妳是我唯一珍視的存在……」

劉婭楠知道自己再也不會問那些無聊的話題了，她的心無法抑制地跳動著。

她重重地點點頭，隨後一把抱住他，把頭緊緊貼在他的懷裡。

自從去過紀念館後，兩人的感情越來越好了，觀止他們都能感覺到，羌家軍的首領大人現在只要看到妻子的臉便會不由自主地微笑。

大概是想寵寵心愛的人，羌然趁著帶劉婭楠出去遊玩的機會，悄悄把他與劉婭楠住的地方進行了裝修。

等到他們回來的時候，他們的新家也弄得差不多了。

劉婭楠一方面覺得驚喜，另一方面又覺得羌然總是心血來潮做事，完全不計較會浪費多少人力物力。

不過新住處還是很不錯的，被人領過去的時候，劉婭楠不由自主地往周圍看了看。

跟基地內的住所不同，新住所更有田園風光，外觀看上去像是個大型的度假村，圍牆是乾淨的白色，大片的綠地，還有各種樹木，好像坐落在森林中一樣。

負責重新裝修的人，不僅把能保留的樹都保留下來，甚至還移植了很多上百年的樹，放眼望去覺得綠意盎然。

新家因為地方大，特意找了很多家事服務人員，裡面管事的人並不是羌家軍的成員，現在羌家軍都成家立業了，很多人連孩子都有了，自然沒有繼續留在這裡服務的道理，更何況那些都是男人，劉婭楠用起來也不順手，這次找的全都是專業的家事服務人員。

裡面的人知道她要過來，管家帶著那些年輕的服務人員早早便等在門口。

等劉婭楠見到那個愛德曼管家時，只見站得筆直的管家穿著得體的西裝，非常彬彬有禮。

他此時正帶著那些家事人員恭敬地站著，這一幕讓劉婭楠不好意思了。

不管是經歷了幾次，她都沒辦法適應被這麼一群人鞠躬行注目禮，雖然更大的場面她早不知道見過多少次了……

這個時候，劉婭楠只能對那些人客氣地笑笑。

等她進到主樓內的時候，房間裡面已經布置妥當。

這裡一直都是她住的地方，所以她對這裡的環境倒是不陌生，略微有些不同的便是窗外種著一排埃德爾卡柳樹，只是那些樹還沒長開，葉子看著也不多，倒是外面花花草草挺茂盛的。

到了寢室內，窗戶很早便打開了，正在通風呢。

室內是自動調節的，彷彿知道她心裡在想什麼，很快地便有悠揚的音樂響起，這是隨著光線、溫度所選擇出來的音樂。

整個房間看似普通，可是內部所有的東西都是由中央電腦精密計算出來的，不管是室溫還是光線。

劉婭楠坐到床上，先是躺了一會兒，眼睛隨後又往四周打量。

房子的裝飾很簡潔，她站起來往衣櫃走去，打開後，有一些零散的衣服掛在裡面。

這次裝修，家裡所有的東西都重新更換，估計她的衣服也被拿去比照著重做一套新的。

因為羌然知道她的喜好，她是喜歡什麼衣服便會一直穿的人，所以他多半是花費了更多的心力，讓人為她重新做同款的衣服了。

她隨手翻了翻，找件家居服換上。

等晚些的時候，羌然也跟著過來。

這次回來後，羌然還是跟往常似的，劉婭楠也沒有家裡有什麼不一樣的感覺，之前還覺得很新奇的房間，可等羌然坐在餐桌的時候，她好像立刻又回到了之前的那個地方。

所有的生活都是按部就班，可是卻一點都不覺得枯燥，兩個人在吃完飯後，又一起去看了看孩子們。

等回去的時候，羌然還沒有要休息的意思，再說這個季節不冷不熱的，正是適合到處遊玩散心的時候。

羌然便帶著她四周逛了逛，兩人繞著這個地方轉了一圈，畢竟是剛裝潢過的，有些地方建是建好了，可有些花草還沒長好。

兩人有說有笑的，劉婭楠覺得自己好像生活在天堂裡，和丈夫生活在美夢中，每一天都如此幸福甜蜜，即便是隨便走一走，即便是牽著手凝望對方，都會覺得幸福溢滿了胸間。

❀

日子一天天過著，在逐漸適應新環境後，劉婭楠的時間也漸漸充裕起來，而且孩子漸漸長大了後，她的空閒時間也比以前多，她便想給自己找一些消遣。

最後劉婭楠決定為羌然做些美食，比如餅乾啊蛋糕那些東西，反正她原本就很喜歡做吃的，再來家裡的工具很齊全。

只是她在做的時候，她發現羌然好像對她的廚房也很感興趣，每次她要做什麼，他也會跟過來，雖然他不會特意說什麼，大部分時間只是安安靜靜陪著她。

可劉婭楠還是感覺到了他想陪伴自己的心情。

此時兩個人又在準備做餅乾的事兒，餅乾的模具已經找到了，漂亮的小熊圖案，還有可愛的小鴨子圖形。

最簡單的則是心型的，三個模具一字排開，剩下的便是各種準備工作了，特製的麵粉、砂糖，還有各種增加口感的東西。

臺面上陸陸續續堆放了很多材料，幸好劉婭楠做事很有條理，東西多是多，可每一樣她都擺得井井有條，要找什麼隨時都可以找到，烤盤還有各種壓花的烘焙工具，包括模具，都統一放在一個區塊。

以往羌然頂多就是打打下手而已，這次他竟然在打量過這些工具後，忽然打開水龍頭洗了洗手，然後套上手套，明顯一副也準備開始做的樣子。

劉婭楠驚訝極了，她張了張嘴巴，詫異地說道：「你要跟我一起做這個？你確定嗎？這個東西可不是你能做的喔，這可是很難的，需要很多耐性的，而且真的只是做餅乾而已，不會有任何特別的。」

開什麼玩笑啊！

戰爭狂人啊！

這種隨便動動手指，整個星球都會顫抖幾下的男人，居然會突發奇想地要跟她一起做餅乾？

太不可思議了有沒有啊！

沒想到羌然卻是一臉好笑地看了看她，隨後回道：「怎麼？我不能做這個？還是妳不喜歡我跟妳一起做？」

「當然不會。」劉婭楠嚇得趕緊擺了擺手，開什麼玩笑，他這個人有時候可小氣的，別看是個大男人，可是一旦因為什麼不高興的話，便會給人一種泰山壓頂的感覺，而且不高興的事兒往往都是一些很可笑的小事情，比如她沒有在意他啊，她對他的態度有點不那麼熱情了啊，雖然他嘴裡不說，但這位可是傲嬌屬性滿滿。

劉婭楠趕緊解釋道：「只是怕你不耐煩而已，不過既然你喜歡，那麼咱們就一起做吧！而且我正好缺個幫手……」

說完她便開始仔細教他，看著他慢慢做。

只是等他準備做的時候，劉婭楠都覺得自己的腦子不夠使了，羌然是會做這種事的人嗎？是他一時興起吧？也跟她似的，只是想打發打發時間？

劉婭楠一面看著他，一面跟他做著餅乾。

只是他那麼聰明的人，在這種事兒上卻是一點天賦都沒有，很多時候都會弄得亂七八糟，好不容易弄出來的那些東西在倒入模具的時候，都會不成形，味道也不夠好。

劉婭楠本來還當他是打發時間，一時興起過來隨意玩玩的呢，現在一見他這樣，劉婭楠都要被驚呆了。

他竟然在做壞了一次後，還努力地想做第二次、第三次，這已經不是單純的打發時間了！

時間一長，連劉婭楠都發覺不對勁。

她忽然想到了一種可能，她忍不住看向身邊的羌然。

此時的羌然正在低頭認真做著餅乾，他的手看似很穩，只是結果……太慘不忍睹了，每次做出來的東西都沒有靈氣，都是條理方正規矩的……一點秀氣可愛漂亮的感覺都沒有啊！

望著他認真的側臉，劉婭楠漸漸有點明白過來，隨後恍然大悟了！

就好像她在努力靠近他一樣，羌然是不是也在努力向她靠過來？

所以說，羌然這是在努力到她身邊，哪怕她是在做烘焙這樣的事，他也想要參與，跟她在一起，很親密、很親近地一起做餅乾，哪怕這種餅乾他既沒有興趣，也不怎麼喜歡吃？

這個認知，讓原本甜蜜好聞的空間更加甜膩起來，尤其是在羌然看向她的時候，劉婭楠的臉都要紅透了。

她的心跳很快，趕緊低下頭去。

他倒是嘴角勾了下，很快地伸手把她鼻尖沾到的那點白色麵粉抹了去。

劉婭楠被他看得心亂亂的，掩飾地轉過身去。

只是她還沒走開呢，他已經從背後抱住她。

劉婭楠都不知道他是怎麼把自己抱到臺子上的，她只記得自己的腳下懸空了。

而且她都不知道他是怎麼把桌子上的那些東西堆到一邊的，她就這麼被他蠻橫霸道地抱到了流理臺上。

好像她是最美味可口的甜品，他充滿慾望地看著她。

他俯下身，找到她的嘴唇，用力地吻了起來。

在那個吻後，劉婭楠就有點緊張，連忙往門口的位置看了眼，小心地說道：「別在這……」

「別在這什麼？」羌然笑著望著她的眼睛，又很快托住她的身體。

劉婭楠有些緊張，可又無法抑制激動地閉上眼睛，他在細細地親吻她。

他的手指在她身體游移，在不斷捕捉她的敏感脆弱。

所有的感官都被無限放大……四肢百骸如同被打通一般，劉婭楠早已經一絲力氣都沒有，身子軟軟的。

隨著一陣激狂地攻入，原本還忍著的呻吟，這個時候已經無法抑制。

他的身軀是如此有力、如此充滿力量，她簡直無法招架，所有的感官都集中在那一處。

她甚至能在頭頂的天花板上看到他們倒映的樣子，彼此相連著，她的嘴唇嫣紅，他的親吻太多了，她的嘴唇都被他親到紅腫了……

他的力氣大得不可思議，似乎不滿意般，他把她的身體抱住，緊緊禁錮在自己懷裡，讓她坐在他的腿上。

整個空間都是他們急促呼吸的聲音，她努力嚥下嘴裡的聲音，只能緊緊抱著他，發出細微的呻吟。

不知過了多久，等再醒過來的時候，劉婭楠便看到他正坐在床上看著她呢。

「能起來嗎？」穿著睡衣的羌然，聲音有絲不自然的暗啞，那聲音性感極了，每次床事後，他的嗓子都是這樣的。

劉婭楠卻有些意外，沒想到他竟然沒有跟自己睡在床上，她不由得從床上坐了起來，望了他一眼。

隨後她便覺著腳下一空，她已經被他抱了起來，很快地被他抱到沙發。

白色的長條沙發，比普通的沙發寬，旁邊的茶几上還擺著一盤剛剛出烤箱沒多久的餅乾，樣子雖然不好看，可瞧得出做的人非常用心。

他這樣的硬漢能做出餅乾來，已經很難得了。

劉婭楠拿了一塊，一臉甜蜜地吃著。

更難得的是餅乾居然吃起來還挺好吃的！

同時劉婭楠看到沙發前的立體電視是打開的，她不由扭頭奇怪地問他：「這是在做什麼？你準備看電視嗎？還是想看電影？」

「妳等著看便是了。」

說完羌然用手按了某個按鍵，她便發現電視裡的畫面不對勁了。

那明顯不是什麼電視節目，而是某個現場直播！

因為是3D效果，所以那些畫面看上去讓人有種身臨其境感。

那場面看著還挺眼熟的，劉婭楠記得她曾經跟著羌然去過類似的地方，好像是什麼古董精品拍賣會吧？

當初好像是為了拍一套古董航艦。

她記得當時羌然用天價拍下那個古董航艦，原本以為他很喜歡呢，沒想到剛拍下後，他便找人把那個航艦砸爛了，然後甩出一句「這麼醜的航艦也敢拿出來丟人」這樣能把人氣死、又能把人氣活的話。

雖然後來知道那古董航艦曾經出自某任羌家軍首領之手，隨後被發現設計有缺陷後及時召回，羌然之所以那麼做是為了不讓自己基因擁有者做的破爛一直傳下去，可他還是被當時所有的拍賣會給集體拒絕往來。

此時看著這個立體圖像，劉婭楠不得不說金錢的力量太大了，果然是有錢能使鬼推磨，那些信誓旦旦的拍賣會，又偷偷給他發了邀請函了吧？畢竟沒人敢得罪宇宙第一有錢的男人，更何況這個男人還武力值爆棚！

羌然也沒多說，只把手邊的宣傳冊遞給劉婭楠。

劉婭楠大概看了看，有些東西其實不看文字說明也能看懂的。這顯然是大型拍賣會，裡面什麼東西都有，漂亮的古畫、造型特別的大擺鐘，還有色彩無比漂亮的陶瓷、世間少有的珠寶……

只是一等立體電視裡的人開口解釋後，劉婭楠立刻就瞭解了現場的情況，裡面的東西每一樣看著都不錯。

劉婭楠時不時會跟羌然點評幾句。

她也不知道自己點評的對不對，每次當她開口說話的時候，羌然都會安靜地注視著她。

中間有一件珠寶，羌然很中意的樣子，跟她說：「這是用瑞德星系的珍稀礦物做的寶石，妳喜歡嗎？」

劉婭楠趕緊搖搖頭說：「太多了，家裡的寶石都戴不完，上次小傢伙還把那些寶石當彈珠在玩了。」

羌然很快地指著另一件問她：「這個呢？」

劉婭楠看了看，樣子倒是很不錯，那是一副很漂亮的畫，劉婭楠雖然不懂那些，可也覺出來很漂亮，而且家裡也沒掛過幾幅畫呢，正好可以掛起來。

她笑著點了點頭，「可以啊。」

等她點頭的瞬間，忽然立體電視內的畫面變了下，像是畫作被人拍走了，有專業的服務人員過去打包那些東西。

劉婭楠便有些意外地說道：「這麼快就拍賣完了嗎？那麼貴的東西，究竟是誰那麼大手筆啊？簡直不把那裡當拍賣會，反而當販賣店一樣。」

羌然略微挑了挑眉頭，指著那些東西輕輕說道：「那的確是被我拍下來了，而且那些還是我送妳的禮物。」

劉婭楠都要驚呆了，他怎麼好好的要送她禮物？

而且看著他的表情，她總覺著他會這樣做肯定是有原因的，她忍不住問道：「你怎麼突然想起這個的？」

羌然望著她，雙眸柔柔的，劉婭楠不知道世界上最漂亮的景色是什麼，可對她來說，在這個世界上再也沒有這樣的一雙眼睛更讓她心動的了。

她回望著他，腦子都有點不受控制地空白一片。

「妳猜。」就連他的聲音都性感到了極致，讓她心神蕩漾。

羌然的手指捏著她的髮尾，又把髮絲放到鼻尖嗅了嗅，動作優雅得讓劉婭楠都覺得心要跳出來了。

她趕緊努力想著，結婚紀念日嗎？不對啊，她記得那個時間還好久呢！

難道是她的生日？也不對啊！

離她的生日還有段距離呢，怎麼想也覺得今天似乎沒什麼需要特別慶祝的！

難道是她真的遺忘了什麼？

她趕緊承認了自己的錯誤，小聲的說道：「對不起，羌然，我真的是想不起來了，可我不是故意的，你告訴我這是什麼日子好不好？我以後一定會注意的，而且一定不會再忘記的！」

羌然輕輕把她摟在懷裡，親了親她臉頰道：「傻瓜！今天是咱們相遇的日子。」

相遇的日子也需要慶祝嗎？

她記得兩人相遇的時候可不怎麼好啊！

那種他很倒楣，她也很倒楣的日子，也需要慶祝嗎？

劉娅楠忍不住回道：「要這樣的話，那需要慶祝的日子太多了，比如……」

「比如什麼？」羌然握著她的手指望著她。

劉娅楠臉紅了下，她剛才想的那些羌然肯定也都猜到了，比如第一次接吻、比如第一次做那些事兒……

她趕緊笑了笑，很快地說道：「你知道的，不過我喜歡你都慶祝……」

時間過得很快，在一個週末過後，劉娅楠發現兩人已經很久沒出去遊玩過了，兩人之前雖然去過外星系遊玩，可是回程的時候畢竟鬧了彆扭。

於是在安頓好孩子後，這次兩人便想在本星球做一次普通夫妻間的蜜月活動。

等都收拾妥當後，劉娅楠便跟著羌然出發，他們這次沒有乘坐專門的飛行車，而是輕裝簡行地坐公共航空公司的飛行器。

只是跟劉娅楠以為的普通夫妻蜜月旅行不大相同，偌大的飛行器上，此時只有他們兩個人。

而羌然居然還能一臉得意地說道：「像妳要求的一樣，我特意訂這個飛行器，這樣咱們便可以像普通的夫妻一樣旅行了。」

劉娅楠都要無力吐槽了，這還叫像普通的夫妻一樣旅行啊？

他不會把她想去的地方都包下來了吧？

要是那樣可就太誇張了啊！

果然等到了地方後，便有專門接機的人，前呼後擁地安排他們入住酒店。

阿德萊德酒店以前劉婭楠也知道一些，真正走進去的時候，第一印象還是很不錯的，簡直就跟走進神話故事裡似的。

所有的東西都美得好像在畫裡一般，只是水晶樓乍看之下給人一種怪怪的感覺，不過等看多了後，便覺著水晶樓既漂亮又特別。

而且他們這個樓層往外看的話，景色特別震撼。

她站在窗邊，看著綿長的金色沙灘和對面磅礡的碧藍色大海，她不知不覺間屏住了呼吸，而且不光是這樣的美景，四周還有無數海鳥在飛舞著，如同進入了夢幻世界般。

倒是她正在欣賞美景的時候，羌然已經換好了衣服。

明明剛到目的地沒多久，可羌然的精力卻是一點不少，他很快地把她拉到浴室內。

這裡的浴室跟他們住所的有些不同，浴池是藍色的底部，顏色漂亮得讓人心神蕩漾。

劉婭楠現在還懵懵懂懂的呢，她已經很久沒出來玩過了，不論看到什麼都覺得新奇。

尤其是浴室兩旁鑲嵌的寶石，還有那些似有似無的光點，等他們準備沐浴的時候，窗簾緩緩拉起。

整個牆壁都變成了一幅無法言表的畫，如同置在風景畫中一般。

在浴池旁邊還有一盆綠色植物，劉婭楠起初以為綠色植物只是裝飾品，畢竟植物是需要水分陽光才能生長的，這種地方明顯光線不會太足，可等她摸過去的時候，卻發現那是真的植物，不光是真的，那葉片還軟軟的，摸上去手指尖還會殘留著一點點的芳香。

就在她這麼打量浴室的時候，羌然已經開始脫她的衣服。

劉婭楠光留意周圍景色，等反應過來的時候還是慢了半拍，她已經被他脫光了……

她很快就被他抱到浴池內，劉婭楠努力適應著他的急迫，不知道是不是換了環境的原因，他顯得有些迫不及待。

只是聲音在浴室裡有點回音，她發出的那種甜膩的聲音，自己聽到都會不好意思。

而且在羌然的撩撥下，劉婭楠也激動了起來，他們激動地接吻，努力靠近對方……

他的吻很濃烈，劉婭楠在他密集的親吻中，忽然捧住他的頭，她緊緊地看著他，「羌然，你能告訴我你現在的感覺嗎？」

她深吸口氣，鼓足勇氣地說：「我忽然覺著自己好幸福，能夠跟你在一起，能夠認識你，跟你一起生活，我是天底下最幸運的人，我知道你不喜歡跟我說這些話，可是我想知道，你有沒有感覺到幸福？」

被水汽暈染的眉眼，柔得可以讓人的心都融化掉。

羌然很清楚自己的感情，他不喜歡表達感情，可不代表他是個木頭人，他的心跳也會加快，他也會因為她的微笑而快樂，她所能感覺到的幸福，他也同樣的可以感覺到。

他低頭吻了吻她的嘴唇，輕聲說道：「妳以為呢？傻瓜！」

劉婭楠卻還是固執地扳著他的頭說道：「這不可以的，你總是這樣，來……」

如同誘惑的，她用舌尖在他臉頰上小小點了一下，隨後她的手指小心地撫摸著他的嘴唇，「你知道的，羌然，你的嘴唇非常漂亮的，如果你能告訴我你的感情該有多好，我會忍不住想多吻你幾次。」

羌然微笑著湊近她，小心地輕啄著她的嘴唇。

最後才低低地說道：「我一直很幸福，寶貝。」

在酒店住了一晚後，劉婭楠又跟著羌然到附近玩。

不過她對觀光的興趣很一般，更多的時候，她倒情願在酒店裡睡睡懶覺，而且那些巨大的海底世界漂亮是漂亮，可對她來說，一旦知道自己是在海底好幾千公尺的地方，她就覺得呼吸被壓迫似的。

所以在這處度假勝地待了兩天後，劉婭楠便開始了每天睡睡懶覺，跟羌然做一些床上運動的無聊度假活動。

這麼過了幾天後，劉婭楠便膩了度假勝地的悠閒生活了，她發現這種遊玩方式很不適合她跟羌然，最後她用電腦程式找了幾個地方後，便對羌然提議去溫泉區，那裡是很多普通夫妻會在週末度假的地方，而且地方很大，基本上一個住處便會守著一處溫泉。

只是劉婭楠在看到那些溫泉民宿的照片後，又有些擔心起來，那些照片都是很普通、很簡陋的住所。

她自從跟羌然生活在一起後，便再也沒有住過那麼破的地方，估計羌然不會願意的吧？

沒料到羌然卻是握起她的手，笑道：「既然妳喜歡，那咱們就過去吧，而且看妳好像不喜歡我安排的這些服務，那麼乾脆咱們自己開車過去怎麼樣，我開地上車的技術還是很不錯的。」

當然會不錯了，這位可是連宇宙戰艦都指揮過的，普通的地上車他都能開出賽車的水準。

坐著羌然開的車，劉婭楠一直沒感覺哪裡不舒服，即便遇到了很不平坦、很難走的路，她也不害怕擔心。

而且這處地方還真如宣傳圖冊一樣，景色非常漂亮。

那是天然原始的山區，從車內坐著看著兩側的風景，簡直就跟走進畫裡一樣。

只是時間太久了，從早上開始坐車，到了下午還沒開到，劉婭楠一開始還能興致勃勃，可看了一會兒風景便睏了。

車內空間很大，她很自然地半躺在座位上，縮在羌然的懷裡，找了個舒服的姿勢睡去。

等她再醒來的時候，地上車早已經停下來不知道過了多久。

她眨巴了眼睛，看了眼外面暗下來的天色，隨後有點不好意思地坐了起來，等起身後，她看到外面的景色果然如畫冊上形容的一樣，這裡是位於半山腰的位置，房子有些老舊，可是溫泉是最天然的，更主要的是現在是淡季，所以客人少，現在過來的只有他們兩人罷了。

劉婭楠趕緊整理一下自己的頭髮跟衣服。

等他們下車後，溫泉民宿的人很快就來迎接他們。

那是位年歲很大的老伯，劉婭楠連忙跟對方打了招呼，那個老伯倒是很熱情，只是說的話怪怪的，聽口音很像是高山上的什麼阿卡德得族人，劉婭楠乍聽不是很聽得懂。

羌然看她皺著眉頭的樣子，便在旁邊為她翻譯。

不過聽多了，劉婭楠也漸漸聽懂了這種帶著特別韻味的阿卡德得族語言。

這個時節正是山裡的野菜豐收的時候，老伯早已經把他們的飯菜準備好了。

為了應景，老伯把飯菜特意擺在了二樓的平臺上。

在吃飯的時候，便可以順便欣賞這地方的青山綠水，而且這種景色很眼熟，劉婭楠總感覺像是地球的黃山。

周圍雲霧繚繞，綠色的樹木，充滿靈氣的山，所有的一切都透著古樸跟靈氣，老伯是按照之前劉婭楠通信聯繫時候提到的飯菜準備的。

這種飯菜很簡單，可勝在用心，更主要的是很多東西，劉婭楠還是頭一次吃到，都是本地產的野菜。

在平臺吃過飯後，等進到房間內的時候，劉婭楠便覺著有些不適應。

這房子真的是太破舊了，桌椅倒是乾乾淨淨的，估計那些別墅的主人常常過來收拾，可是怎麼看都是年久失修的樣子，她很怕羌然會不開心住這樣的地方。

幸好羌然既來之則安之，反倒在她擔憂的時候，他還拍了拍她，哄著劉婭楠休息，隨後把她摟在懷裡安撫她。

劉婭楠便也半趴在羌然的身上，羌然的手似有似無地撫摸著她。

她早已經習慣了這樣的相處方式，正想跟羌然閒話幾句。

倒是羌然的手逐漸不規矩起來，直接就掀開她的衣服摸了起來。

劉婭楠趕緊躲了下，可是沒能躲開，羌然已經一個翻身把她壓在身下。

他一邊解著她的衣服一邊親吻著她的唇……

在這裡的日子很悠閒，完全就像是在度假，而且這麼悠閒地住了幾天後，老伯還告訴他們，旁邊有一條小溪可以釣魚。

劉婭楠跟羌然知道後，便很開心地拿著當地最簡單的釣魚工具去試試手氣了。

到了地方，那小溪可比劉婭楠想像中的要小很多，她沒想到那完完全全就是條小溪，可是很漂亮，周圍綠蔥蔥的，還點綴了無數漂亮的鮮花。

靠近小溪的石頭，因為長年累月被水沖刷著，很多都沒有了棱角。

劉婭楠跟羌然找了塊平坦的石頭坐下，一邊曬著太陽一邊悠閒釣魚。

好像是錯覺一樣，正在安靜坐著的劉婭楠忽然聽到了什麼，那聲音不是很大聲，像是很輕的一聲呢喃，她詫異地扭頭看了他一眼，遲疑了兩三秒鐘，才反應過來。

他剛才是不是說了一句「我愛妳」？

就在剛剛他們正在悠閒釣魚的時候？

劉婭楠趕緊看向他，卻見他居然目不斜視，如同沒有說過那句話一樣。

可是沒有用的，劉婭楠已經看到他的臉頰漸漸紅了起來，她的手指都是溫暖的，在靜靜看了他好一會兒後，她的心裡充滿暖意，就連這個普通得不能再普通的山間林地小溪，都變得與眾不同起來。

鮮花草地，還有潺潺流動的水聲，在這近乎靜謐的空間裡，所有的一切都顯得如此美好。

劉婭楠沒有打破這種安寧，只是輕輕地、無聲地對著他重複說道：「我知道的，羌然，我也好愛你。」

（完）

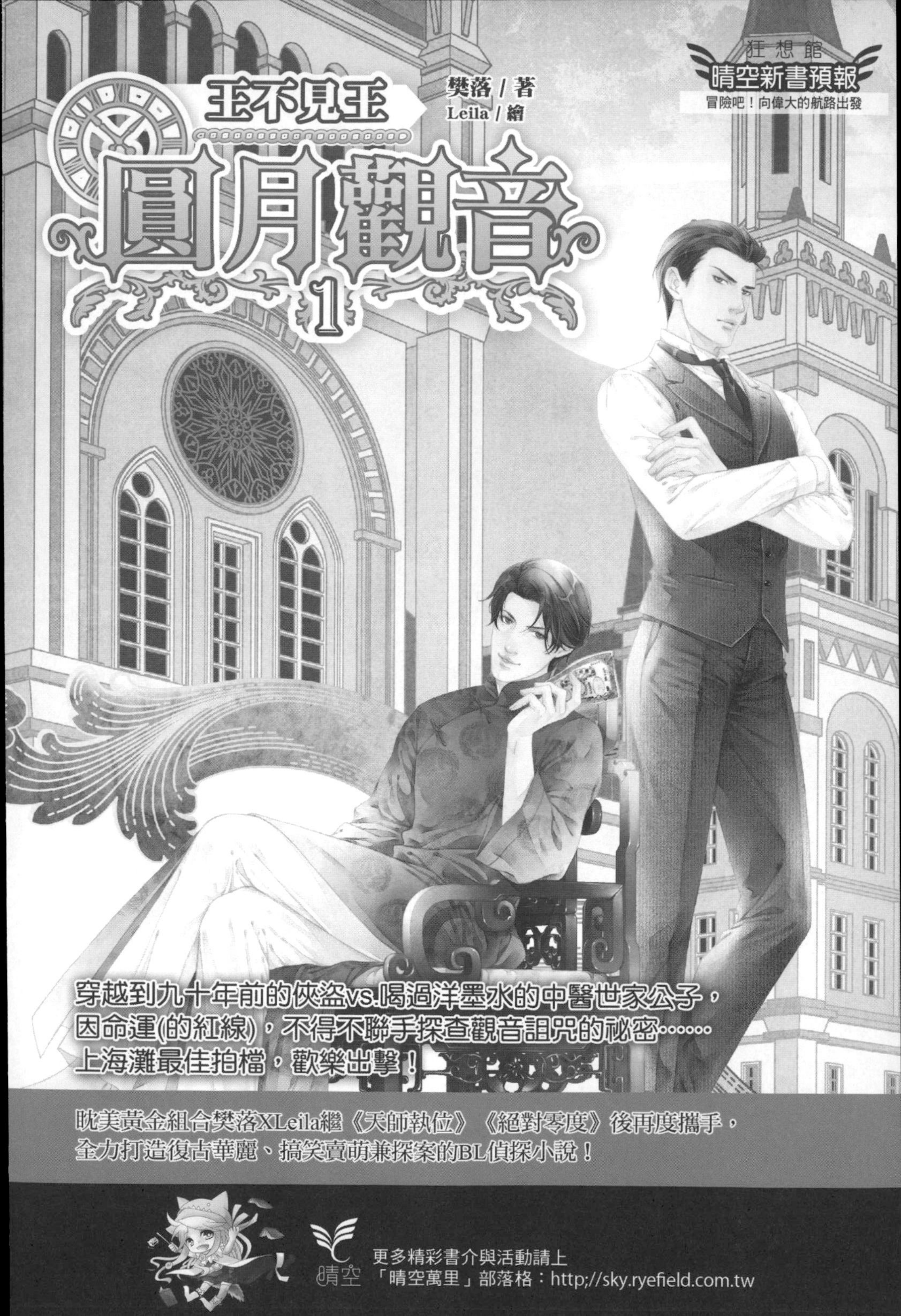
狂想館
晴空新書預報
冒險吧！向偉大的航路出發
王不見王
樊落／著
Leila／繪
圓月觀音
1
穿越到九十年前的俠盜vs.喝過洋墨水的中醫世家公子，
因命運(的紅線)，不得不聯手探查觀音詛咒的祕密……
上海灘最佳拍檔，歡樂出擊！
耽美黃金組合樊落XLeila繼《天師執位》《絕對零度》後再度攜手，
全力打造復古華麗、搞笑賣萌兼探案的BL偵探小說！
晴空
更多精彩書介與活動請上
「晴空萬里」部落格：http;//sky.ryefield.com.tw

不歸類003

穿越到沒有女人的世界3 來自星星的妳（完）

網路原名《男多女少真可怕》

國家圖書館出版品預行編目資料

穿越到沒有女人的世界3來自星星的妳 / 金大著.
-- 臺北市 ：晴空出版：家庭傳媒城邦分公司發行,
2016.1
冊； 公分. --（不歸類003）
ISBN 978-986-92580-2-9（全3冊：平裝）

857.7 104026517

城邦讀書花園
www.cite.com.tw

作　　者　金大
文字校對　劉綺文
責任編輯　高章敏
國際版權　吳玲緯
行　　銷　艾青荷　蘇莞婷
業　　務　李再星　陳玫潾　陳美燕　枂幸君
副總編輯　林秀梅
副總經理　陳瀅如
編輯總監　劉麗真
總 經 理　陳逸瑛
發 行 人　凃玉雲
出　　版　晴空
城邦文化事業股份有限公司
104台北市中山區民生東路二段141號5樓
電話：（886）2-2500-7696　傳真：（886）2-2500-1967
E-mail：bwps.service@cite.com.tw
發　　行　英屬蓋曼群島商家庭傳媒股份有限公司城邦分公司
104台北市中山區民生東路二段141號2樓
書虫客服服務專線：(886)2-2500-7718；2500-7719
24小時傳真服務：(886)2-2500-1990；2500-1991
服務時間：週一至週五09:30-12:00；13:30-17:00
郵撥帳號：19863813　戶名：書虫股份有限公司
讀者服務信箱E-mail：service@readingclub.com.tw
晴空部落格　http://sky.ryefield.com.tw
香港發行所　城邦（香港）出版集團有限公司
香港灣仔駱克道193號東超商業中心1樓
電話：852-2508-6231　傳真：852-2578-9337
E-mail：hkcite@biznetvigator.com
馬新發行所　城邦（馬新）出版集團【Cite(M)Sdn. Bhd.(45832U)】
411, Jalan 30D/146, Desa Tasik,Sungai Besi, 57000 Kuala Lumpur, Malaysia.
電話：(603) 9056-3833　傳真：(603) 9056-2833

美術設計　薛好涵、廖婉禎
內頁排版　洸譜創意設計股份有限公司
印　　刷　沐春行銷創意有限公司
初版一刷　2016年1月
定　　價　250元
I S B N　978-986-92580-2-9

晴空

晴空